VEREHRE MICH, COWBOY

COWBOY

Texas Matchmakers Serie, Buch Neunt

DEBRA CLOPTON

Verehre Mich, Cowboy

Eine „Ehefrauen gesucht Kampagne" für die einsamen Cowboys des sterbenden Örtchens Mule Hollow. Eine weit hergeholte Idee, doch sie funktioniert!

Old McDonald hat'ne Farm ... das Kinderlied geht dem Witwer Nate Talbert durch den Kopf, weil er neue Nachbarn hat – doch es ist nichts Altes an der hübschen McDonald, die gerade mit ihrem Wildfang von einem Sohn und einer ganzen Farmladung Tiere nebenan eingezogen ist.

Auf der Suche nach einem Neuanfang zieht Witwe Pollyanna McDonald in den winzigen Ort, der die nationale Werbekampagne „Frauen gesucht" gestartet hat. Wenn die Frauen kommen, brauchen sie eine Unterkunft. Die Eröffnung einer Pension gibt Pollyanna die Möglichkeit, ihren kleinen Sohn auf einer Farm aufzuziehen, wie sie es gemeinsam mit ihrem verstorbenen Ehemann vor dessen Tod vorgehabt hatte. Unfähig, ihr Herz wieder zu öffnen, sucht Polyanna nicht nach Romantik – nur, dass sie nicht mit dem Cowboy nebenan gerechnet hat ...

Plötzlich stehen ihre Welten Kopf und ihre Herzen auf dem Spiel.

Es braucht eine Gruppe von Kupplerinnen, einen singenden Nymphensittich, einen kleinen Jungen und dessen Hündchen, um diese beiden dazu zu bringen, der Liebe eine zweite Chance zu geben ...

KAPITEL EINS

Du bist kein Klempner, erinnerte sich Pollyanna McDonald, als sie das Rinnsal betrachtete, das unter dem Bolzen tröpfelte … oder nannte man es Muffe?

Eine Stecknuss?

Was auch immer – sie wusste vielleicht den Namen dieses Dingsbumses nicht, doch ihre Waschmaschine war daran angeschlossen, und sie musste den Namen nicht kennen, um es zu reparieren.

Sicher konnte sie sich um dieses kleine, winzige Wasserleck kümmern. Das machten sie dauernd auf HGTV. Kinderspiel. Frauen jeden Alters, jeder Statur, Größe und ethnischen Zugehörigkeit reparierten alles Mögliche in diesen Shows, und das konnte sie auch.

Sie hob das Kinn, zog den Werkzeuggürtel in eine bequemere Position über ihrer Hüfte und hoffte. Die

Auswahl an funkelnden Werkzeugen klirrte wie ein Windspiel in den Laschen und faszinierte sie. Was in aller Welt fing man mit so vielen Schraubenschlüsseln an? Sie sahen alle gleich aus.

Offensichtlich hatte Marc für alle eine Verwendung gehabt; sie kamen ja schließlich aus seiner Werkzeugkiste. Sie griff nach einem. *Du bist kein Klempner* – „Doch", sagte sie entschlossen und brachte die negative Stimme in ihrem Kopf damit zum Schweigen. Sie hatte sich zwei Jahre lang bemüht, mehr zu tun und zu sein, als sie jemals für möglich gehalten hatte.

Sie konnte ein dummes Stück Metall festziehen.

Schh-whump! Whump! Das laute Wummern und das sofortige Echo aus dem Wohnzimmer ließen Pollys Herz einen Moment aussetzen.

Dann fing das begeisterte „Yee-haw!" wieder an. Gefolgt von zwei kleinen Füßen, die in ihre Richtung rannten.

Dieses Geländer würde eines Tages ihr Tod sein. Da führte kein Weg vorbei. Und es war niemand da, dem sie einen Vorwurf machen konnte, außer sich selbst.

Jede Frau, die bei klarem Verstand war, hätte wissen müssen, dass ein achtjähriger Junge mit Draufgängergenen nur einen Blick auf das wunderschöne, über drei Stockwerke anmutig gewundene Treppengeländer werfen und sofort den ultimativen Rutschspaß erkennen würde.

„Das war ein *Hammerritt*, Mom!", johlte ihr Sohn Gilly. Seine Wangen glühten, und seine Augen funkelten vor Begeisterung. Er stürmte in den Raum und raste auf dem Weg zur Hintertür an ihr vorbei.

Trotz der Welle der Angst, die sie jedes Mal überwältigte, wenn er das Geländer hinunter rauschte, brachte seine Begeisterung Polly zum Lächeln, wo sie ihn tadeln sollte.

Bogie, Gillys sieben Monate alter Hund, rutschte über den Parkettboden, als er versuchte, ihm zu folgen. Der faltige Shar-Pei mit seinem mindestens eine Nummer zu groß geratenen Fell, schaffte es auch immer, ein Lächeln auf ihr Gesicht zu zaubern. Sein ohnehin schon groteskes Aussehen wurde dadurch noch verstärkt, dass er aus medizinischen Gründen und nicht aus Eitelkeit ein Lifting an seinen hängenden Augenlidern gebraucht hatte. Aus diesem Grund trug er einen Plastikkragen, der einem Lampenschirm ähnelte und ihn daran hinderte, sich zu kratzen. Der Kragen war seiner übrigen Gesundheit jedoch nicht sonderlich zuträglich, da er seine Tiefenwahrnehmung beeinträchtigte. Polly befürchtete das Schlimmste, als sie die Tür beobachtete und wartete, dass er hereinkam. Wie erwartet schätzte er die Kurve falsch ein, stieß mit dem Kragen an den Türrahmen und machte eine Bauchlandung.

Der arme Pepper, ihr Nymphensittich, ein mehr oder weniger talentierter Hundejockey, da er gerne auf Bogies Rücken ritt, wurde dabei abgeworfen und flog im hohen Bogen durch die Luft.

Niemals langweilig. Polly war sich nicht sicher, wer verlegener war, der Hund oder der Vogel, als Pepper schlingernd zur offenen Schranktür neben Polly ging und Bogie finstere Blicke zuwarf.

„Erwischt!", quietschte Pepper in seiner kindlichen Stimme. „Errrr-wischt."

Dank Marc hatte Pepper einen umfangreichen Wortschatz. Dank der Anleitung ihres Mannes konnte man praktisch ein Gespräch mit dem kessen Geflügel führen.

Gil beobachtete das Chaos und schüttelte den Kopf. Polly sah, wie seine Augen vor Mitgefühl schmolzen, und ihr Herz schwoll vor Liebe zu ihrem Sohn an. Danke Gott. „Armer Bogie. Komm schon, kleiner Kerl", sagte er, beugte sich vor und klopfte auf sein Knie. Der arme Bogie brauchte jede Ermutigung, die er bekommen konnte. Sein Ringelschwanz war nun nicht geringelt und hing tief, als er auf ihn zuging und dreinblickte wie I-Aah aus Winnie Pooh. Er setzte sich auf Gils Füße und ließ den Kopf hängen. „Schon gut, armer Kerl", tröstete Gil ihn und kraulte liebevoll Bogies Ohren. Seine Ohren juckten oft, und er liebte es, dort gekrault zu werden. Und Polly liebte es, dass ihr Sohn das Gespür seines Vaters für den Umgang mit Tieren geerbt hatte. Seine Sanftmut zu beobachten rührte sie immer tief. Sie konnte fast spüren, wie Marc neben ihr lächelte.

Sie schluckte den Kloß in ihrer Kehle herunter und stemmte ihre Fäuste in die Hüften, direkt über dem Werkzeuggürtel.

„Ich rufe dich, wenn das Abendessen fertig ist. Aber geh nicht zu weit weg."

„Werd ich nicht", rief Gil, stieß die Tür auf und ließ Bogie viel Platz, um ohne weiteres Missgeschick hindurch zu kommen. „Du bleibst hier, Pepper", befahl Gil unnötigerweise.

Pepper wiegte sich auf seinem Platz, versuchte aber nicht zu folgen. „Feigling! Feigling!", krähte er stattdessen.

Gil lachte und warf Polly einen Blick zu. „Reparierst du was?", fragte er und bemerkte erst jetzt den Werkzeuggürtel.

„Nur ein kleines Leck. Geh du nur spielen. Wird nicht lange dauern."

„Bist du sicher, Mom? Vielleicht kann ich helfen.

Ich bin jetzt schließlich der Mann im Haus."

Pollys Herz schlug schneller. „Ich weiß, Schatz. Das dauert aber wirklich nicht lang. Das nächste Mal kannst du mir helfen."

Er sah aus, als wollte er mehr sagen, zuckte dann jedoch die Achseln und machte sich auf den Weg zum Spielen. Polly hatte beinahe Schuldgefühle, weil sie ihn nicht helfen ließ, doch sie musste lernen, wie sie gewisse Dinge allein schaffen konnte, bevor sie es ihm zeigen konnte.

Pepper flog von der Schranktür auf die Gardinenstange am Fenster, den perfekten Ort, um Gil und Bogie beim Spielen auf der Wiese zu beobachten. Polly ging zum Fenster. Ein Gefühl, das Zufriedenheit sehr nah kam, breitete sich in ihr aus, als sie Gil und Bogie am Hang herumtollen sah. Ihr Herz zog sich zusammen ... sie hatte es getan. Sie hatte ihren Sohn tatsächlich aus der Stadt gebracht. Er würde auf dem Land aufwachsen und Platz zum Laufen und Spielen und Aufziehen aller möglichen Tiere haben... genau wie sein Vater es gewollt hatte.

Und sie hatte gut gewählt. Sie spürte es in ihrem Herzen. Von dem Moment an, als sie und Gil und ihre Menagerie vor vier Tagen in die kleine Stadt Mule Hollow in Texas gezogen waren, wurden sie von den Einheimischen herzlich aufgenommen. Sie rechnete damit, dass viele von ihnen morgen bei der entmutigenden Aufgabe helfen würden, ihre Küche einzuräumen.

Für eine Frau, die dringend einen Neuanfang brauchte und gerade einen großen Vertrauenssprung gemacht hatte, als sie hierher gezogen war, war der herzliche Empfang der Stadt eine dringend benötigte und geschätzte Gewissheit, dass Gott seine schützende Hand über sie und ihren Sohn hielt.

Sie hatten in den mehr als zwei Jahren seit Marcs Tod auf mehr als eine Weise einen weiten Weg zurücklegt.

Doch mit der Hilfe des Herrn hatten sie es geschafft. Marc wäre stolz auf die Art und Weise, wie sie gelernt hatten ... *immer noch lernten*, unabhängig zu sein.

Mit neuer Entschlossenheit wandte sie sich vom Fenster ab und betrachtete das Leck, das den Stapel Handtücher langsam durchnässte. Sie blickte auf Marcs Werkzeuggürtel, zog einen Schraubenschlüssel aus einer der Laschen und blickte dann zu Pepper auf. „Was denkst du, Pep? Zeit für Rock'n'Roll?"

„Rock'n'Roll! Rooock'n'Roll!", trällerte Pepper und begann seinen typischen Tanz über die gesamte Länge der Gardinenstange. Noch etwas, das er ihm beigebracht hatte.

Polly schmunzelte, holte tief Luft und quetschte sich hinter die Waschmaschine. Wenn dieser Vogel sprechen und tanzen lernen konnte, konnte sie, Pollyanna McDonald, lernen, ein Wasserleck abzudichten.

Reba sang eine Ballade im Radio, als Nate Talbert mit dem Ellbogen aus dem offenen Fenster seinen Dodge die Schotterstraße hinauf nach Hause fuhr. Seine Aufmerksamkeit wurde durch eine Bewegung auf dem Hügel hinter der Weide angezogen. Der Junge und sein seltsam aussehender Hund rauften auf der Wiese des Hauses, das erst seit Kurzem wieder bewohnt war. Da das Haus jahrelang leergestanden hatte, hatte sich Nate noch nicht an den Gedanken gewöhnt, Nachbarn zu haben. Das würde noch eine Weile dauern.

Er hatte hier draußen abgeschieden gelebt, und es hatte ihm so gefallen.

Besonders in den letzten drei Jahren.

Nate beobachtete, wie der Hund in wilden, unbeholfenen Kreisen um das Kind herum rannte. Der offensichtlich junge Hund trug einen Leckschutz um den Hals, er musste also wegen irgendetwas behandelt worden sein. Als sich das steife Plastik im Gras verhakte, überschlug sich der Hund und landete flach auf seinem Rücken. Der Junge ließ sich neben ihm zu Boden fallen, lachte und streichelte den Bauch des Hundes. Ohne es zu wollen lächelte Nate, als er um die Kurve zu seinem Haus fuhr.

Er dachte immer noch an das unbeschwerte Bild, das der Junge und der Hund abgegeben hatten, als er aus seinem Truck stieg und zur Scheune ging. Er wusste, dass er sich als guter Nachbar vorstellen sollte. Alle anderen in der Stadt hatten es bereits ... doch er hätte es vorgezogen, wenn das Haus leer geblieben wäre. Er war kein kontaktfreudiger Mensch und wollte mit niemandem Tassen Zucker tauschen.

Sie würden das früh genug über ihn wissen, also warum sich die Mühe machen? Die bloße Vorstellung, dass jemand nahe genug war, um seine Einsamkeit zu stören, war beunruhigend.

„Hey, Taco, wie geht es meinem Kumpel?", fragte er den großen Braunen, der seinen Kopf aus seiner Box streckte. Sofort schnaubte Taco und wedelte seinen großen Kopf hin und her, sein Signal, dass er bereit für einen Lauf war. Deswegen war Nate hier, und innerhalb weniger Augenblicke hatte er das Pferd gesattelt und ließ es über den Hof in Richtung offener Weide traben. Er hatte mehr als genug zu tun, doch an manchen Tagen musste Nate genau wie Taco die Sonne auf seinem Gesicht und den Wind auf seiner

Haut spüren, wenn er nach ein bisschen Frieden suchte.

Der Anblick des Jungen und des Hundes, die in ihrem Garten herumtollten, ging ihm nicht aus dem Kopf, während er ritt. Er wollte Kinder. Er und Kayla hatten von einer großen Familie geträumt. Das bittere Gefühl verlorener Träume drängte sich in den Vordergrund seiner Erinnerung wie ein Eimer Eiswasser, der über ihm ausgeschüttet wurde.

Genauso abrupt, wie er gekommen war, drängte er die Gedanken zurück in die dunklen Winkel seines Geistes.

So war es einfacher. Trotzdem weigerten sich der Junge und der Hund, aus seinen Gedanken zu verschwinden. Sie waren seine neuen Nachbarn. Sie hatten fast eine Woche neben ihm gewohnt, und er hatte noch *keinerlei* texanische Gastfreundschaft gezeigt. Nein, nicht *texanische* Gastfreundschaft. Er hatte *keinerlei* Gastfreundschaft gezeigt. Seine Kayla hätte ihm wegen seines schlechten Benehmens sein Fell an die Scheune genagelt, und er wollte nicht einmal darüber nachdenken, was seine Mutter tun würde, wenn sie Wind davon bekäme. Nicht, dass er sich zu viele Sorgen um Etikette gemacht hätte, seit er Kayla vor drei Jahren zur letzten Ruhe gebettet hatte.

Während dieser Zeit hatte die ganze Stadt einen

weiten Bogen um ihn gemacht, doch in letzter Zeit versuchten sie, ihn langsam wieder in den Schoß der Gemeinde zu ziehen. Er hatte gelegentlich nachgegeben, fast als wäre er bereit, sich auf eine Veränderung in ihm einzulassen. Nicht, dass das passiert wäre.

Er hatte in der Stadt im Futterladen gehört, dass die Mutter des Kindes eine Witwe war. Das allein schon sollte ihn dazu bringen, sich für seine Nachlässigkeit zu schämen. Er kannte die Schwierigkeiten, die mit dem Verlust eines Partners einhergingen. Eine Witwe mit einem Kind musste noch mehr Probleme zu überwinden haben ... Sein Gewissen meldete sich zu Wort.

Der Sattel knarrte, als er sein Gewicht verlagerte und über die Schulter in Richtung des Hauses blickte, das gerade in Sicht gekommen war. Er sollte einfach vorbeischauen und sich vorstellen.

Die Frau und ihren Sohn begrüßen. Den Hund kennenlernen.

Doch dabei würde es nicht bleiben. Sein Griff wurde unsicher. Der Anstand würde verlangen, dass er ihr anbot, ihr bei allem zu helfen, mit dem sie ein Problem haben könnte. Hier kam das Zögern ins Spiel. Er hatte so lange auf Autopilot gearbeitet und sich so tief in sich selbst eingegraben, dass allein der Gedanke, auch nur ein Fenster für jemanden zu öffnen, ein Kampf war. Und da war noch der andere Faktor, den er nicht außer Acht lassen durfte ...

Er lebte in einer Stadt, die besessen davon war, Leute zusammenzubringen und sie zu verheiraten. Das Letzte, was er wollte, war, irgendwelche Erwartungen an ihn und eine Frau zu wecken. Ganz besonders nicht eine Witwe.

Nein, das war etwas, an das er nicht einmal denken wollte. Er wandte sich ab und machte sich auf den Weg nach Hause. Doch Kayla hätte gewollt, dass er Manieren zeigte. Und der alte Mann da oben würde es auch wollen.

Taco änderte von selbst die Richtung, und bevor er sich von der Idee zurückziehen konnte, lenkte er Taco weiter nach Westen und ritt den Hügel hinunter zum Haus. Er konnte es genauso gut hinter sich bringen sonst würde er keinen Frieden haben.

Er band Taco an einem Zaunpfahl fest, duckte sich zwischen den mittleren Stacheldrahtsträngen durch und ging über den Hof. Der Junge und der Hund waren nirgends zu sehen, als er zur Veranda hinterm Haus ging. Es war näher, und er sah keinen Grund, Zeit damit zu verschwenden, zur Vorderseite des Hauses zu gehen ... abgesehen von der Tatsache, dass er in seiner staubigen Arbeitskleidung war. Als er auf die kleine

Veranda trat, hörte er gedämpfte Geräusche auf der anderen Seite der schweren Holztür. Er hielt inne und hob seine Hand, um zu klopfen, als die seltsamen Laute durch die Tür drangen.

Er schob seinen Hut zurück und legte ein Ohr nahe an den Türpfosten. *Was in aller Welt war das?* Eine hohe kindliche Stimme schrie etwas auf der anderen Seite, das er nicht verstehen konnte. Nates Puls schlug schneller, als er anklopfte. „Hallo", rief er dazu.

Fast augenblicklich flog die Tür auf, und er stand vor einer zierlichen Frau mit besorgten Augen. Sie war klatschnass von Kopf bis Fuß und trug einen Werkzeuggürtel, der mit jedem erdenklichen Werkzeug gefüllt war, das die Menschheit je erfunden hatte. Das musste zusammen mehr wiegen als sie.

In dem Moment, als sie ihn sah, hellte sich ihre Miene auf. „Oh, Halleluja!", rief sie. „Sie sind die Antwort auf meine Gebete!"

Bevor Nate Zeit hatte zu reagieren, packte sie ihn und riss ihn fast über die Schwelle.

KAPITEL ZWEI

Was er sah, war ein schreckliches Chaos. Nate sah es schon, als er halb über die Schwelle gezogen wurde.

„Ich schmelze! Ich schmelze!"

Das Schreien war jetzt verständlich und kam weiter von irgendwoher, wo er die Quelle nicht sehen konnte. Nicht gerade die Worte, die er erwartet hatte, darum recht verwirrend, als er sich umsah.

Wie Old Faithful zischte und spritzte Wasser hinter der Waschmaschine hervor, während das Schreien ununterbrochen weiterging. „Ich schmelze! Ich schmelll-ze!" Direkt vor dem Geysir stand der Junge und schien sich königlich zu amüsieren. Zu seinen Füßen saß der Hund, mit dem er vorhin herumgetobt und gespielt hatte.

„Hi-ya, Mister!" Der Junge lachte.

Adrenalin rauschte durch Nates Adern, und er nahm sich kaum die Zeit, zu nicken, während er sich weiter nach der Quelle der Schreie umsah. Seine Aufmerksamkeit wurde nach oben gelenkt, wo ein kleiner grüner Vogel auf der Gardinenstange saß. Er quietschte und kreischte sich die Stimme aus dem Leib, während er sich aufplusterte und die Flügel spreizte, um ein paar Tropfen aufzufangen, die bis zu ihm hinüber spritzten.

Wie das Kind schien sich auch der Vogel bestens zu amüsieren.

„Können Sie mir helfen?", fragte die Frau und blinzelte durch das Wasser.

Bereits Sekunden, nachdem er den Raum betreten hatte, war er durchnässt. Es sah auf einen Blick, dass das alte Ventil gebrochen war, was den Geysir verursachte.

Der Hund winselte verzweifelt, als wollte er sagen: „Bitte tu was." Das Kind tanzte im Regen. Der Vogel kreischte.

Nate fuhr sich mit der Hand über das tropfende Gesicht und drehte sich zu der Frau um. „Wo ist das Absperrventil?", rief er über den Krawall.

Die Frau schluckte schwer, und die Panik in ihren Augen wurde zu Verzweiflung. „Ich weiß nicht. Ich habe nicht daran gedacht zu fragen."

Genau, was er brauchte, eine weinende Frau — nicht, dass er die Tränen von all dem anderen Wasser unterscheiden konnte. Er verließ das Haus auf der Suche nach dem Absperrventil. Sehr zu seinem Verdruss folgten ihm alle.

Abgesehen von dem Vogel, der immer noch im Hintergrund krähte, dass er schmolz.

„Wohin gehen Sie, Mister?", fragte der Junge und joggte, um mit Nates langen Schritten mithalten zu können. Dabei wedelte er mit den Armen und spritzte Wasser in alle Richtungen.

„Zum Pumpenhaus", brummte Nate. Er konnte die Frau hinter sich bei jedem Schritt klirren und klappern hören.

„Warum?", fragte der Junge.

„Da sollte es ein Absperrventil geben", erklärte Nate, als er das gedrungene Gebäude erreichte. Er verschwendete keine Zeit, öffnete die Tür und eilte hinein. Der Junge und der schnaubende Hund folgten ihm in den winzigen Raum. Er hörte, wie der Plastikhalskragen des Hundes am Türrahmen hinter sich kratzte, gefolgt von einem Ächzen und einem dumpfen Schlag.

„Das ist also ein Absperrventil?", fragte der Junge und spähte um Nate herum, als der den roten Griff umklammerte und nach unten riss.

„Ja", nickte er. Im schwachen Licht blickte der Junge mit ernstem Gesichtsausdruck zu ihm auf.

„Ich bin der Mann im Haus hier. Ich muss sowas wissen."

Angesichts der ernsthaften Art und Weise, wie er das sagte, zog sich Nates Magen zusammen. Dieser Junge, nicht älter als acht oder neun, hatte seinen Vater verloren und versuchte, seine Rolle zu übernehmen. Sein Blick zupfte sogar an Nates taubem Herzen. „Das ist der Haupthahn", erklärte er schroff und ging um das Kind herum und zur Tür hinaus. Er war hier nicht in seinem Element.

Die Frau wartete und zu seiner großen Erleichterung hatte sie sich ein wenig beruhigt. „Danke", sagte sie, ihre großen grünen Augen klar. „Es tut mir so leid, dass Sie so nass geworden sind, aber das Ding ist mir einfach in der Hand zerbrochen, und ich konnte nicht – ich wusste nicht, was ich tun sollte. Ich bin in Panik geraten."

Er hörte den Ärger in ihrer Stimme, und er war sich nicht sicher, ob es dabei darum ging, ob das Ventil gebrochen war oder weil sie in Panik geraten war.

Er warf Taco, der nur fünf Meter entfernt stand, einen sehnsüchtigen Blick zu ... Alles, was Nate tun musste, war zu gehen. „Machen Sie sich deshalb keine Vorwürfe", sagte er stattdessen. „Lassen Sie uns nachsehen gehen, jetzt, wo das Wasser aus ist."

„Oh nein. Ich habe schon zu viel von Ihnen verlangt. Ich schaff das jetzt schon."

Er würde das sehen müssen, um es zu glauben. „Ich tue das gerne, Ma'am", sagte er. Dass er sich mit dem Gedanken abgefunden hatte, wäre vielleicht eine bessere Beschreibung seiner Einstellung dazu gewesen. Er hatte vorbeischauen wollen, um Hallo zu sagen und wieder zu gehen. Doch er konnte sie nicht in dieser Situation sitzenlassen. Was wäre, wenn es Kayla wäre, die eine helfende Hand brauchte – nicht, dass sie jemals eine gebraucht hätte, denn sie war eine erstaunliche Frau gewesen. Trotzdem war es dieser Gedanke, der ihn dazu trieb zu helfen. „Ich bin übrigens Nate Talbert. Ihr Nachbar", stellte er sich vor und fühlte sich außer Balance. Er nickte mit dem Kopf in Richtung seines Hauses, das hinter einem Eichen- und Kiefernbestand gut versteckt war.

„Sie sind unser Nachbar!", rief der Junge und sprang um ihn herum. „Und das ist Ihr Pferd! Woohoo!"

Nate blickte von dem sommersprossigen Jungen zur Mutter. Sie hatten dieselben grünen Augen.

„Schön, Sie kennenzulernen", sagte sie. „Ich bin Pollyanna McDonald, und das ist mein Sohn Gilly."

„Ach, Mom, nenn mich nicht so. Gil ist mein Name."

„Entschuldigung, mein Fehler", sagte sie und zerzauste sein nasses Haar. „Das ist Gil."

Gil sah wieder ernst aus. „Der Mann im Haus kann nicht Gilly heißen. Das hört sich nach Baby an.“

Nate bemerkte einen Schatten in Pollyannas Augen. Sie war keine auffällige Frau, doch sie hatte ausdrucksstarke Augen. „Da hast du vollkommen Recht", sagte sie. „Du wirst immer erwachsener."

Nate war abgelenkt und froh darüber, dass der Hund gegen ihn stieß, als er versuchte, seine Jeans zu beschnuppern. Der Kragen hinderte ihn daran, seine Nase nah genug zu bringen. Unfähig zu verstehen, dass es nicht funktionieren konnte, versuchte das Tier es weiter und stieß wiederholt eine Seite des Leckschutzes und dann die andere gegen Nates Wade. Das brachte das Kind zum Lachen, und die Mutter wurde nervös.

„Gil, nimm Bogie mit nach vorne, und spiel mit ihm", sagte sie, als wäre das ein Ding zu viel, das sich ihrer Kontrolle entzog, packte ihr langes, tropfendes Haar und wrang es nervös. Wasser tropfte zu Boden.

„Aber Mama –"

„Kein Aber. Mr. Talbert braucht nicht auch noch

von euch belästigt zu werden, während er versucht zu helfen."

Der Junge sah aus, als wollte er wieder protestieren, überlegte es sich dann jedoch und packte den Hund. „Kann ich in ein paar Minuten kommen und zusehen, wie Sie das Rohr reparieren?", fragte er und hob den Hund vom Boden auf.

Nate konnte schlecht nein sagen, also nickte er kurz, was die Augen des Jungen zum Leuchten brachte. „Großartig, danke!", rief er, gerade als der Hund ihm mit seinem Plastikkragen gegen das Kinn schlug. „Warte, Bogie", sagte er sanft, dann stapfte er mit dem Hund auf dem Arm um die Ecke des Hauses.

„Sie werden den Tag womöglich noch bereuen, an dem wir nebenan eingezogen sind", sagte Pollyanna McDonald, warf sich die Haare über die Schulter und stemmte die Hände in die Hüfte. Ihr Werkzeuggurt klirrte.

Nate sah sie an und war sich nicht sicher, wie er reagieren sollte, also reagierte er nicht. „Ich werde mir das jetzt mal ansehen", war alles, was er sagte, dann ging er zur Veranda.

Er war von seinem Stetson bis zu den Stiefeln nass, doch das war nicht ansatzweise vergleichbar mit dem Zustand seiner Nachbarin. Er wusste nicht, wie lange sie versucht hatte, den Geysir zu beschwichtigen, bevor er angekommen war, doch offensichtlich war es länger als nötig gewesen. Sogar über das Klirren ihrer Werkzeuge konnte er ihre Schuhe schmatzen hören, als sie ihm folgte.

Sie tat ihm leid. Sie hatte ihren Ehemann verloren, doch ehrlich gesagt war er nicht besonders begeistert von dem Gedanken, eine Nachbarin zu haben, die nicht einmal wusste, wie man das Wasser abstellte. Das war kein gutes Zeichen. Überhaupt nicht.

Das war also ihr neuer Nachbar. Kein großer Redner, dachte Polly, als sie ihm in ihr Haus folgte. Natürlich, welcher Mann wäre das auch unter den gegebenen Umständen? Sie hatte den armen Kerl ins Wasser gerissen – und wahrscheinlich seinen Hut ruiniert. Es war ihr furchtbar peinlich. Seine Hilfe zu brauchen war schon schlimm genug. Dass sie ihn auch noch geduscht hatte, war einfach zu viel, um überhaupt darüber nachzudenken.

Sie hatte wirklich ein Chaos veranstaltet. Wie konnte sie nicht wissen, wo man das Wasser abstellte? Sie hatte nicht einmal daran gedacht, den Immobilienmakler zu fragen, wo der Haupthahn war. Sie hatte in ihrem ganzen Leben nie das Wasser abstellen müssen. Trotzdem hätte jeder Trottel wissen müssen, wo man den Hebel findet!

Sie atmete tief durch, um sich zu beruhigen, verdrängte die negativen Gefühle und folgte Nate Talbert durch die Tür in ihr Haus. Nicht zu wissen, wie man das Wasser abstellte, war eine Kleinigkeit, und obwohl sie sich für einen Moment deswegen Vorwürfe gemacht hatte, weigerte sie sich, sich weiter deswegen aufzuregen.

Der Hauswirtschaftsraum war nun viel ruhiger. Das Wasser sprudelte nicht mehr, Gil und Bogie waren draußen, und Pepper war, nachdem er geduscht hatte, in einen anderen Teil des Hauses geflogen.

Nate nahm seinen Hut ab und hängte ihn ans Ende der von Pepper geräumten Gardinenstange. Er zog die Waschmaschine weiter von der Wand zurück und watete durch die fünf Zentimeter Wasser, die immer noch am Boden standen, um die Situation zu untersuchen.

Der Mann war gut eins fünfundachtzig, vielleicht sogar eins neunzig, und seine Schultern waren breit, was es ihm schwer machte, sich in den engen Raum zwischen Wand und Waschmaschine zu quetschen. Er sah gut aus, ein wenig hart vielleicht, mit einem entschlossenen Mund unter markanten Wangenknochen und einer attraktiven Gregory Peck-Nase. Nicht, dass sie normalerweise auf schöne Nasen geachtet hätte oder wie gut ein Mann aussah. Die Tatsache, dass sie so etwas bemerkte, störte sie genauso wie die gesamte Situation. Sie schnappte sich einen Mopp und versuchte, Herr über das Wasser zu werden, das nicht nur den Hauswirtschaftsraum, sondern einen Großteil ihrer Küche überflutet hatte.

„Ich kann einen Klempner anrufen", schlug sie vor und hasste es wirklich, dass dieser Fremde sich mit ihrem Problem befassen musste. Ganz zu schweigen davon, für wie dumm er sie halten musste.

Er beugte sich vor und betrachtete die Leitung. „Nicht nötig", sagte er knapp. „Ich habe das Teil, das Sie brauchen, bei mir zu Hause. Ich hole es schnell und bin in ein paar Minuten wieder da."

Polly schloss den Mund um den Protest, der herauskommen wollte, zurückzuhalten. Er sah nicht besonders glücklich aus, doch er hatte es angeboten. „Wenn Sie sicher sind, dass es nicht zu viel Mühe macht", sagte sie stattdessen. Warum sie es überhaupt sagte, war ihr ein Rätsel, da er bereits auf dem Weg hinaus war. Er war die Stufen hinunter gegangen, bevor sie ihren Mopp zur Seite gestellt hatte und ihm nach draußen folgen konnte.

In einer schnellen, geübten Bewegung eines Mannes, der es gewohnt war, durch Stacheldrahtzäune zu klettern, bückte er sich und kletterte geschickt durch die mittleren Stränge, ohne den Draht mit den Händen auseinanderhalten zu müssen.

Mit derselben Leichtigkeit schwang er sich in den Sattel und ritt davon. Polly dachte an den Lone Ranger und hatte das Gefühl, dass alles, was fehlte, ein „Hi-Ho, Silver!" war.

Nate Talbert verschwendete keine Energie. Weder mit seinen Bewegungen noch seinen Worten.

Genau genommen passte das Polly sehr gut. Es war nicht so, als würde sie den Mann regelmäßig um Hilfe bitten wollen.

Sie wirbelte herum und beeilte sich, die Wasserkatastrophe zu beseitigen. Das Mindeste, was sie tun konnte, wenn er schon bereit war, ihr zu helfen, war, den Hauswirtschaftsraum trockenzulegen.

Natürlich musste er noch zurückkommen.

Wenn er ein paar Minuten Zeit hatte, um den Zirkus zu verdauen, in den er gestolpert war, würde er womöglich zu dem Schluss kommen, dass es keine so schlechte Idee war, einen Klempner anzurufen.

Eine halbe Stunde später hatte Nate gerade angefangen, an dem kaputten Ventil zu arbeiten, als der Junge in den Raum stürmte. „Hey, Nate —"

„Das ist Mr. Talbert für dich, junger Mann",

ertönte irgendwo im anderen Raum die Stimme seiner Mutter, und die Ohren des Jungen färbten sich rot.

„Mr. Talbert", begann er von vorne und trat von einem Fuß auf den anderen. „Kann ich zuschauen?"

Nates erster Impuls war, nein zu sagen. Er hatte das Hilfsangebot der Mutter bereits abgelehnt und war froh gewesen, als sie nicht protestiert hatte. Das Letzte, was er brauchte, war, dass sie ihm im Weg stand, während er versuchte zu arbeiten. Der Raum war zu klein und die Nähe wäre zu persönlich für seinen Geschmack. Doch das Kind. Das war eine andere Geschichte. Seine Bemerkung von vorhin hing zwischen ihnen in der Luft. Er war der Mann im Haus.

„Das ist okay", sagte Nate knapp und machte sich sofort wieder an die Arbeit.

Gil kam herein, stützte seine Ellbogen auf die Waschmaschine und beugte sich so weit er konnte vor, um Nate zu beobachten. Er war nicht sehr groß, aber groß genug.

Der Junge fragte, was alles war und warum er etwas so machte, wie er es machte. Nate beantwortete alle seine Fragen so einfach wie möglich, damit der Junge ihn verstehen konnte. Denn Nate war derselben Meinung wie Gil, der Junge musste diese Dinge wissen.

Zwanzig Minuten später war er fast fertig und

begann, die neuen Verbindungen festzuziehen, als er dem sehnsüchtigen Blick des Kindes begegnete. „Willst du die Muffe anziehen? Es ist dein Haus."

Bei seinem Angebot leuchteten Gils Augen auf. Von der intensiven Willenskraft, die er in den Augen des Jungen sah, beeindruckt, wusste Nate, dass er der Tatsache nicht entgehen konnte, dass sie seine Nachbarn waren, und es würde ihm nicht wehtun, dem Jungen ein bisschen Zuspruch und Anleitung zu geben.

„Okay!", jubelte der Junge und schob sich zwischen Nate und die Waschmaschine. Er nahm den Schraubenschlüssel, setzte ihn an und zog. Am Ende half Nate ihm ein wenig beim endgültigen Festziehen.

„Und einsatzbereit", sagte Nate, als sie fertig waren.

„Ja, einsatzbereit", wiederholte Gil, straffte stolz seine Haltung und blickte zu ihm auf.

Nate hatte das Bedürfnis, die dünne Schulter des Jungen zu drücken, doch er tat es nicht. Stattdessen ließ er ihn an sich vorbeigehen. „Wirst du die erste Ladung waschen?"

Gil wirbelte herum. „Ich? Das ist Mädchenkram."

Nate zog eine Braue hoch. „Der Mann im Haus muss wissen, wie man seine eigenen Kleider wäscht." Es war eine harte Lektion gewesen, die er hatte lernen müssen. Da er eine fürsorgliche Mutter und dann eine fürsorgliche Frau gehabt hatte, hatte er vor drei Jahren einen Lernprozess durchgemacht.

Gil runzelte die Stirn. „Sie wissen, wie man seine eigenen Kleider wäscht?"

„Jep."

Nates Blick begegnete dem von Pollyanna, als sie in den Hauswirtschaftsraum kam. Sie hatte sich umgezogen und ihr nasses Haar mit einem Handtuch getrocknet. Sie war auf eine liebliche Weise hübsch.

„Ich bin hier fertig." Er verspürte den plötzlichen Drang, dringend nach Hause zurückzukehren.

Sie lehnte sich gegen den Türrahmen und sah zu, wie er die Waschmaschine wieder an die Wand schob, wobei Gil ihm half.

„Mom, Mr. Talbert sagt, ich soll lernen, meine eigenen Kleider zu waschen."

Nate wischte sich die Hände an einem Lappen ab, den Pollyanna ihm zuvor gegeben hatte, und blickte von dem Jungen zu seiner Mutter. In trockenerem Zustand ging ihre Ähnlichkeit weit über ihre grünen Augen hinaus. Sie hatten das gleiche wellige Haar, die warme Farbe wie die von Bogies zimtfarbenem Fell, und beide hatten Sommersprossen auf der Nase.

„Ich denke, das wäre eine großartige Idee. Wir können mit deiner Jeans und all den Handtüchern anfangen, die du beim Baden verwendest. Wie wäre es, wenn du jetzt rausgehst und deine Tiere fütterst, dann mache ich Abendessen.“

„Sicher! Hey, Mr. Talbert, wollen Sie zum Abendessen bleiben? Kann er, Mama?“

Er hüpfte wieder von einem Fuß auf den anderen, und Nate fiel auf, dass der Junge ständig in Bewegung war. Nate schüttelte den Kopf und bemerkte das Zögern in Pollyannas Augen.

„Nein, schon okay.“ Er war genauso gegen die Idee wie sie es offensichtlich war.

Sie wurde rot, und ihre guten Manieren übernahmen sofort das Kommando, als sich ihr Gesichtsausdruck in ein Lächeln verwandelte. Unsicher, aber ein Lächeln. „Oh, bitte bleiben Sie. Nach dem, was wir Ihnen aufgebürdet haben, schulde ich Ihnen zumindest eine Mahlzeit.“

Sie schuldete ihm nichts. „Kein Thema.“ Er griff bereits nach seinem Hut. „Ich habe allerdings selbst noch ein paar Dinge zu erledigen.“ Er sah die Enttäuschung in den Augen des Jungen und die Erleichterung in ihren, als er in Richtung Hintertür ging.

Es war eine Sache, zu helfen, doch das Letzte, was er oder sie brauchten, war, einander zu nahe zu kommen. Der Junge protestierte nur einmal kurz, und Nate bemerkte, dass die Hand seiner Mutter auf seiner

Schulter und ein schnelles Kopfschütteln reichten, um ihn zum Schweigen zu bringen. An der Tür tippte Nate an seinen nassen Hut und ließ Mutter und Kind und den Hund zu ihren Füßen zurück. Und irgendwo hinter ihnen sang der Vogel: „Jesus liebt Pepper, oh ja, das tut er."

Ein seltsamer Haufen, der Nate intensiv all die Träume wieder vor Augen führte, die er mit Kayla zur ewigen Ruhe gebettet hatte.

Erst vor wenigen Tagen hatte er darum gebetet, dass der Herr ihm ein Wunder schicken möge, um ihm zu helfen, den Rest seines Lebens anzugehen. Er hatte das ungute Gefühl, dass er dieses Wunder jetzt noch mehr brauchen würde, da seine Nachbarn ihn akut daran erinnerten, wie leer sein Leben geworden war.

KAPITEL DREI

Am Tag nach dem Fiasko mit der Waschmaschine war Gil kaum aufgewacht, da begann er schon über ihren neuen Nachbarn zu plappern. Er sprach über Nate Talbert, als er zur Schule abgeholt wurde und davonfuhr. Mule Hollow teilte sich mit ein paar anderen kleinen Gemeinden eine Schule, die ungefähr zwanzig Meilen vom Ort entfernt lag. Polly und die Mutter eines der anderen Jungen hatten sich zusammengeschlossen und eine Fahrgemeinschaft gegründet. Als sie sah, wie das Auto davonfuhr, atmete sie erleichtert auf.

Sie wusste nicht genau, wie sie die plötzliche und sofortige Schwärmerei ihres Sohnes für den wortkargen Cowboy ertragen sollte.

Sie hatte keine Zeit, darüber nachzudenken, denn im nächsten Moment bog eine Reihe von Autos in ihre Auffahrt ein.

An ihrer Spitze war der pinkfarbene 1958er Caddy, der Lacy Matlock gehörte. Lacy fuhr mit offenem Dach und begann zu winken, als sie Polly auf der Veranda entdeckte. Polly war sich nicht sicher, ob sie jemals jemandem begegnet war, der so voller Leben und Liebe zum Herrn war wie Lacy. Sie waren ungefähr gleich alt, doch neben Lacy fühlte sich Polly ein bisschen eingerostet.

Innerhalb von Sekunden hielt Lacy an, und der Truck, der ihr folgte, parkte hinter ihr. Die drei älteren Frauen, die herauskletterten, waren Mule Hollows Herz und Seele. Sie hatten sich im Alleingang einen Plan ausgedacht, um ihre Stadt durch die Aktion „Frauen gesucht" zu retten. Die Idee hatte schnell Traktion gefunden; Frauen waren dem Ruf gefolgt. Tag für Tag ritt ein einsamer weniger Cowboy durch den Ort.

Als Polly zum ersten Mal von Mule Hollow gehört hatte, hatte sie der Geschichte fast nicht geglaubt. Doch sie entsprach der Wahrheit. Die einst lebendige Stadt war beinahe ausgestorben, nachdem der Ölboom eingebrochen war und die Familien wegziehen mussten, um anderswo Arbeit zu finden. Da der Ort nicht nah genug an irgendetwas lag, um neue Familien anzuziehen, waren nur die alten Leute und die Cowboys übrig geblieben. Das hatte sich aufgrund der

Bemühungen dieser drei alten Damen und Lacy geändert. Und Polly hatte sich entschieden, hierher zu ziehen, weil sie den Drang verspürt hatte, Teil der Bemühungen zu werden. Sie fand auch, dass es ein großartiger Ort für eine Frühstückspension war. Als sie dieses viktorianische Haus gefunden hatte, das zum Verkauf gestanden war, hatte sie es für ein Zeichen gehalten, dass dies der Ort war, an dem ihre Träume wahr werden würden.

Innerhalb von Minuten nach ihrer Ankunft vibrierte das Leben in Pollys Küche, da alle bereit waren, ihr beim Auspacken der zahllosen Kisten zu helfen. Die Möbel fürs Obergeschoss würden erst geliefert werden, nachdem sie die Wände gestrichen hatte, doch das würde noch ein paar Wochen dauern. Wenn die Küche erst einmal ausgepackt war, würde sie für eine Weile frei von Kisten und Kartons sein. Das war ein gutes Gefühl.

„Du solltest die Türen aushängen", sagte Esther Mae Wilcox eine halbe Stunde später. Sie stand da und betrachtete die Schränke. Ihr roter Schopf war zur Seite geneigt und ihr Zeigefinger am Kinn. „Du hast diese wunderschönen Gläser. Die solltest du nicht hinter Türen verstecken."

„Großartige Idee", stimmte Polly zu, von dort aus, wo sie barfuß auf der Arbeitsfläche stand. Sie liebte bunte Glaswaren aus der Zeit der Weltwirtschaftskrise und hatte eine Menge davon gesammelt. Es würde sich als nützlich erweisen, wenn sie ihre Pension eröffnete. „Wenn ich diese Türen aushänge, sieht der Raum nicht nur wie ein Regenbogen aus, es ist auch noch praktisch für mich."

Der Raum hatte drei Meter fünfzig hohe Decken. Die Schränke reichten bis ganz nach oben, was ein Grund war, warum sie barfuß auf der Arbeitsfläche stand. Es war besser, als eine Leiter hoch und runter zu klettern, während Esther Mae ihr ein Glas nach dem anderen reichte.

Aus allen Ecken stimmten ihre Helfer zu.

„Ich liebe Glas aus dieser Zeit", fuhr Esther Mae fort. Sie wickelte einen Teller aus und bewunderte ihn, bevor sie ihn Polly reichte. „So fröhlich und bunt aus einer so deprimierenden Zeit."

„Wurde nunmal während der Weltwirtschaftskrise hergestellt", sagte Norma Sue Jenkins aus der begehbaren Speisekammer, in der sie arbeitete. „Die *war* deprimierend genug, da hat's wirklich ein bisschen Farbe gebraucht!"

„Das weiß ich doch alles", schnaubte Esther Mae. „Ich habe das als Kind schließlich alles durchlebt. Vielleicht schaue ich mir dieses Glas deshalb so gerne an. Es gibt nichts Schöneres als farbiges Glas."

„Das finde ich auch", sagte Lacy.

Polly nahm vorsichtig den zarten Teller in die Hand. „Meine Großmutter hat die Liebe dazu in mir geweckt. Das grüne Uranglas-Geschirr hat ihr gehört. Ich habe angefangen, andere Glaswaren aus der Zeit zu sammeln, weil sie ähnlich aussahen und mir die Farben gefallen, besonders das Rosa und das Blau."

„Und Zitronengelb", lächelte sie. „Wem versuche ich hier was vorzumachen? Ich liebe sie alle."

„Ich auch." Esther Mae kicherte. „Weißt du, wenn du ein Schwarzlicht an das Uranglas hältst, leuchtet es wegen des darin enthaltenen Urans." Sie drückte die hellgrüne Süßigkeitenschale an sich.

Polly nahm die Schale von ihr entgegen. „Meine Großmutter hat ihr Uranglasgeschirr in einem speziellen Schrank aufbewahrt, den mein Großvater ihr gebaut hat. Er hat Schwarzlicht installiert, und als ich klein war, hat sie es geliebt, die Lampen auszuschalten und mir zu zeigen, wie ihr Geschirr glüht."

„Wo leben deine Großeltern?", fragte Norma Sue, als sie aus der Speisekammer kam. Sie war eine stämmige Frau mit einem ansteckenden Lächeln, das sich über ihr ganzes pralles Gesicht ausbreitete. Polly hatte das Gefühl, dass Norma Sue eine Frau war, die durchzog, was sie sich vornahm.

„Sie sind wegen der Allergien meines Großvaters

nach Arizona gezogen. Wir sehen sie jetzt nicht mehr so oft, und ich vermisse sie wirklich. Ich wäre fast mit ihnen dorthin gezogen, um meine Idee umzusetzen. Aber ich wollte in Texas bleiben. Ich wollte nur aus Dallas raus."

„Und wir sind so froh, dass du hierher gekommen bist. Was ist mit deinen Eltern?", fragte Adela Ledbetter-Green und stellte ein blaues Glas neben eine Gruppe passender Stücke auf den Tisch. Sie war ein süße, zierliche Frau, stiller als ihre beiden Freundinnen, und obwohl sie eine Witwe Anfang siebzig war, hatte sie kürzlich ihren langjährigen Schatz geheiratet. Polly fand das sowohl romantisch als auch ein bisschen traurig und dachte darüber nach, wie das Leben weiterging, egal was geschah. Ihr Marc schlich sich in ihre Gedanken und brachte diese Mischung von Emotionen mit. Mit Gottes Hilfe und ihrer Entschlossenheit, Marc stolz auf sie zu machen, bewegte sie sich ohne ihn an ihrer Seite vorwärts ... doch wieder zu heiraten – der Gedanke ließ in ihrem Herzen alle Alarmglocken schrillen.

„Meine Eltern", sagte sie und verdrängte den letzten Gedanken. „Sie leben in Brenham, Texas. In der Heimat von Blue Bell Ice Cream."

„Ich liebe dieses Eis!", rief Esther Mae. „Deren Vanilleeis ist durch nichts zu schlagen. Natürlich, mein

Hank, der ist ein Rocky Road-Typ und ich kann nicht mehr viel davon essen, seit ich mein Trainingsprogramm begonnen habe."

Norma Sue hustete. „Ich habe drei Kartons mit dem Zeug in deinem Gefrierschrank gesehen, als ich gestern Eiswürfel für meinen Eistee geholt habe. Da war kaum Platz für was anderes."

Esther Mae schnaubte. „Es war reduziert, drei für zehn Dollar. Den Deal konnte ich mir nicht entgehen lassen."

Lacy hielt beim Auswischen der Schubladen inne. Ihre blauen Augen funkelten. Sie fing Pollys Blick auf, zwinkerte ihr zu und machte sich dann wieder an die Arbeit. Polly hatte kurz nach dem Kennenlernen der drei älteren Damen festgestellt, dass Norma Sue und Esther Mae wie ein Stand-up-Comedypaar miteinander plänkelten. Sie scherzten und stritten sich fast ständig auf ihre gutmütige Art und Weise, während Adela von Zeit zu Zeit einen trockenen Kommentar abgab, um sie sanft zum Gesprächsthema zurückzulenken. Da musste man einfach lächeln. Während sie ihnen zuhörte, dachte sie an ihre Großeltern, die auch keiner guten Zankerei aus dem Weg gingen.

Esther Mae reichte Polly eine Schüssel, während Norma Sue zu ihr kam und zu ihr aufblickte.

„Also, was denkst du über deinen Nachbarn?"

Der plötzliche Themenwechsel traf Polly unvorbereitet. Bis gestern hatte sie ihren Nachbarn nur aus der Ferne kommen und gehen sehen. Ihr Haus stand auf einem Hügel, und obwohl sie sein Haus nicht sehen konnte, weil es von einem Eichenbestand abgeschirmt wurde, war seine lange Auffahrt gut einsehbar. „Ich habe ihn gestern das erste Mal getroffen."

Sie sah sich im Raum um und stellte fest, dass alle sie so beobachteten, wie Gil seine Geburtstagsgeschenke betrachtete, bevor er sie öffnete.

„Du meinst, er ist tatsächlich rübergekommen?", keuchte Esther Mae.

Polly war nicht sonderlich begeistert, über die peinlichen Umstände zu reden, doch sie erzählte es ihnen trotzdem.

Als sie die Geschichte erzählt hatte, sahen alle schockiert aus.

„Unser Nate hat das getan?", fragte Norma Sue.

„Ja. Der arme Mann wünscht sich jetzt wahrscheinlich, ich wäre nie neben ihm eingezogen."

„Oh nein, Liebes", versicherte Adela ihr. „Das ist eine gute Sache."

Esther Mae reichte Pollyanna eine goldene Vase, doch dann zog sie geistesabwesend ihren Arm zurück und Polly griff in die Luft. „Ist es wirklich. Ich habe schon angefangen, mir Sorgen um diesen Jungen zu machen. Ich hätte ehrlich gesagt nicht gedacht, dass er hierher kommen und sich dir vorstellen würde. Er ist so ein Einsiedler geworden."

„Mach dir keine Sorgen um ihn", sagte Adela. „Er muss alles zu seiner eigenen Zeit tun. Er war in den letzten drei Jahren nicht jemand, der seine Hilfe angeboten hätte. Er hat Zeit gebraucht, um seine Wunden zu heilen."

„Das stimmt", nickte Lacy. „Wir müssen einfach weiter glauben, dass er sich erholt. Er hat in letzter Zeit bei einigen Festen geholfen. Das ist ein Fortschritt."

Norma Sue schüttelte ihr drahtiges graues Haar. „Aber nur beim Aufbau. Während der eigentlichen Feste ist er nicht in die Nähe der Stadt gekommen. Nicht einmal zum Weihnachtsprogramm."

„Das stimmt, aber es ist verständlich." Adela sah sich im Raum um, und ihr Blick fiel auf Pollyanna. „Er musste sich Zeit nehmen, sich in seinem eigenen Tempo bewegen, und wir haben versucht, uns nicht einzumischen oder zu drängen. Du und ich, wir verstehen das", erklärte sie. Ihre strahlend blauen Augen waren voller Mitgefühl. „Niemand kann wirklich verstehen, was es bedeutet, seinen Seelenverwandten so zu verlieren wie diejenigen, die es erlebt haben."

Ein Kloß stieg in Pollys Kehle auf. Nate Talbert war Witwer.

„Es tut mir so leid", sagte sie und wusste nur zu gut, dass diese Worte nicht ausreichten. Polly hasste es, darüber nachzudenken, doch die eine Hälfte jedes Paares würde eines Tages den Verlust des anderen ertragen müssen, es war ein Teil des Lebens. Trotzdem wünschte sie es niemandem. Das Wissen, dass ihr Nachbar einen solchen Verlust erlebt hatte, machte sie traurig und verband sie mit ihm genauso wie mit Adela. Es war, als wären sie Mitglieder eines Clubs, dem sie nicht beitreten wollten, aus dem man aber nicht herauskommen konnte.

„Gott hat mich gesegnet, Liebes. Gott hat uns belastbare Herzen gegeben, und du wirst es vielleicht noch nicht sehen, aber du und Nate könnt Raum in euren Herzen haben, um wieder zu lieben."

Ein Schatten fiel über Pollys Herz. „Ich freue mich wirklich für dich, Adela, aber ich suche nicht wieder nach Liebe."

„Natürlich tust du das", rief Esther Mae aus. „Du bist zu jung, und du hast deinen wunderbaren Sohn, der einen Vater braucht."

„Esther Mae", bellte Norma Sue in tadelndem Ton.

„Oh nein", blaffte die lebhafte Rothaarige, und ihr

Blick hob sich zu Polly. Ihre Stimme war sanft. „Du kannst den Herrn nicht so einschränken, Pollyanna."

Polly ging auf der Arbeitsfläche in die Hocke und tätschelte Esther Maes Hand. „Es ist okay, so ist es nicht. Mir geht es gut, Gil geht es gut. Ich bin nach Mule Hollow gekommen, um mir ein neues Leben aufzubauen – nicht, um mir einen eurer Cowboys zu angeln. Die überlasse ich jemand anderem. Ja wirklich. Gott hat mich mit der Liebe eines erstaunlichen Mannes gesegnet, und für eine Weile hatte ich mehr, als ich jemals zu hoffen oder träumen gewagt habe ... Diese Art von Liebe bekommt man nicht zweimal. Und ehrlich gesagt habe ich keine Lust, eine so perfekte Erinnerung ins Wanken zu bringen. Das ist der Hauptgrund, warum ich nie wieder heiraten werde."

„Der Hauptgrund – du hast mehr?", fragte Esther Mae.

Polly schluckte die Angst herunter, die Zweifel, die immer an die Oberfläche kamen, wenn sie in ihrer Wachsamkeit nachließ. Sie nickte und traute ihrer Stimme zunächst nicht. „Oh ja", brachte sie nach einem Moment heraus. „Ich habe mehr."

Am Nachmittag nach dem Treffen mit seinen neuen

Nachbarn tauchten der Junge und sein Hund auf, als Nate Viehfutter ablud. Er war mit seinem Fahrrad rübergefahren, und Bogie keuchte wie eine alte Dampflok, als sie in den Hof kamen. „Hey, Nate!", rief Gil, sprang von seinem Fahrrad, während es sich noch bewegte, und hielt es dann an. „Was ist in den Säcken?"

„Viehfutter", brummte Nate und stapelte zwei auf einmal auf die Paletten in der Ecke der Scheune. Es war nicht so, als könnte er den Jungen ignorieren, obwohl er ein schlechtes Gefühl hatte, was die gesamte Situation anging. Er hatte den ganzen Morgen immer wieder die Gefühle gespürt, die er am Tag zuvor empfunden hatte, als er mit Gil und seiner Mutter zusammen gewesen war. Er fühlte sich in gewisser Weise mit ihnen verbunden, doch er fühlte auch ein überwältigendes Bedürfnis, Abstand zu halten. Er hatte sich fast daran gewöhnt, von allem abgeschnitten zu sein. Sicher, er hatte um eine himmlische Intervention gebeten, doch ehrlich gesagt musste der Herr auch etwas für seine Einstellung tun, sonst würde gar nichts passieren. Einige Narben gingen zu tief.

Aber nichts davon war die Schuld des Kindes, und Nate war klug genug zu wissen, dass der Stress, den er in Gegenwart des Jungen empfand, mehr damit zu tun hatte, wie sehr er sich Kinder mit Kayla gewünscht hatte, als mit Gil selbst. Er wäre kein guter Mann, wenn er es an dem kleinen Jungen auslassen würde. „Ich kann helfen", bot Gil an, lehnte sein Fahrrad an die Wand und ging in die Scheune. Bogie, zu erschöpft, um neugierig zu sein, ließ sich hechelnd im Staub nieder.

Nate spürte, wie sein Magen rebellierte, nickte aber, während er weitere Säcke herumwuchtete. „Ich sag dir was. Wie wäre es, wenn du auf die Ladefläche des Trucks kletterst und die Säcke obenauf zu mir runterschiebst?" Nate glaubte nicht, dass der kleine, zart gebaute Junge einen 50-Pfund-Sack heben konnte, denn er hatte gesehen, wie er sich abgemüht hatte, Bogie zu tragen, doch vielleicht konnte er einen in seine Richtung schieben.

Mit entschlossenem Gesicht kletterte Gil auf die Ladefläche und griff nach dem Sack oben auf dem Stapel. Mit einem Grunzen zog er daran. Als nichts passierte, kletterte er hinter die Säcke und schob. Der Sack belohnte ihn, indem er mit einem dumpfen Schlag aufs Ladebett rutschte.

„Gute Arbeit", sagte Nate und meinte es so. Er zog den Sack heran und warf ihn auf den Stapel.

Gil hatte bereits seine Schulter gegen den nächsten Sack gestemmt, sein Gesicht vor Anstrengung rot. Sie arbeiteten fast 30 Minuten, und Nate konnte nicht anders, als die harte Arbeit des Jungen zu bewundern. Als die Ladefläche leer war, sprang Gil zu Boden.

„Haben Sie noch was zu tun?"

Nate wollte ein paar Boxen ausmisten, und auch wenn er sich sicher war, Gil würde bei der Aussicht die Flucht ergreifen, bot er es an.

„Woo-hoo! Kann ich eine Schaufel haben? Dazu benutzt man doch eine Schaufel, oder?"

Nate hätte fast gelacht. Fast.

„Vielleicht solltest du deine Mutter anrufen und sie wissen lassen, wo du bist." Pollyanna könnte sich Sorgen machen, wenn Gil so lange nicht auftauchte.

„Vielleicht sollte ich das. Sie wissen ja, wie Mütter sind." Nate deutete auf das Telefon an der Wand neben dem Sattelraum.

„Sie will mit Ihnen reden, Nate", rief Gil, nachdem er kurz mit seiner Mutter gesprochen hatte.

Nate nahm den Hörer. „Ja?", sagte er und sah zu, wie Gil gut gelaunt herumhüpfte.

„Sind Sie sicher, dass es Ihnen nichts ausmacht, wenn er hilft? Wenn er im Weg steht, schicken Sie ihn bitte einfach nach Hause." Ihre Stimme war sanft, und er stellte sich ihre ebenso sanften grünen Augen vor, die ihn nachdenklich ansahen, als sie die Worte sagte. Er war beeindruckt von dem Bild und erschrocken darüber, wie sehr er das Bedürfnis verspürte, sie zu beruhigen.

„Er ist ein guter Helfer. Wenn es Ihnen nichts ausmacht, würde ich mich über die Hilfe freuen."

Es folgte eine lange Pause, als überlegte sie, ob das stimmte. Er fügte hinzu: „Ein Junge, der auf dem Land lebt, muss wissen, wie man eine Box ausmistet." Ihr Kichern überraschte ihn ein wenig wie ein Nadelstich in einer hartnäckigen Schwiele.

„Da haben sie wahrscheinlich Recht", sagte sie. „Wenn Sie sich sicher sind, dann weiß ich, dass er es lieben würde."

„Ja, Ma'am. Ich werde ihn in ein paar Stunden nach Hause schicken."

„Danke Nate", sagte sie, bevor er auflegen konnte.

„Keine Ursache", antwortete er, mehr als ein wenig unbehaglich, als er auflegte.

Zwei Stunden später schickte er Gil und Bogie nach Hause. Er fragte sich, ob Pollyanna ihm auch dann noch dankbar sein würde, wenn ihr Sohn in ihr sauberes Haus kam und schlimmer stank als die Boxen, die er ausgemistet hatte. Nate lächelte, als er sah, wie der Junge mit seinem Fahrrad um die Auffahrt hinunter rauschte, den Kopf stolz hoch erhoben.

Etwas sagte Nate, dass es Pollyanna McDonald egal wäre, wenn ihr Sohn wie ein Iltis stank, solange Gil lächelnd nach Hause kam.

KAPITEL VIER

Es war erst sieben Uhr morgens, doch Polly war seit fünf Uhr auf. Sie rieb sich den müden Nacken und verließ ihr Büro.

In den zwei Stunden hatte sie ihre Website freigegeben und einige Reservierungen für den Hochsommer von einer Online-Buchungsseite bestätigt, auf der sie gelistet war. Sie hatte sich endlich auch für die Bettwäsche entschieden, die sie in den vier Gästezimmern haben wollte, und sie schnell bestellt, damit sie es sich nicht noch einmal anders überlegte. Jetzt würde sie nur noch die Wandfarben auswählen müssen. Das war eine Erleichterung. Sie hatte viel im Kopf und nicht gut geschlafen. Ihre Pension musste aus so vielen Gründen ein Erfolg werden. Abgesehen davon, dass sie Marc stolz machen und ihren Traum für Gil erfüllen wollte, musste sie das

Gefühl haben, wieder Kontrolle über etwas in ihrem Leben zu haben. Alles, was sie von ihrer Liste streichen konnte, half dabei.

Sie und Marc hatten einiges gespart, doch sie hatten auch eine gute Lebensversicherung gehabt. Marc hatte seine Verantwortung nicht auf die leichte Schulter genommen, besonders nicht bei seiner Liebe zum Extremsport. Polly wollte jedoch auf eigenen Beinen stehen. Sie hatte Marcs Geld investiert und genug in Cash behalten, um es als Startkapital zu verwenden, und sie versuchte, von ihren anderen Ersparnissen zu leben, bis sie ein Einkommen aus der Pension erzielte.

Das Geld aus Marcs Versicherung finanzierte ihren Traum und, mit Vorsicht investiert, würde es ihr und Gil immer ein Kissen bieten, auf das sie zurückgreifen konnten. Die Pension war vielversprechend. Da sie jemand war, der sich immer Sorgen machte, befürchtete sie natürlich immer noch, dass sie scheitern könnte. Doch soweit sie es beurteilen konnte, war es eine gesunde Angst, die sie auf Zack hielt.

Als sie um die Ecke kam, entdeckte sie Bogie in seiner üblichen Morgenpose auf der Rückenlehne des Sofas sitzend. Mit seinem Kragen sah er unglaublich lustig aus. Sie war überzeugt, dass der Hund sich für eine Katze hielt. Seine Eigenarten schienen rassebedingt zu sein. Shar-Peis mochten kein Wasser, sie klopften Bälle mit ihren Pfoten wie eine Katze auf den Boden herum und wegen ihres übermäßig ausgeprägten Beschützerinstinkts liebten sie es, die Welt von einer hohen Warte aus zu beobachten. Bogie bevorzugte das Sofa, kletterte aber auf alles, was ihm eine Gelegenheit dazu bot. Wenn Stühle nicht unter den Tisch geschoben wurden, kletterte er hinauf – sei es auf den Ess-, Schmink- oder Schreibtisch – und hielt stolz Wache. Klettern war jedoch nicht seine einzige Freizeitaktivität. Manchmal stahl er Dinge. Bevor sie ihn das erste Mal auf ihrem Schreibtisch erwischt hatte, hatte sie befürchtet, den Verstand zu verlieren, wenn Dinge verschwanden und an seltsamen Orten wieder auftauchten: wie ihr Notizbuch hinter dem Sessel in der Ecke oder ihre Haarbürste hinter der Toilette.

Die Rasse hatte auch einen natürlichen Instinkt, enge Bindungen mit den Familienmitgliedern einzugehen. Aus diesem Grund hatten ihre Eltern ihnen den faltigen Welpen geschenkt. Sie wussten, dass sie sich Sorgen um Gils emotionalen Zustand machte, seit er seinen Vater verloren hatte, und sie wollten sie ein wenig entlasten, indem sie ihm etwas gaben, das von Natur aus viel Liebe zu geben und einen ausgeprägten Beschützerinstinkt hatte. Was ihr nicht bewusst gewesen war, war, dass Shar-Peis keine enorme Lebenserwartung hatten ... vielleicht acht, zehn Jahre. Polly hasste den Gedanken, dass Gil eine so starke Bindung mit einem Tier aufbaute, nur, um es zu verlieren. Sie wusste, dass sie selbst auch Angst davor hatte.

Und doch waren sie mit Bogie, Pepper und Gils zwei Schildkröten auf dem besten Weg, eine Farm aufzubauen. Dazu würde bald noch die Ziege kommen, die Gil wollte, und die Kuh, die sie wollte, und sie würde sich ernsthaft mehr Sorgen machen müssen. Wenn eines dieser Tiere starb, würde sie Gil wieder leiden sehen.

Der Tod traf sie tiefer, als sie ertragen konnte. Und die Angst davor konnte lähmend sein ... selbst für eine Frau mit einem starken Glauben an den Herrn. Wenn sie könnte, würde sie Gil davor schützen, es jemals wieder erleben zu müssen.

Ein farbiger Blitz schoss an ihr vorbei, und sie blickte gerade noch rechtzeitig auf, um zu sehen, wie Gil das Geländer hinuntersauste. Er stieß einen begeisterten Schrei aus und landete auf seinen Füßen. Zu ihrem Unglück als Sorgenliese war ihr Sohn zum Teil Bergziege. Und furchtlos wie sein Vater.

„Gil, du wirst dich noch irgendwann dabei verletzen. Du musst damit aufhören", ermahnte sie ihn. Ihr Herz pochte.

„Aber Mom, es macht so'n Spaß."

Spaß. Auch in dieser Hinsicht war er wie sein Vater. Polly lächelte, ohne es zu wollen, ihr Herz schwoll gleichzeitig vor Liebe und Angst an. Marc wäre mit ihm das Geländer hinuntergerutscht ... während sie beide ermahnte, aufzuhören.

„Wir werden später darüber reden. Wollen wir frühstücken, bevor Rose dich zur Schule abholt?"

„Oh ja, ich bin hungrig wie ein Wolf", sagte Gil genau so, wie es Marc immer gesagt hatte.

Wenn sie hörte, wie Gil oder Pepper eine von Marcs typischen Bemerkungen machten, musste sie immer lächeln. Sie holte tief Luft und kämpfte gegen die Tränen an. Was war heute Morgen mit ihr los? Es musste die Müdigkeit sein, dachte sie, während sie Gil beim Spielen mit Bogie zusah. Der Hund stolperte fast über seinen steifen Plastikragen, als er versuchte, näher an Gil heranzukommen. Er rollte von der Couch und landete unbeholfen am Boden. Das Geräusch erweckte Pepper zum Leben und von oben, sicher in seinem großen Käfig, wo er jeden Tag begann und beendete, begann Pepper, „Jesus liebt Pepper" zu singen.

Das Lied war perfektes Timing, denn die kindliche Stimme erinnerte Polly daran, dass trotz ihrer Sorgen alles im Lot war.

Sie war überzeugt, dass Gott Peppers süße Stimme benutzte, um sie zu beruhigen und sie daran zu erinnern, dass sie beim Großziehen ihres Sohnes nicht allein war.

Sie blinzelte die Tränen weg und sandte ein stilles Dankgebet für den Zuspruch und dafür, dass er eine schützende Hand über Gil hielt.

Es ging ihnen gut. Es war wirklich so.

Sie dachte an Nate Talbert. Der Mann hatte Gil in den letzten Tagen erlaubt, ihm zu helfen, und es hatte Gil so glücklich gemacht. Am ersten Tag war er nach Hause gekommen und hatte wie ein ganzer Pferdestall gestunken. Aber wie glücklich er gewesen war! Das Landleben tat ihm gut.

Und das war eine Antwort auf ihre Gebete. Es war auch etwas, für das sie sich erkenntlich zeigen musste.

Dank der Hilfe der Frauen war ihre Küche betriebsbereit, und Nate Talbert sah aus wie ein Mann, der ein hausgemachtes Essen gebrauchen konnte.

„Also war die Reise gut?", fragte Nate seine Mutter in

dem Moment, als er ans Telefon ging und hörte, dass sie es war. Er hatte erwartet, dass sie anrufen würde, sobald sie und sein Vater von ihrer Kreuzfahrt nach Hause kamen.

„Alaska war so wunderschön, wie ich es mir vorgestellt habe", sagte sie und machte dann eine Pause. Nate konnte hören, wie sein Vater im Hintergrund etwas sagte. „Dein Vater sagt, du solltest auch diese Kreuzfahrt machen. Und er hat Recht."

Nate starrte aus dem Fenster seines Büros und schüttelte den Kopf. „Sag Dad, ich überlasse euch beiden das ganze Reisen."

Seine Mutter seufzte. Er musste ihr Gesicht nicht sehen, um zu wissen, dass sie gegen eine Mischung aus Ärger und Trauer kämpfte. Er wünschte sich, sie würde nicht wieder davon anfangen. „Nate, Schatz, du wolltest immer reisen."

Ja, mit Kayla. Sie hatten geplant zu reisen, sobald sie Zeit hatten. Doch die hatten sie nicht mehr.

„Dein Bruder kann mitkommen, wenn du nicht alleine gehen willst."

„Mom, hör auf." Er wollte sie nicht verletzen, doch sie musste aufhören. Sie hatte vor ihrer Reise Andeutungen gemacht, dass es Zeit für ihn war, wieder zu daten. *Fang an zu reisen. Fang an zu leben.* Es war immer etwas, das mit *fang an* oder *Versuch* begann.

Mit dem Wort *Versuch* meinte sie, *komm darüber hinweg*, und ihre große Hoffnung war, dass er eine nette Frau treffen und wieder heiraten würde. Nate hatte ein echtes Problem mit Leuten, die das für ihn wollten. Trotzdem war sie seine Mutter, und sie wollte Enkelkinder. Und da sie es aufgegeben hatte, dass sich sein Bruder jemals häuslich niederlassen würde, war Nate immer noch ihre beste Hoffnung. Außerdem wollte sie, dass Nate wieder glücklich wurde.

„In zwei Wochen kann ich diese Ladung Vieh bringen", sagte er und antwortete nicht auf ihre Bitte. Es hatte keinen Sinn, sie anzulügen.

Sie seufzte ins Telefon. „Oh, ja. Ich werde es deinem Bruder sagen."

„Danke, Mom. Das erspart mir den Anruf."

Nates Bruder Tyler leitete den Familienbetrieb außerhalb von Fort Worth. Ihr Vater hatte vor einigen Monaten einen leichten Herzinfarkt erlitten und versuchte, langsamer zu machen und das Leben ein wenig mehr zu genießen. Diese Kreuzfahrt war Teil dieses Plans gewesen. Nates Mutter glaubte, Enkelkinder würden ihm helfen, sich daran zu gewöhnen, nicht so hart zu arbeiten. Nate hatte Gewissensbisse, ihr nicht geben zu können, was sie wollte. Doch das Leben war nicht fair, und man bekam nicht immer das, was man wollte. Trotzdem fühlte er sich schlecht. Seine Mutter hatte Enkel verdient. Er würde mit seinem Bruder reden müssen, wenn er nach Hause kam.

Er und seine Mutter unterhielten sich noch eine Weile über die Reise, bevor sie sich verabschiedeten. Sie beendete ihre Telefongespräche immer mit „Ich werde für dich beten, Schatz." Nate vermutete, dass die Gebete seiner Mutter ihm in seinen schlimmsten Zeiten geholfen hatten. Er legte auf, senkte den Kopf und betete für sie. Sie war die beste Frau, die Nate kannte, und sie hatte es verdient, ihren Herzenswunsch erfüllt zu bekommen. Er ging zur Tür hinaus, als das Telefon erneut klingelte. Da er glaubte, seine Mutter hätte vergessen, ihm etwas zu sagen, wie fast immer, wenn sie telefonierte, setzte er das Headset auf.

„Hast du was vergessen?", lachte er.

„Das könnte man so sagen."

Pollyannas Kichern war eine unerwartete Überraschung. „Du bist nicht meine Mutter." Was für eine scharfe Beobachtungsgabe, Talbert.

„Nein. Tut mir leid."

„Ich habe gerade mit meiner Mutter telefoniert", erklärte er und sprach schnell weiter. „Brauchen Sie irgendwas?"

„Ja, genau genommen schon. Ich brauche Sie."

KAPITEL FÜNF

An diesem Abend ging Nate mit furchtbarem Knoten im Bauch die fünf Stufen hinauf, die von zwei großen Töpfen mit Tulpen flankiert waren, die noch nicht geblüht hatten. Er klopfte schnell an die Fliegengittertür, ehe er noch die Nerven verlor und die Flucht ergreifen würde. Nachdem er Gil in den letzten Tagen erlaubt hatte, ihm zu helfen, hatte sie angerufen und darauf bestanden, dass er zum Abendessen kam. Nate hatte die Einladung schließlich angenommen, jedoch widerstrebend. Als Gil nach der Schule vorbeigekommen war, war der Junge übertrieben aufgeregt gewesen, und das hatte alle Gedanken abzusagen vertrieben.

Er rieb sich die Nasenwurzel und wollte, dass sich sein Innerstes beruhigte. Schon bei dem Gedanken, am Tisch einer anderen Frau zu sitzen, fühlte er sich genauso übel wie beim ersten Mal, als er von einer wütenden Färse in den Bauch getreten worden war. Er sagte sich, dass es nichts mit dem seidigen Ton von Pollyannas Stimme zu tun hatte, als sie ihn eingeladen hatte. Oder wie er sich immer wieder daran erinnerte, wie ihre Augen praktisch laut sprachen, so ausdrucksstark waren sie. Nate klopfte erneut. Niemand kam, doch er wusste durch das leise Lachen, das von irgendwo im Haus kam, dass sie zu Hause waren und ihn einfach nicht gehört hatten.

Er nahm seinen Hut vom Kopf und versuchte es anders. „Hallo!", rief er und öffnete die Fliegengittertür. Als niemand antwortete, trat er ein. Eine beeindruckende Treppe schlängelte sich vor ihm nach oben. Sein Blick wanderte nach oben. Eine Seite des Geländers bog in den ersten Stock ab, doch das andere Geländer führte in einem weiten Bogen bis zur zweiten Etage … Das musste eine nette Rutschpartie sein.

Neugierig auf den Rest des Hauses ging er in das große Wohnzimmer. Zweifel über sein unerhörtes Eindringen kamen in ihm auf. Er drehte sich um und ging zurück zur Veranda, während Pollyannas Lachen ertönte. Die pure Freude ihres Lachens faszinierte ihn. Mit Blick auf die Tür am Ende des Wohnzimmers machte er noch ein paar Schritte und wäre fast über ein Hundebein gestolpert.

Der faule Hund schlief unter einem Beistelltisch, auf dem Rücken ausgestreckt, sein entspanntes Gesicht ein zerknitterter Haufen von Falten im Kragen seines „Lampenschirms".

„– es wird ihnen hier gefallen, Mama. Bo lächelt. Siehst du? Und sieh dir Sylvie an!", rief Gil aufgeregt.

„Pepper auch. Pepper auch!"

„Ja, Pepper, du kannst auch zusehen." Pollyanna lachte. „Ich denke, Bo lässt Sylvie gewinnen, weil er sie so sehr liebt."

Pollyannas Stimme war heiser vor Lachen, als Nate seinen Kopf in den Raum steckte. Mutter und Sohn saßen nebeneinander auf dem Boden der Küche von ihm abgewandt. Sie beobachteten zwei Schildkröten, die über den Boden auf etwas zusteuerten, das wie eine rote Gummischnur aussah. Ein Twizzler. Der grüne Nymphensittich saß auf Gils Schulter und tanzte begeistert, während er das Rennen beobachtete. Es musste eines der seltsamsten Dinge sein, die Nate jemals gesehen hatte. Bevor Nate etwas sagen konnte, neigte der Vogel seinen orangefarbenen Kopf und richtete seine kleinen schwarzen Knopfaugen auf ihn. Sofort plusterte er die Federn auf seinem Kopf auf, dann hob der Vogel einen Fuß und zeigte auf ihn.

„Fremder! Fremder!", kreischte er und flog dann direkt auf Nate zu.

Nate war unvorbereitet und wich zurück, um dem Stuka-Angriff zu entgehen. Zu spät bemerkte er, dass Bogie aufgewacht war und desorientiert auf ihn zu stürmte – und die Füße unter seinem Körper wegfegte. Das war eine gute Zusammenfassung für seinen Tag, dachte Nate, als er wie ein nasser Sack am Boden aufschlug.

Und da lag er. Ein grüner Vogel kreiste kreischend über ihm, ein dicker, faltiger Hund stieß mit seinem seltsamen Plastikkragen gegen ihn, und ein lachender Junge und seine Mutter mit den smaragdgrünen Augen standen über ihm.

„Sind Sie okay?" Pollyanna blinzelte ihn mit großen Augen an.

Nate war sich nicht sicher, ob es daran lag, dass er seinen Kopf am Boden angeschlagen hatte, doch er starrte sie nur wie ein Idiot an. Sie hatte wirklich die leuchtendsten Augen.

Und ein süßes, winziges Grübchen neben ihren Lippen.

„Pepper hat Sie wirklich gut erwischt", kicherte Gil.

Nate setzte sich auf und rieb sich den Hinterkopf.

„Gil!", tadelte Pollyanna, doch Nate sah, wie ihre Mundwinkel zuckten.

„Schon gut." Er lächelte Gil an und dann Pollyanna. „Das war meine Schuld, dass ich ungebeten ins Haus gekommen bin. Und warum soll er nicht lachen, muss ziemlich amüsant ausgesehen haben. Und Jungs kommen nun mal mit einem trockenen Humor zur Welt."

Das brachte sie zum Lächeln. Nicht nur lächeln, ihre Augen leuchteten und funkelten wie tausend Sterne. „Ja. Das tun sie", nickte sie, und ihr Blick wanderte wie eine Liebkosung zu Gil.

Dieser Blick ließ eine Sehnsucht durch Nate schießen, so scharf wie der Pfeil eines Jägers.

„Er ist wirklich eine Kopie seines Vaters", sagte sie, und ihr Blick kehrte zu Nate zurück. „Ich wusste nie, welchen Knaller Marc als nächstes loslassen würde. Hier, lassen Sie mich Ihnen aufhelfen."

Sie griff nach Nates Arm. Ihre Berührung war sanft und sandte eine Schockwelle durch ihn, die ihm den Atem raubte. Diese Frau hatte ihren Mann geliebt. Pollyanna McDonald war die Art von Frau, die jemanden von ganzem Herzen liebte. Tod, Raum und Zeit konnten nichts daran ändern. Zumindest war das der Eindruck, den er von ihr bekam.

Das hatten sie gemeinsam. In gewisser Weise machte der Gedanke ihn traurig um ihretwillen.

Je weniger man liebte, desto weniger wurde man verletzt.

„Gil, geh und finde Pepper und steck ihn in seinen Käfig. Er ist zu aufgedreht, um frei im Haus rumzufliegen", sagte sie und zog immer noch an Nates Arm.

Bogie stieß mit seinem Lampenschirm gegen ihn und versuchte erfolglos, Nates Gesicht zu lecken. Der Hauch von stinkendem Hundeatem löste die Spinnweben aus Nates Kopf, und er war dankbar, dass der Hund nicht näherkommen konnte. Pollyanna zog ziemlich angestrengt, also half er ihr, indem er aufstand. Er wollte nicht, dass sie sich den Rücken verletzte.

„Kommen Sie, setzen Sie sich", forderte sie ihn auf, fegte ihn in die Küche und schob ihn auf einen Barhocker. „Sind Sie sicher, dass es Ihnen gut geht? Ich lade Sie zum Abendessen ein, und mein Zoo attackiert Sie." Sie war sichtlich nervös.

Sein Stolz war verletzt, doch es würde nur noch mehr schaden, das zu erwähnen. „Mir geht's gut. War das eben ein Schildkrötenrennen?" Er warf einen Blick auf die beiden Schildkröten, die den Streifen Twizzlers fraßen.

„Das war es. Sylvie und Bo lieben es, um Süßigkeiten zu rennen. Und wie Sie gesehen haben, ist Pepper der Cheerleader. Für Kirsch-Twizzler schalten die zwei sogar noch einen Gang hoch." Sie schnitt eine schiefe Grimasse.

Und Nate lachte.

Es passierte so unerwartet, dass er erstarrte.

Nates Miene, nachdem er gelacht hatte, war so angeschlagen, so verloren, dass Polly instinktiv wusste, was passiert war. Ihr erster Eindruck von Nate war der eines Mannes gewesen, der immer noch unter dem Verlust seiner Frau litt. Sie verstand das nur zu gut.

„Ist das das erste Mal?", fragte sie und wusste die Antwort, bevor er sie aussprach.

Er blinzelte. „Das erste Mal?"

„Dass Sie gelacht haben, seit Ihre Frau gestorben ist?" Sie wusste, dass seine Frau vor drei Jahren gestorben war.

„So ziemlich."

Sein Gesichtsausdruck sagte ihr, dass sie nicht weiter nachhaken sollte, dass sie ein Gebiet betreten hatte, in dem sie nichts zu suchen hatte. Dann war plötzlich die Emotion weg. Die Wolken, die sie in seinen Augen gesehen hatte, verschwanden, als wäre die Sonne herausgekommen. Sie ließ sich nicht täuschen. Sie hatte dasselbe durchgemacht ... sie wusste, dass hinter den dunklen Augen, in die sie jetzt blickte, Emotionen tobten. Sie erkannte eine Schutzreaktion, wenn sie sie sah. Sie hatte in den letzten zwei Jahren selbst oft so reagiert.

Für einen Moment konnte sie nichts sagen, denn das Bewusstsein war so akut, dass sie spürte, wie sich ihr Herz in ihrer Brust zusammenzog.

Gils aufgeregte Stimme, die nach Pepper rief, unterbrach den Moment, gefolgt von Scharren und Poltern. Nate hörte es auch. Sein Kopf wirbelte herum. Der Lärm war von oben gekommen und von draußen durch die Fliegengittertür hereingedrungen.

War Gil auf dem Dach?

Sie reagierten gleichzeitig. Sie rannten durch das Haus und auf die Veranda, die Stufen hinunter und auf die Wiese. Pollys Herz donnerte. Sicherlich war der Klang von Gils Stimme gerade aus einem offenen Fenster zu ihnen gekommen. Doch sie wusste, dass sie sich etwas vorzumachen versuchte, noch bevor sie ihren Sohn entdeckte. Und Pepper.

Der Vogel saß auf dem Dach neben dem Zwerchgiebel im ersten Stock, doch ihr Blick blieb nicht an Pepper hängen, sondern an Gil.

Ihr Sohn balancierte auf dem schmalen Sims

unterhalb der Fenster auf Pepper zu und redete beruhigend auf den aufgewühlten Vogel ein. Pollys erster Gedanke war, dass er zumindest nicht auf dem Dach herumkletterte – doch es war auch so beängstigend genug für sie. Der Sims war so schmal!

„Gilly", rief sie und biss sich auf die Zunge, da es keine gute Idee war, ihn zu erschrecken. Es war nicht Gil, der erschrocken auf ihr Rufen reagierte, sondern Pepper. Der verängstigte Vogel flatterte wie aus einer Kanone geschossen in die Höhe, dann schoss er herab, bevor er über Gils Kopf hinweg flatterte und gut zweihundert Meter hinter dem Haus in den Wald flog.

„Mom! Warum hast du das gemacht?", rief Gil und wirbelte herum, um zu sehen, wie sein geliebter Vogel verschwand.

Pollys Herz pochte, als er kurz schwankte. „Gilbert Marcus McDonald!", rief sie. „Was glaubst du, was du da tust? Bleib sofort stehen, bevor du noch runterfällst und dir den Hals brichst!"

Gil starrte auf sie hinab, sein kleines Gesicht so leuchtend wie die orangefarbenen Flecken auf Peppers Wangen. „*Mom*, so hoch ist das nicht. Pepper ist weg, und es ist allein meine Schuld. Ich habe das Fenster offengelassen."

Polly machte sich Sorgen um Pepper. Der Vogel hatte Angst vor der freien Natur und das aus gutem

Grund – er wusste nicht, wie er da draußen überleben sollte. Doch ihre Priorität war, ihren kleinen Draufgänger sicher aus seiner jüngsten Eskapade herauszuholen. Ohne auszuflippen!

Nate berührte ihren Arm und trat einen Schritt vor. Seine Augen waren auf Gil gerichtet. „Wir werden Pepper zurückholen, Gil." Seine Stimme war ruhig, doch mit genug Entschlossenheit zog sie Gils Aufmerksamkeit auf sich. Und Pollys.

Ein Blick auf seine Augen, die auf ihren Sohn gerichtet waren, und die aufsteigende Panik in Polly ließ nach. Wie die Flaute in einem Sturm gab es ihr einen Moment, um sich zu fassen. Sie dankte dem Herrn, dass er hier war.

„Aber zuerst, Gil", fuhr er fort, „musst du dich umdrehen und zurück zum Fenster gehen. Kannst du das?"

„Klar kann ich das."

Polly hätte über Gils beleidigten Ton gelacht, wenn sie nicht solche Angst gehabt hätte. Stattdessen hielt sie den Atem an und beobachtete ihn, während er über den Sims zurückging, ohne zu schwanken. Sie hätte zwischenzeitlich seine „Abenteuer" gewohnt sein sollen. Sie hatte genug davon erlebt, doch sie konnte es nicht. Jedes Mal, wenn sie ihn bei etwas Waghalsigem erwischte, machte sie sich Sorgen. Genau wie sie es mit Marc gemacht hatte. Er hatte es geliebt, das Leben Vollgas zu leben. Dirtbikes, Schnellboote, Drag Racing... Fallschirmspringen. Alles, was schnell war und Adrenalin versprach, faszinierte Marc.

Sie verdrängte die Gedanken. Ihr Blick war auf Nate gerichtet, als er Gil Schritt für Schritt mehrere Meter unter ihm folgte. Seine Augen klebten an ihrem Sohn, bereit ihn aufzufangen, falls er abrutschen sollte. Als Gil sicher in sein Schlafzimmerfenster kletterte, atmete Nate erleichtert auf und begegnete ihrem Blick.

„Er hat es geschafft. Genau wie er es gesagt hat."

Wenn sie nicht so aufgewühlt gewesen wäre, hätte Polly vielleicht angesichts der süßen Art, wie Nate mit der Situation umgegangen war, geseufzt, doch in ihrem Zustand blickte sie finster drein.

„Seinetwegen werde ich noch graue Haare bekommen, bevor ich dreißig bin!"

„Bist du ... sind Sie okay?" Nate richtete seine volle Aufmerksamkeit auf Polly, seine Augen voller Besorgnis.

Sie schenkte ihm ein schwaches Lächeln. „Ich sollte diese Stunts gewohnt sein. Er kommt nach seinem Vater. Ein geborener Draufgänger. Ich hätte dieses Haus wegen der vielen Ebenen fast nicht gekauft." Sie biss sich auf die Lippe. „Aber es war so perfekt für eine Pension. Jetzt denke ich, vielleicht hätte ich –"

„Er ist ein Junge."

Als ob das alles sagen würde, dachte Polly. Natürlich hatte er Recht. Marc hatte immer dasselbe gesagt, und sie hatte gerade überreagiert. Wie jede Mutter es tun würde, fügte sie zu ihrer Verteidigung hinzu. Aber andererseits war er auf dem Sims an der Fassade herumgeklettert! Zumindest hätte sie Marc stolz gemacht, weil sie nicht völlig ausgerastet war. Sie atmete tief durch.

„Ich gebe mein Bestes, um ihn nicht zu verhätscheln, aber es geht gegen meine Natur", gab sie zu. „Seit Marc gestorben ist, musste ich wirklich kämpfen, ihn nicht zu sehr zu beschützen. Marc hat meine Sorgen immer mit Kommentaren wie dem, den Sie gerade gemacht haben, relativiert. „*Das gehört zum Erwachsenwerden,* hat er immer gesagt." Sie begegnete Nates Blick, und ihre Lippe krümmte sich auf einer Seite. „Sie haben geholfen."

„Jetzt stellen Sie Ihr Licht nicht unter den Scheffel. Sie hätten es alleine genauso gut hinbekommen." Seine dunklen Brauen zogen sich über ernsten Augen zusammen.

„Ja", seufzte sie. „Ich denke, Ihnen ist meine Beinahe-Hysterie entgangen. Gil wäre es furchtbar peinlich gewesen, wenn sein neuer Held gesehen hätte, wie seine Mutter austickt. Dass Sie hier waren, hat mich mich beherrschen lassen. Ich arbeite hart daran, Dinge so zu handhaben, wie es ein Mann tun würde – wie es sein Vater getan hätte. Ich muss lernen, das zu tun. Ich muss."

Polly schloss die Augen. Gil war ein kleiner Junge, für den sie stark sein musste und den sie nicht zu sehr verhätscheln durfte. Sie konnte nicht dafür verantwortlich sein, dass er sich vor dem Leben fürchtete. Wieder einmal – wie in den letzten zwei Jahren mindestens zweimal pro Stunde – spürte Polly das enorme Gewicht auf ihren Schultern, eine alleinerziehende Mutter zu sein.

Ihre Bewunderung für alleinerziehende Eltern hatte sich verdreifacht, als sie sich plötzlich in derselben Situation wiedergefunden hatte.

Nate tätschelte ihre Schulter. „Sie haben das gut gemacht."

Gils Schritte klatschten über das Parkett nach einer weiteren Fahrt das Geländer hinunter. Jetzt kam er durch die Tür gerannt und blieb vor ihnen stehen, während Bogie hinter ihm her kläffte.

„Kommt schon", drängte Gil und rannte die Stufen hinunter.

„Lass uns meinen Truck nehmen", bot Nate an und wandte sich ab.

Polly beobachtete, wie er, Gil und Bogie über den Hof zum Truck stürmten. Nate riss die Hintertür auf und half Gil und Bogie beim Einsteigen.

„Kommen Sie mit?", rief er Polly zu, als er die Tür schloss und nach seiner eigenen griff.

Erst dann wurde Polly klar, dass sie sich nicht bewegt und stattdessen ihn mit Gil beobachtet hatte. Sie vermisste Marc furchtbar, als sie sich daran erinnerte, wie er einen viel kleineren Gil hochgehoben und ihn in seinen Autositz gesetzt hatte.

„J-ja, sicher."

Beunruhigt eilte sie zur Beifahrerseite und innerhalb weniger Augenblicke fuhren sie über die Wiese zum Wald. Sie kämpfte hart, und es gelang ihr, zumindest den Eindruck von Gelassenheit zu vermitteln. Obwohl es zwei Jahre her war, schlugen solche Momente der Trauer schnell und scharf zu, ausgelöst durch die kleinsten Dinge. Doch sie hatte jetzt andere Sorgen. Wenn Gil Pepper verlor, würde es ihn furchtbar treffen. Verlust war nichts, was ein Kind leicht wegsteckte. Vielleicht hatte sie ihren Sohn mit all diesen Tieren umgeben, in der Hoffnung, dass die anderen seinen Schmerz lindern würden, wenn eines starb. Doch sie machte sich etwas vor, und sie wusste es.

Sie verdrängte den Gedanken. Sie würden Pepper finden. Sie würde ihrem Sohn keiner neuerlichen Qual aussetzen. Nicht heute.

Sie sah zu Nate hinüber. Sein starker Kiefer war genau so angespannt, wie er gewesen war, als er sich auf Gil konzentriert hatte, der auf dem Sims balanciert war. Sie ließ sich von seiner Anwesenheit trösten.

Wenn jemand Nate gestern gesagt hätte, dass er heute auf Nymphensittichjagd gehen würde, hätte er den Kopf geschüttelt und gesagt, dass derjenige an zu vielen Rodeos teilgenommen hatte. Doch hier war er und tat genau das.

Als er den Truck den Weg entlang durch die Bäume fuhr, staunte er über die Wendung, die sein Leben in den wenigen Tagen seit der Ankunft seiner Nachbarn genommen hatte.

Gil und seine Mutter hatten die Blicke in Richtung der Bäume erhoben und suchten die Äste verzweifelt nach ihrem entflogenen Vogel ab. Er hoffte für Gil, dass sie ihn finden würden. Das arme Kind wurde mit jedem Moment, in dem der Vogel nicht auftauchte, immer aufgewühlter.

Als Gil in seine Richtung blickte, zog sich Nates Herz angesichts der Verzweiflung, die er in seinem

Gesicht sah, zusammen.

„Ich denke, wir müssen zu Fuß suchen", sagte Nate abrupt und trat auf die Bremse.

„Ja", sagte Gil, nickte kräftig und blinzelte Tränen zurück. „So kann ich ihn mit sich selbst reden hören, wenn er Angst hat. Du weißt, wie er ist, Mama."

„Du hast recht. Wenn er Angst hat, spricht Pepper mit allem, was in der Nähe ist."

Nate konnte Verzweiflung in Pollyannas sanften Worten hören.

Gil lächelte bei ihren Worten und sah Nate mit glasigen Augen an. „Der Vogel kann *reden*. Nate, wollten Sie jemals eine Socke in einen Vogelschnabel stopfen?"

Seine ernsthafte Frage überraschte Nate, und er lachte zum zweiten Mal an diesem Tag. Es klang eher wie ein Husten, weil er offensichtlich eingerostet war.

Gil runzelte die Stirn, und seine Augen wurden nüchtern. „Ich meine es ernst. Wenn Sie jemals genug Zeit mit Pepper verbringen, wissen Sie, was ich meine. Mein Vater, er hat ihm das Sprechen beigebracht, und, Junge, war er ein guter Lehrer!" Seine Stimme stockte, und sein Blick wanderte zurück zu den Bäumen. „Wir müssen ihn finden." Seine Stimme brach. „E-er hasst es, draußen zu sein."

Nate begegnete Pollyannas besorgtem Blick. Der

Junge hatte eine tiefere Verbindung zu dem kleinen Vogel, als ihm bewusst gewesen war. Er hatte den Truck bereits angehalten, und jetzt öffnete er die Tür.

„Komm, kleiner Mann, lass uns deinen Vogel finden."

„Komm schon, Mom!", rief Gil und rutschte vom Sitz. Pollyanna und Bogie stiegen auf der anderen Seite aus und trafen die anderen am Heck des Trucks. Da das laute Brummen des Dieselmotors nun nicht mehr alles andere übertönte, schien der Wald jetzt vor Stille widerzuhallen. Dann ließ ein Windstoß die Blätter rascheln und unter anderen leisen Geräuschen hörten sie das leise Singen eines Vogels. Nicht der richtige Vogel.

„Ich denke, wir sollten einfach ein Stück gehen und lauschen", sagte Pollyanna. Gil nickte und trottete bereits voraus. Bogie folgte ihm und hielt seinen Kopf hoch erhoben, damit sich sein Kragen nicht im hohen Gras verfing.

„Pass auf, wo du hintrittst und bleib erstmal auf dem Weg", warnte Nate und spürte, wie sein Beschützerinstinkt erwachte.

„Danke", sagte Pollyanna, trat neben ihn und sah zu, wie Gil vorauseilte. „Das scheine ich dauernd zu ihm zu sagen. Aber er liebt diesen Vogel so sehr. Pepper hat Marc gehört, und wenn er weg wäre, wäre das für Gil furchtbar schwer. Ich glaube nicht, dass ich es ertragen könnte."

Wieder verspürte Nate einen überwältigenden Drang, Mutter und Sohn zu beschützen. Er fegte so stark über ihn hinweg, dass er fassungslos war.

Doch andererseits verstand er tiefe Bindungen sehr gut.

„Wir werden ihn finden", versprach er und stellte fest, dass er seit drei Jahren nicht mehr etwas gesagt hatte, was er so sehr meinte.

Sie waren nicht mehr als 10 Meter gegangen, als er etwas hörte, das nicht zur Stille des Waldes passte. Er berührte Pollyannas Arm und zeigte nach Osten.

„Das ist er!", rief sie, klatschte vor Aufregung in die Hände und umarmte Nate. Ihr Gesicht war begeistert, als sie ihn fest an sich drückte. Dann, so schnell sie ihn gepackt hatte, ließ sie ihn los, wich zurück und wurde rot. „Entschuldigung", murmelte sie und rief dann ihren Sohn aus der entgegengesetzten Richtung zurück. „Gilly, komm her."

Gil rannte zu ihnen zurück. „Habt ihr ihn gesehen?" Der Junge war so aufgeregt, dass er sich nicht einmal beschwerte, dass seine Mutter ihn gerade Gilly genannt hatte.

„Hör zu." Nate ging in die Richtung, aus der er die leise Stimme gehört hatte. Sie schwiegen alle, lauschten angestrengt und hörten zunächst nichts Außergewöhnliches. Dann kam es wieder. Zuerst schwach, dann verzweifelt.

„Pepper, alles gut. Pepper, alles gut. Jesus liebt Pepper. Gilbert liebt Pepper. Gilbert. *Gilll*-bert! Gilbert –"

„Pepper!" Gil schrie vor Freude und rannte an Nate vorbei.

Nate und Pollyanna eilten ihm hinterher, während Bogie hinter ihnen hechelte. Ein seltsames Kratzen, begleitet von einem Schnauben sagte ihm, dass Bogie gegen einen Baum gelaufen war. Nate warf einen Blick über die Schulter und sah, wie sich der Hund benommen aufrappelte. Er schüttelte sich und galoppierte weiter hinter ihnen her. Sein runzliges Gesicht sah glücklich aus, und seine schlaffen Lefzen flatterten bei jedem Schritt. Der Hund erinnerte Nate an ein Walross auf Beinen.

Was für einen Zoo Pollyanna hatte. Nate schmunzelte und folgte Gil, darauf bedacht, alles zu tun, um Gil und seinen Vogel wieder zu vereinen. Vor ihm waren Mutter und Sohn stehengeblieben und lauschten, während sie die Bäume absuchten.

„Pepper, ich liebe dich auch", rief Gil und hielt seine Arme hoch.

Und dann hörte er es. Die Verzweiflung in der

kindlichen Stimme war verschwunden, ersetzt durch pure Begeisterung. „Pepper liebt Gilbert! Pepper liebt Gilbert.“

Ein Flattern zwischen dem grünen Baldachin, dann stürzte der kleine Vogel auf sie zu und kreischte begeistert. Er landete auf Gils Kopf und plapperte unverständliches Kauderwelsch.

Gil und Pollyanna lachten erleichtert, und Nate, der in seinem ganzen Leben noch nie so erleichtert gewesen war, strahlte mit ihnen.

KAPITEL SECHS

Polly und Gil besuchten am Sonntag ihren ersten Gottesdienst in der Mule Hollow Church of Faith. Sie schämte sich, es zuzugeben, doch seit Marcs Tod fiel es ihr schwer, zum Gottesdienst zu gehen. Nicht, weil sie einen Groll gegen den Herrn hegte. Es war etwas anderes. Etwas, womit sie nie gerechnet hatte. Sie hatte Schwierigkeiten, in die Kirche zu gehen, weil der Ort, an dem sie den größten Frieden fühlen sollte, tatsächlich der Ort war, der ihr ihren Verlust besonders bewusst machte. So sehr, dass sie es kaum ertragen konnte.

Nachdem sie jahrelang als glückliches Paar in die Kirche gegangen waren, verkrampfte sich ihr Innerstes, wenn sie als Single hereinkam, und allein der Gedanke daran reichte. Sie hatte gedacht, dass es an ihrer Kirche zu Hause gelegen hatte. Der Kirche, die sie und Marc zusammen besucht hatten. Der Kirche, in der sie geheiratet hatten — und in der sein Trauergottesdienst stattgefunden hatte.

Sie hatte gehofft und gebetet, dass es hier anders sein würde. Doch als sie und Gil eintraten, wusste sie, dass sich nichts geändert hatte. Es hatte nichts mit dem herzlichen Empfang zu tun, den sie erhielt. Es war seltsam, dass eine Gemeinde sie so liebevoll aufnahm und sie trotzdem immer noch mit dem Problem zu kämpfen hatte, sich allein und einsam zu fühlen. Sie fragte sich, ob es Nate genauso ging.

Als sie sich umsah, war sie enttäuscht, ihn nirgends zu finden. In den wenigen Tagen, seitdem sie ihn kennengelernt hatte, war er so oft zu ihrer Rettung gekommen, dass sie befürchtete, sie könnte sich an seine Hilfe gewöhnen. Sie wusste, dass er seinen Platz als Gils Held zementiert hatte, als er geholfen hatte, Pepper zu finden.

Polly verdrängte ihre Gedanken, als sie sah, wie Lacy Matlock sie zu sich winkte. Polly trieb Gil den Gang hinunter, und sie schlüpften neben sie und ihren gutaussehenden Ehemann Clint in die Bank. Die Liebe, die die beiden teilten, war offensichtlich, und Polly fragte sich, ob sie wirklich wussten, wie viel Glück sie hatten. Ob sie wirklich verstanden, wie gesegnet sie waren.

Sie hatte es nicht gewusst, bis es zu spät war.

„Wie geht's euch?", flüsterte Lacy, als die Organistin aufstand und ihnen die Seite im Gesangbuch angab.

„Gut", flüsterte Polly zurück. „Wir haben uns eingelebt."

„Ihr kommt zum Mittagessen zu uns, wenn der Gottesdienst vorbei ist."

Polly bemerkte, dass es keine Frage war. Lacy zwinkerte. „Ich habe meinen Beerenkuchen gebacken und Clint hat eine Rinderbrust im Schongarer. Ich werde noch ein paar andere einladen, und wir werden eine schöne Zeit haben."

Polly nickte und sang dann mit.

Norma Sue und Esther Mae standen in der ersten Reihe des Chores, und sie strahlten sie an. Esther Mae trug einen Hut, der mit roten Mohnblumen dekoriert war. Die Blüten zitterten und flatterten mit jeder Note, die sie sang.

Polly lächelte bei dem Anblick, sang mit und schwor sich zu versuchen, es einfach zu genießen, dann würde sie sich vielleicht nicht mehr als Außenseiter fühlen. Eines Tages würde sie sich wieder dazugehörig fühlen.

Am Mittwochnachmittag fand Nate drei Pakete auf

seiner Veranda, die an Pollyanna adressiert waren. Da sie damit beschäftigt war, die Pension einzurichten, nahm er an, dass alles, was in den Paketen war, wichtig sein könnte, und lud sie in seinen Truck, um sie vorbeizubringen. Er brachte Vieh zur Versteigerung nach Ranger, und es muhte laut, als er losfuhr.

„Einen Moment, Jungs", sagte er und bog in Pollyannas Auffahrt ein. „Mal sehen, welche Katastrophe heute auf uns wartet." Das Leben im McDonald House war nie langweilig. Soviel war sicher. Noch bevor sein Truck zum Stillstand kam, war Pollyanna auf der Veranda. Sie hielt ein Telefonbuch in der Hand.

„Hi", rief sie, als er ausstieg und das erste Paket nahm.

„Hey. Ich habe ein paar Pakete für dich."

„Oh, das ist die Bettwäsche für die Pension!", rief sie und war so aufgeregt, dass sie versuchte, ihm die Kiste zu entreißen, bevor er sie auf der Veranda abstellen konnte. Sie stießen fast mit den Köpfen zusammen, und sie fegte dabei seinen Hut zu Boden.

„Hört sich an, als ob dich das glücklich macht?"

Sie verzog das Gesicht, ließ das Telefonbuch auf den Karton fallen und hob den Hut auf. „Die Kisten machen mich glücklich. Nicht dir den Hut vom Kopf zu schlagen. Tut mir leid." Sie hielt ihn ihm entgegen.

„Kein Problem." Ihre Hände berührten sich, als er den Hut nahm, und er spürte ein Summen von Elektrizität. Beunruhigt zog er sich zurück und setzte den Hut auf seinen Kopf. „Ich habe noch zwei. Bring sie gleich hoch." Er ging zum Truck zurück, doch sie folgte ihm. „Du musst das Zeug wirklich brauchen", sagte er.

„Das tue ich. Aber jetzt brauche ich in erster Linie einen Tierarzt. Ich habe gerade nach Telefonnummern gesucht, als du die Auffahrt raufgekommen bist."

„Stimmt was nicht?" Er gab ihr einen Karton, achtete darauf, sie nicht zu berühren, und nahm den anderen. Die Kühe stampften im Anhänger, und Pollyanna zuckte zusammen, dann lachte sie nervös. „Tut mir leid, die Jungs sind ein launischer Haufen", sagte er und ging zum Haus. Er musste dringend weiter.

„Um einen der Fäden herum ist eine Schwellung, und ich wollte ihn zum nächsten Tierarzt bringen, damit es sich jemand ansieht. Ich hätte hier schon einen suchen sollen, aber ich bin noch nicht dazu gekommen. Ich denke, er braucht vielleicht eine Runde Antibiotika oder so."

Er öffnete die Fliegengittertür und brachte die Kisten ins Haus. Pollyanna hatte das Telefonbuch aufgehoben und starrte hinein. Nate warf einen Blick auf die Anhängerladung Vieh und zurück zu ihr.

„Ich kann dich mit nach Ranger nehmen. Die Tierarztpraxis ist gleich die Straße runter von dort, wo ich hinmuss.“

„Oh, das kann ich nicht von dir verlangen. Gib mir einfach den Namen, und ich werde mich darum kümmern. Ich muss Gil heute sowieso von der Schule abholen. Max hatte einen Zahnarzttermin, also hat Rose ihn früher abgeholt.“

Miss Unabhängig. Er war auch nicht sehr glücklich über die spontane Einladung. Aus mehr als einem Grund. Erstens war es ihm immer noch nicht angenehm, Zeit mit Pollyanna zu verbringen, und zweitens war der Tierarzt eine sie. Und ein Single, den er so weit wie möglich gemieden hatte, weil sie sich mehr für ihn interessierte als für seine Tiere. Pollyanna hatte ihm einen Ausweg geboten.

Einen, bei dem er sich nicht wohler fühlte.

„Wir können an der Schule vorbeifahren und Gil abholen. Ich brauche nicht lange, um das Vieh zu entladen. Wir können den Tierarzt vom Truck aus anrufen.“ Er war sich nicht sicher, worauf er sich da einließ, doch er konnte nicht ignorieren, dass Pollyanna und Gil seine Hilfe brauchten. Er dachte an das Abendessen neulich Abend.

„Außerdem“, fügte er hinzu, „hat Gil mir gesagt,

dass du ihm eine Ziege kaufen willst. Die Eltern der Rezeptionistin der Praxis haben welche. Ich bin sicher, sie würde gern den Kontakt herstellen. Wir könnten wahrscheinlich sogar bei ihnen vorbeifahren und sie heute im Trailer zurückbringen." Er warf einen Blick auf ihr Auto, das in der Einfahrt stand. „Ich glaube nicht, dass eine Ziege in diese Streichholzschachtel passt." Er grinste. „Also, wollen wir?"

Sie machte ein niedliches Gesicht bei der Auto-Bemerkung, antwortete aber nicht sofort. Er wartete, während sie darüber nachdachte.

„Gil will wirklich eine Ziege", sagte sie schließlich. „Wenn es also okay für dich ist, sind wir dabei."

„Vollkommen okay."

Wenig später fuhren sie mit Bogie auf dem Rücksitz zur Schule. Sein linkes Augenlid war geschwollen. Als Nate es sich angesehen hatte, fand er es nicht so schlimm, doch er hatte das Gefühl, dass Pollyanna kein Risiko mit der Gesundheit derer einging, die in ihrer Obhut waren. Ganz gleich welcher Art.

Nate hatte in den letzten Tagen oft an Gil und diesen Vogel gedacht. Und wenn er ehrlich war, dachte er immer wieder an das gemeinsame Essen an diesem

Abend. Es hatte sich gut angefühlt, an Pollyannas Tisch zu sitzen und Gil zuzuhören, wie er über seinen Vogel sprach. Zu beobachten, wie sie miteinander interagieren.

Und Pollyanna McDonald konnte kochen. Nein, sie konnte mehr als kochen. Für einen Mann, der in den letzten drei Jahren sein Mikrowellenessen im Stehen an der Küchentheke eingenommen hatte, war ein frisch gekochtes Essen ein Genuss. Und ihr Essen war ein Hochgenuss gewesen. Er hatte einen Nachschlag nach dem anderen genommen. Sie hatte ihn mit einer Mischung aus Erstaunen und Freude beobachtet. Er hatte das seltsame Gefühl, dass sie ihn verstanden hatte.

„Das gibt mir die Möglichkeit, mich für das wunderbare Essen zu bedanken, mit dem du mich neulich verwöhnt hast." Junge, war das eine Untertreibung?

„Das Essen war mein Dankeschön für alles, was du seit meiner Ankunft hier für mich getan hast." Sie machte eine Pause und faltete die Hände in ihrem Schoß. „Nach heute schulde ich dir noch eins."

Nate gefiel die Idee mehr, als er zugeben wollte. Er sagte sich, es sei wegen des Essens. Welcher Mann würde nicht tun, was er konnte, um wieder etwas so

Köstliches zu essen? Nate war vielleicht nicht der glücklichste Cowboy auf dem Planeten, aber er war kein Dummkopf.

Für die nächsten paar Meilen umgab sie eine unbeholfene Stille. Er dachte an mehrere Gesprächsthemen, hielt jedoch keines für angebracht.

„Wenn sich rumspricht, wie gut du kochst, ist deine Pension bald so ausgebucht, dass du keine Zeit zum Atmen hast. Wie willst du das machen?", fragte er schließlich.

„Was machen?" Sie neigte den Kopf und sah ihn fragend an.

„Ich meine, das Geschäft, Gil, die Tiere, die du noch haben willst. Wirst du jemanden einstellen, der dir hilft?"

„Irgendwann werde ich Hilfe einstellen."

„Möglicherweise wirst du das früher tun müssen, als du denkst." Er wusste in dem Moment, als er es sagte, dass ihr dieser Kommentar nicht gefiel. In ihren grünen Augen blitzte Feuer, und ihre Schultern verspannten sich. Nate schalt sich. Wenn sie ihre Pension allein führen wollte, war das ihre Sache, und er hätte den Mund halten sollen. „Schau, ich weiß auch nicht, wie ich darauf komme. Was du tust, geht mich nichts an. Es tut mir leid."

Sie begegnete seinem Blick, und ihr Gesichtsausdruck wurde weicher. „Nein, du hast Recht. Ich kann mich zuerst allein darum kümmern, denke ich, und bei Bedarf Hilfe einstellen. Rose kann Gil für mich von der Schule abholen, wenn ich sie brauche. Ich denke, ich könnte mich glücklich schätzen, wenn ich sofort Hilfe brauchen würde."

Die Schule kam vor uns in Sicht. Nate hatte nicht vorgehabt, entmutigend zu klingen. Er war sicher, dass die Pension gut anlaufen würde. „Das könnte passieren. Du hast noch nicht gesehen, wie Leute zu diesen Festen, die die alten Damen veranstalten, in die Stadt strömen. Miss Adela ist immer ausgebucht und muss Leute weiterschicken. Selbst nachdem sie zu Sam gezogen ist und das zusätzliche Zimmer hat, um einen weiteren Gast aufzunehmen, reichen die Zimmer immer noch nicht. Zumindest habe ich das gehört."

„Das hat sie mir damals erzählt, als ich mir überlegt habe, ob es sich lohnt, hier eine Pension zu eröffnen. Im Sommer und an den Wochenenden ist am meisten los. Darum habe ich das Gefühl, dass ich Gil die Aufmerksamkeit geben kann, die er braucht."

Sie hielt inne, und Nate sah sie an. Sie biss sich auf die Lippe und machte sich scheinbar um etwas Sorgen. „Du hast alles durchdacht. Hört sich gut an." Er hatte ein starkes Bedürfnis, sie zu ermutigen.

Sie seufzte. „Ich muss unseren Unterhalt verdienen, und Gil ist meine erste Priorität. Er hat schon seinen Vater verloren. Er darf nicht das Gefühl haben, dass seine Mutter zu beschäftigt ist, aber ich muss das für uns tun. Ich habe nicht wirklich eine Wahl."

Sie faltete die Hände in ihrem Schoß. Ihre Fingerknöchel traten weiß hervor. Es fiel ihm auf, dass sie klang, als wollte sie sich selbst überzeugen.

„Du tust, was du tun musst", sagte er. „Gott wird auf dich aufpassen. Hast du dir schon immer so viele Sorgen gemacht?", fügte er hinzu, weil er neugierig war – obwohl er es nicht wollte.

„Marc ... er hat immer gesagt, dass ich eine Sorgenliese bin. Ich ..." Sie zögerte, und Nate sah sie an, als er auf den Schulparkplatz fuhr. „Eigentlich hasse ich es. Aber ich kann es nicht ändern. Es gibt so viel ... " Ihre Stimme versagte, und sie wandte ihr Gesicht zum Fenster.

Nate streckte die Hand aus und zog sanft an einer Haarsträhne. „Du machst das alles gut, Pollyanna."

Sie sah ihn an und lächelte schwach, doch es erreichte ihre Augen nicht ganz. „Das hoffe ich. Das hoffe ich wirklich."

Nate wusste nicht, was er sagen sollte. Er konnte

sich nur vorstellen, wie schwer es für sie sein musste. Er fragte sich, wie es ihr finanziell ging.

Sie hatte gesagt, sie musste für ihren Lebensunterhalt sorgen. Doch wie schwer war es für sie? Nicht, dass es ihn etwas anging. Sie sah nicht so aus, als hätte sie finanzielle Probleme. Das große viktorianische Haus war nicht billig gewesen, und ein professionelles Umzugsunternehmen hatte ihre Möbel gebracht. Trotzdem konnte der Schein trügen. Er hoffte für sie und Gil, dass ihr Mann für sie vorgesorgt hatte. Nate hielt den Truck an. Er war immer ein harter Arbeiter gewesen, und Kayla hatte ihn damit aufgezogen, dass er ein Geizhals war. Doch selbst als Geizhals hatte er vorgesorgt und eine Lebensversicherung abgeschlossen, die Kayla und ihre Kinder, falls sie welche gehabt hätten, im Falle seines Todes versorgt hätte. So wie er es sah, war es die Pflicht eines Mannes, für seine Familie zu sorgen, unabhängig davon, ob er lebte oder tot war.

Doch ob das andere so hielten, wusste er nicht. Er hoffte für Gil und Pollyanna, dass Marc dieselbe Einstellung gehabt hatte. Doch wenn dem so wäre, verstand er nicht, warum sie so besorgt war.

Er zügelte seine Gedanken und sagte sich erneut, dass das nicht seine Sache war. Pollyanna war seine

Nachbarin, und er half ihr ein bisschen. Mehr ging ihn nicht an.

Sein Held. Der Gedanke ließ Polly unbehaglich schaudern, als sie Gil und Nate zuhörte. Sie musste zugeben, dass sie die Art und Weise mochte, wie Nate mit Gil umging. Kein Wunder, dass Gil vor Begeisterung explodiert war, als er Nate gesehen hatte.

Der Mann hatte mehr bekommen, als er erwartet hatte, als sie neben ihm eingezogen waren.

Sie war immer noch von ihm überrascht. Nach ihrem ersten Treffen hätte sie sich das nie vorgestellt. Sie hätte nie gedacht, dass er so fürsorglich war. Sie musste zugeben, dass tief im Inneren ein wenig Trauer nagte, wenn Gil zu ihm aufblickte. Trauer, dass es nicht sein Vater war, den er so verehrend ansah. Sie sagte sich, es sei nicht vernünftig für sie, so zu empfinden, und schob das Gefühl dann in einen Winkel ihres Herzens.

Sie fragte sich, wie Nates Frau gewesen war. Welche Art von Frau würde Nate Talbert lieben? Natürlich ging es sie nichts an. Trotzdem hinderte das den Gedanken nicht, sich in ihrem Kopf festzusetzen. Er musste seine Frau sehr geliebt haben. Sie wusste, dass er sie vermisste. Es war offensichtlich, dass er immer noch Momente hatte, in dem es ihm schwerfiel, genau wie sie. Es hatte mit der Zeit nachgelassen, doch manchmal kehrte der vertraute Schmerz zurück … und sie war dankbar dafür. Es bewies, dass Marc ihr die Welt bedeutet hatte. Dass er hier gewesen war. Dass er nicht vergessen wurde.

Sie fragte sich, ob Nate so fühlte.

Sie beobachtete Gil beim Reden. Er vermisste seinen Vater, schien sich aber anzupassen und sein Leben weiterzuleben. Genau wie sie es wollte. Doch er litt immer noch. Es war in seinem Verhalten zu sehen, in der ernsthaften Art, wie er andere Jungen und ihre Väter ansah.

Polly runzelte die Stirn und dachte darüber nach. Diese schnelle und totale Vernarrtheit in Nate konnte sich als gefährlich erweisen.

Sie wusste, dass sie Marc in ihrem Leben niemals ersetzen konnte, und sie wollte es auch nicht. Doch Gil war eine andere Geschichte. Für einen Jungen war es selbstverständlich, jemanden zu suchen, zu dem er aufblicken konnte. Und natürlich konnte sie es verstehen, da Nate im Grunde genommen auf Schritt und Tritt zu ihrer Rettung eilte. Aber … *aber was?*

Ihr Sohn hatte genug gelitten, das war was. Und so, wie es aussah, Nate auch. Also, argumentierte sie mit sich selbst, war es vielleicht eine gute Sache. Sie konnten einander guttun.

Sie biss sich auf die Lippe und wischte sich die plötzlich feuchten Handflächen an ihrer Jeans ab. Was wäre, wenn Nate irgendwann entschied, dass ein Kind, das ihm folgte wie ein Hündchen, nicht ideal war? Oder dass die Witwe und ihr Kind nebenan lästig waren?

Was passierte, wenn Gil eine emotionale Bindung einging und Nate sich dann zurückzog?

Du kannst Gil nicht vor allem beschützen, Polly.

Marcs Worte klangen in ihrem Kopf. Sie wusste, dass es stimmte. Zumindest wusste ihr Verstand, dass es so war, es war ihr Herz, das die Botschaft verstehen musste. Und als sie Gil zuhörte, wusste sie, dass es zu spät war, ihn von dieser neuen Freundschaft abzubringen. Sie konnte nur beten, dass Gott seine Bedürfnisse befriedigte und ihr zeigte, wie sie für ihn sowohl Mutter als auch Vater sein konnte. Und dass Gott weiterhin Menschen wie Nate in sein Leben bringen würde, die Dinge beisteuern würden, die sie ihm nicht geben konnte.

Sie klammerte sich an den Vers: *Ich will dich nicht verlassen und nicht von dir weichen.* Gott war gut zu ihnen gewesen. Es wäre besser gewesen, wenn Gil die ganze Kindheit über seinen Vater an seiner

Seite hätte. Doch das war nicht im größeren Plan gewesen. Nate lachte über etwas, das Gil gesagte hatte, und zog sie aus ihren Gedanken und Gebeten. Sie sah ihn jetzt an und fragte sich zum ersten Mal, wie es gewesen wäre, Marc zu verlieren und nichts von ihm zu haben, an dem sie sich festhalten konnte. Gil war ihr Leben. Ihr Grund für alle Fortschritte, die sie gemacht hatte ... Ihr Herz schmerzte bei dem Gedanken, ihn nicht zu haben, um einen Teil von Marc in ihrem Leben zu behalten. Sie dankte Gott jeden Tag dafür, dass er verschont worden war.

Ihr Herz schmerzte für Nate. Sie fragte sich, ob er sich Kinder wünschte. Gott war in vielerlei Hinsicht gut zu ihr gewesen. Aber Gil war der größte Segen von allen und gab ihr einen Grund weiterzumachen.

Sie fragte sich, was Nate weitermachen ließ.

KAPITEL SIEBEN

Sie lieferten die Anhängerladung Vieh bei der Auktion ab. Es war schon nach fünf, als sie zur Tierärztin kamen, die sich bereit erklärt hatte, sich Bogie anzusehen, nachdem sie mit ihren anderen Terminen fertig war. Sobald sie dort fertig waren, wollten sie bei den Eltern der Tierarzthelferin ein Zicklein mitnehmen.

„Also bist du dir sicher, dass du eine Ziege willst?", fragte Nate, nachdem er den Truck wieder auf die Straße gelenkt hatte.

Polly hörte die Skepsis in seiner Stimme. Aus mehr als einem Grund, dachte sie. „Ja. Wie ich schon gesagt habe, möchte ich auch noch eine Kuh, die ich Betsy nennen werde, und viele Hühner. Mein Nachname ist schließlich McDonald." Sie lächelte und fühlte sich trotz ihrer früheren Sorgen entspannt. Marc hatte sie immer geärgert, dass sie das Herz von *Old McDonald* hatte und auf dem Land leben wollte. „Ich möchte meinen Gästen das perfekte Landleben bieten. Frische Eier und frische Milch und Sahne von einer Kuh. Natürlich muss ich lernen –"

„Ich trinke keine Milch aus einer Kuh!", protestierte Gil vom Rücksitz. Er hatte seinen Arm um Bogie gelegt und sein Gesichtsausdruck war so angewidert wie sein Tonfall.

Nate lachte. „Milch kommt immer aus einer Kuh, Partner."

„Ihhhgitt. Ich werde so tun, als ob nicht. Ich meine, ich will eine Kuh und ein Babykalb. Aber ich will wirklich eine Ziege. Ich habe gehört, die essen alles. Zu Hause hat Bobby Jackson gesagt, die Ziege seines Großvaters hat einen Autoreifen gefressen. Einen ganzen Reifen!"

„Das wäre ziemlich cool." Nate begegnete Pollys Blick mit einem warmen Lächeln. Pollys Magen drehte sich.

Er fuhr auf den Parkplatz der Tierklinik und parkte vor dem Backsteingebäude. Nate hielt die Tür für sie auf. Als Polly an ihm vorbeigehen wollte, stolperte sie über Bogie. Sie wäre gefallen, wenn Nate nicht ihren Ellbogen gepackt hätte.

„Whoa, Vorsicht", sagte er sanft.

Pollys Beine fühlten sich an wie Gummi. „Danke", brachte sie heraus.

„Nate, du meine Güte! Wie geht's dir?"

Das Quietschen lenkte Pollys Aufmerksamkeit auf die Frau, die hinter dem Schreibtisch saß. Sie war Mitte bis Ende fünfzig und streckte beide Hände in die Höhe, eine Cola Light in der einen und einen Stift mit einer Blume am Ende in der anderen. Sie knallte die Dose auf die Theke und steckte sich den blühenden Stift hinter ihr Ohr, dann eilte sie um die Theke herum und umarmte Nate. Nates Gesichtsausdruck war urkomisch, als er von der spindeldürren Frau hochgehoben wurde.

„Ist er nicht das Süßeste, was Sie je gesehen haben?", sagte sie und setzte ihn ab.

Grinsend pikste sie ihm mit den Fingern in die Seiten, bevor sie sich zu Polly umdrehte. Nate war so rot wie das Rouge von Pollyannas Großtante Merna.

Die ältere Dame zwinkerte und verzog das Gesicht. „Das ist ein Vorteil meines Jobs. Ich kann all die süßen Cowboys umarmen. Ich muss Ihnen allerdings sagen, dieser hier ..." Sie schnalzte mit der Zunge, als sie wieder hinter ihren Schreibtisch ging. „Er ist was Besonderes. Es war so furchtbar, als Gott ihn zum Witwer gemacht hat. Weiß wirklich nicht, was der sich manchmal denkt."

Diese Worte hätten respektlos wirken können, doch ihre Augen waren warm und aufrichtig, und Polly sah, dass es offensichtlich war, dass Beth, wie Nate sie vorstellte, nur sagte, was sie wirklich dachte. Polly mochte sofort, dass sie nicht um den heißen Brei herumredete.

„Es ist schön zu sehen, wie sich die Dinge weiterentwickeln", fuhr Beth fort und blickte von Pollyanna zu Nate. Was sie meinte, war offensichtlich. Okay, ein bisschen weniger direkt wäre nett, dachte Polly, als ihr Blick zu Nate schoss. Sie wusste, dass ihre Bestürzung seine eigene widerspiegelte.

„Nate sagt, Sie können mir helfen, eine Ziege zu bekommen", sagte Gil und zog Beths Aufmerksamkeit auf sich.

Polly atmete bei dem plötzlichen Themenwechsel erleichtert auf.

„Wie ich Nate vorhin am Telefon gesagt habe, würden meine Eltern dir gerne eine Ziege *schenken*", sagte Beth. „Sie steigen aus dem Geschäft aus, weil sie mehr reisen wollen, und die Ziegen nageln sie zu sehr fest."

„Wir brauchen eine Ziege, die gerne frisst", sagte Gil strahlend. „Eine, die Reifen mag. Sie haben so eine?"

Beth lachte, und die Seidenblume, die an ihrem

Ohr steckte, wackelte. „Also, Schatz, heute ist dein Glückstag. Ich kenne die perfekte Ziege für dich. Ich rufe sie gleich an."

Polly lächelte Gil an, als sich die Tür zum Untersuchungsraum öffnete und eine schöne Frau mit einem glänzenden blonden Pferdeschwanz in den Warteraum trat. Es war wahrscheinlich Pollys Einbildung, doch sie glaubte, dass Nate einen Schritt zurückwich, als die Frau ihre atemberaubend blauen Augen auf ihn richtete. Blaue Augen, die, wie Polly interessiert bemerkte, Nate ansahen, als wäre er ein Schokoriegel.

„Hallo Nate", sagte sie mit samtigem Südstaatenakzent. „Ich habe dich seit Ewigkeiten nicht mehr gesehen."

So war es also, dachte Pollyanna und sah Nate an. Vielleicht war er doch kein so großer Einsiedler, wie alle dachten.

Nate warf einen Blick auf Susans *Das-Angebot-steht-noch-immer*-Lächeln, und wollte die Flucht ergreifen. Er hoffte, dass Pollyanna nicht bemerkte, dass er näher zu ihr getreten war. Er hatte Susan tatsächlich für ein paar Minuten vergessen, so hatte ihn die Unterhaltung mit Gil beschäftigt. Hätte er nicht Gils Verzweiflung gesehen, als er Pepper beinahe verloren hätte, was sein Bedürfnis geweckt hatte, Pollyanna zu helfen, hätte er überhaupt nicht hier gestanden.

Er hatte diese Klinik jahrelang frequentiert, doch Doc Riggs war vor etwas mehr als einem Jahr in den Ruhestand gegangen, und Susan hatte die Praxis gekauft.

Sie war Single und hatte ihn beim ersten Mal, als sie rausgekommen war, um ihm zu helfen, ein Kalb zur Welt zu bringen, nach einem Date gefragt. Nate hatte sich seitdem in ihrer Gegenwart unwohl gefühlt. Es war nicht so, dass sie keine nette Frau war, sie schien eine zu sein, doch das war einfach zu viel für ihn gewesen. Kayla war erst zwei Jahre tot gewesen, als Susan ihn gefragt hatte. Er hatte sich nicht an die Vorstellung gewöhnt, dass er Single war, ganz zu schweigen davon, dass er Dating-Material war – er hatte sich immer noch als verheirateter Mann gefühlt. Susan hatte ihm durch ihre Frage gezeigt, dass die Leute dachten, es sei Zeit für ihn, über den Verlust hinwegzukommen.

Weiterzuleben.

Die Worte ließen seinen Magen immer noch protestieren. Er schob die Gedanken beiseite und konzentrierte sich. „Hallo", sagte er, als Susan von ihm zu Pollyanna und dann wieder zurückblickte. „Ich war ziemlich beschäftigt", sagte er. „Das ist Pollyanna McDonald." Er sah von Susan zu Pollyanna.

Spekulationen lagen in Pollyannas Blick und machten es ihm unangenehmer als zuvor. „Wir sind Nates neue Nachbarn", erklärte sie und streckte ihre Hand aus, um Susans zu schütteln.

„Und wir werden uns Ziegen ansehen, nachdem Sie Bogies Auge repariert haben", mischte sich Gil ein.

Susan sah Nate fragend an. Er wollte hier weg. Er wollte mit niemandem ausgehen, und er wollte auch nicht, dass jemand auf falsche Gedanken kam. Er hob Bogie hoch.

„Wenn du uns den Weg weist, werde ich dieses Riesenbaby tragen", sagte er und übernahm die Kontrolle über die Situation.

Er war erleichtert, als Susan sich umdrehte und ihm voraus in den engen Untersuchungsraum ging. Nate hielt den Hund fest, während Susan ihm für seinen Geschmack viel zu nahekam, um ihn zu untersuchen. Den Hund natürlich. Aber Nate war sich sehr bewusst, dass er selbst immer noch unter dem Mikroskop war. Die Untersuchung dauerte nur wenige Minuten, doch es waren einige der unangenehmsten Minuten in Nates Leben.

„War schön dich kennenzulernen, Susan", sagte Pollyanna, als sie mit einem Rezept für Antibiotika und der Anweisung gingen, dass Bogie den Kragen noch ein paar Tage tragen sollte.

Nate trieb Pollyanna und Gil geradezu zur Tür.

„Ich bin sicher, wir sehen uns wieder", sagte Pollyanna und blieb stehen. Nate stieß versehentlich gegen sie. „Ich habe einen halben Zoo in meinem Haus. Behandelst du auch Vögel und Schildkröten?"

Susan lachte und lehnte sich gegen den Türrahmen. „Ja, das tue ich. Und Ziegen auch."

Nate stupste Pollyanna an. „Danke. Wir sollten uns jetzt besser zu den Ziegen aufmachen", sagte er und wusste, dass das zumindest Gil in Bewegung bringen würde.

Susan folgte ihnen hinaus. „Wenn ich das nächste Mal in Mule Hollow bin, komme ich vielleicht vorbei und besuche deine kleine Farm."

„Oh!", rief Polly aus, drehte sich um, und Nate wäre beinahe wieder gegen sie gerannt. „Das wäre unglaublich nett von dir. Ich kann dir erklären, wie ..."

„Nicht nötig. Wenn du Nates Nachbarin bist, finde ich dich ganz leicht. Ich schaue dann auch bei dir vorbei, um Hallo zu sagen, Nate." Sie lächelte ihn an, und was sie damit sagen wollte, war mehr als klar. „Bis dann."

Nate nickte. Was sollte er auch sonst tun? Er war sich sicher, dass er so rot war wie der alte Lumpen, der im Fußraum seines Trucks lag. Es frustrierte ihn furchtbar.

„Sie scheint nett zu sein", kommentierte Pollyanna, als sie endlich wieder unterwegs waren.

„Ja", brummte er und hatte kein Interesse daran zu diskutieren, wer nett war und wer nicht.

Als er Kayla geheiratet hatte, hatte er sie fürs Leben geheiratet. Er war vom Markt gewesen, als er sie das erste Mal gesehen hatte. Und er war es immer noch.

Und so, wie Pollyanna aussah, war er mehr als sicher, dass sie seit dem Tod ihres Mannes eine Menge Aufmerksamkeit erhalten hatte.

Er fragte sich, was sie von diesem Thema hielt.

KAPITEL ACHT

„Bert! Nein, Bert!"

Beim Klang von Gils aufgeregten Schreien ließ Polly ihren Farbroller fallen und rannte zur offenen Tür. Ihr Herz pochte, als sie die Stufen hinunter und um die Ecke des Hauses rannte. Vor zwei Tagen hatten sie ein Zicklein kaufen wollen, und stattdessen waren sie mit Bert nach Hause gekommen. Bert war ein launischer Ziegenbock und steinalt. Sie hatte versucht, Gil zu überreden, ein Zicklein auszusuchen, aber in dem Moment, als er Berts Geschichte gehört hatte, hatte er den alten Bock gewollt. Das ältere Ehepaar, das aus der Ziegenzucht ausstieg, hatte gesagt, niemand wolle Bert, weil er alt und störrisch sei. Gil hatte gesagt, die Ziegenjungen würden ein Zuhause finden, doch sie müssten Bert mitnehmen, damit er eines hätte. Und so hatten sie Bert mitgenommen, damit er bei ihnen lebte. Er hatte sofort begonnen, Gil wie ein Welpe zu folgen, und versuchte an ihm zu knabbern, als wäre er ein Keks. Und der arme Bogie wurde terrorisiert. Bert schien einen ausgeprägten Appetit für seinen Leckschutz zu haben.

Es hatte nicht lange gedauert, bis ihr klar wurde, dass ihr dank Bert und Gil bald graue Haare wachsen würden. Erst gestern hatte sie beide *auf* dem Futterschuppen erwischt. Wie sie dort hochgekommen waren war ihr ein Rätsel. Das einzig Gute war, dass der Schuppen nur etwa drei Meter hoch war. Im Vergleich zum Dach ihres Hauses war das geradezu harmlos. Trotzdem war sie sich nicht sicher, was sie erwarten sollte, als sie durch das Haus rannte.

Erst als sie den Garten erreicht hatte, bemerkte sie, dass Gils Quietschen ein Lachen war.

Bert hatte Gil umgeworfen, einen Knopf von seinem Hemd geschnappt und versuchte, ihn zu essen. Polly eilte auf sie zu, packte das Halsband des Ziegenbocks und versuchte, ihn von Gil wegzuziehen.

„Lass los, Bert. Pfui!"

Bert gab den Knopf nicht auf, und Gil half auch nicht, da er zu beschäftigt war zu kichern, um sich selbst zu befreien. Und warum sollte sie etwas anderes erwarten? Er hatte sich eine Ziege gewünscht, die Reifen fraß! Polly war außer Atem, als sie mit dem jetzt verstummten Ziegenbock fertig war. Bert hatte während des Raufens bekommen, was er gewollt hatte, kaute glücklich zufrieden auf dem Knopf und beobachtete sie mit schwarzen Augen unter seinen buschigen Augenbrauen. Sein weißer Spitzbart bewegte sich im Rhythmus seines Kiefers auf und ab und erinnerte sie an Applegate Thornton, einen der älteren Männer, die jeden Morgen in Sam's Diner saßen und Dame spielten. Polly fragte sich, ob es eine kluge Idee gewesen war, überhaupt eine Ziege zu wollen. Das Biest hatte angefangen, ihre Büsche zu fressen, sobald sie ihn entladen hatten. Er versuchte, alles zu essen, was ihm vor die Schnauze kam. Ihre Tulpen hatte sie seit seiner Ankunft ständig bewachen müssen. Nate hatte sie gewarnt, dass ein alter Bock mehr sein könnte, als sie erwartet hatte, doch sie hatte sich entschlossen, seinen Rat nicht zu befolgen.

Der Mann gab gerne Ratschläge.

„Gil, Schatz, wie ist er aus seinem Pferch gekommen?" Es war offensichtlich unmöglich, das Tier unter Kontrolle zu halten. Er entkam immer wieder.

„Ich weiß es nicht. Ich glaube, er hat den Riegel gefressen." Polly zweifelte keine Minute daran.

Sie stampfte zur Rückseite des Hauses zum Tor

neben dem Schuppen. Und tatsächlich: das Seil, das an dem kleinen Metalltor befestigt und um den Nagel am Pfosten gehakt war, war verschwunden.

Sie sah sich am Boden danach um, doch es war nirgendwo.

„Hast du das Seil genommen, Gil?"

„Nein. Bert muss es gefressen haben. Wenn er Bogies Kragen und meine Knöpfe frisst, würde er auch ein Seil fressen. Es kann sich schließlich nicht wehren."

„Du hast Recht. Wie hat er dich zu Boden gebracht?"

„Als ich mich gebückt habe, um meine Schnürsenkel zu binden, hat er sich an mich rangeschlichen und mich mit einem Kopfstoß umgeworfen. Mann, das war cool. Ich bin auf dem Boden gelandet und hundertmal gerollt, bevor ich liegengeblieben bin. Mir war ganz schön schwindelig …"

„Bist du in Ordnung?" Polly schnappte nach Luft, weil sie befürchtete, dass die Ziege gar keine gute Idee gewesen war.

„Machst du Witze? Es war hammercool!"

Jungs. „Komm, lass uns was anderes suchen, das wir als Riegel verwenden können."

„Ja, was, das Bert nicht fressen kann", sagte Gil und folgte ihr in den kleinen Schuppen. „Mom, magst du Nate?"

Erschrocken hielt Polly inne. „Natürlich. Er ist ein guter Nachbar."

Gil trat gegen eine Dose und stopfte die Hände in die Taschen. „Ich denke, diese Tierärztin mag ihn auch. Hast du bemerkt, wie sie ihn angesehen hat?"

Wer nicht? Sie hatte auch bemerkt, dass sie Polly als Ausrede benutzen wollte, um bei ihm vorbeizuschauen. Doch es ging sie nichts an. Sie fragte sich nur, ob Susan bemerkte, wie unbehaglich ihre Aufmerksamkeit Nate machte. Polly hatte nur einen Moment gebraucht, um zu erkennen, dass er die Flucht ergriffen hätte, wenn sie nicht dagewesen wären.

„Da ist eine Kette", rief Gil und brachte Pollys Gedanken in den Moment zurück. Sie blickte zu dem Punkt auf, auf den er zeigte, und entdeckte die Kette im obersten Regal.

„Oh ja, eine Kette. Aber jetzt brauche ich eine Leiter, um dorthin zu gelangen, und ich habe keine."

„Da hinten ist ein Eimer", rief Gil aus und verschwand aus der Tür.

Polly eilte ihm nach hinter den Schuppen, wo er einen 20-Liter Futtereimer aus einem Gewirr von

Geißblatt zog, das über dem Zaun und an der Seite des Schuppens wuchs. Bert war noch nicht dazu gekommen, es zu fressen, doch Polly hatte keine Zweifel, dass er sich früh genug darum kümmern würde.

„Der wird großartig funktionieren." Sie nahm ihn ihm ab und ging wieder hinein.

„Gut, dass ich ihn vor Bert gefunden habe, sonst hätte er ihn gefressen." Gil lachte. „Ich muss aufpassen, dass er nicht den armen Bogie frisst."

„Das ist eine gute Idee. Und halt ihn bitte von meinen Tulpen fern", sagte sie, drehte den Eimer um und kletterte hinauf.

Sie schwankte, ergriff das untere Regal, um sich zu stabilisieren, und streckte sich dann nach der Kette.

Und dann sah sie eine Schlange. Eine große schwarze Schlange.

Ein Schrei blieb in Pollys Kehle stecken, als sie vom Eimer fiel und ihr Herz donnerte. Sie rappelte sich auf und stolperte schnell aus der Tür ... schneller als eine ... Nun, sie hatte zu viel Angst, um zu denken, doch sie war sich sicher, wenn jemand zugesehen hätte, dass er oder sie ihre Flucht aus dem Schuppen auf verschiedenen Ebenen spektakulär unterhaltsam gefunden hätte.

Eine Heldin war sie definitiv nicht, wenn es um

Schlangen ging. Sie blieb nicht stehen, bis sie fast im Haus war. Die Logik sagte ihr, dass sie die Schlange wahrscheinlich genauso erschreckt hatte, wie sie sie. Das einzige Problem war, es war ihr egal. Sie konnte ihren Schuppen haben! Allein der Gedanke an die Schlangenaugen ließ sie zurückschrecken.

Aber was jetzt?

Polly ging auf und ab. Sie wusste die Antwort. Die Antwort gefiel ihr nicht, doch sie wusste, dass sie irgendwie den Mut finden musste, dorthin zurückzukehren und ihr Territorium zurückzugewinnen.

Es war wahrscheinlich nur eine Erdnatter. Als ob sie das interessierte! Schlangen – Erdnatter, Ringelnatter oder sonst was – machten ihr Angst.

Sie ging weiter auf und ab. Marc hatte sich immer mit jeglichen schrecklichen Kreaturen befasst.

„Lach nicht", schimpfte sie laut.

Marcs Erinnerung war plötzlich so lebendig, als würde er neben ihr stehen und in seinem warmen Bariton lachen. Er hatte einen großartigen Sinn für Humor – nicht, dass das lustig gewesen wäre. Doch wenn er hier wäre, würde er lachen, während er ihr dabei zusah, wie sie den Mut zusammenkratzte, um zurückzugehen und anzugreifen.

Er hatte ihre Hartnäckigkeit, Hindernisse zu

überwinden, bewundert. Und er hatte sie geliebt. Er hatte nie gewusst, dass es die meiste Zeit seine Stärke war, die ihren Mut angefeuert hatte. Mit ihm an ihrer Seite hatte sie das Gefühl gehabt, alles tun zu können.

Polly blieb stehen und starrte auf den Schuppen. Seit Marcs Tod gab es so viele Dinge, die sie lernen musste, allein zu tun. Mit ihm zu reden gab ihr Mut.

„Ich kann das."

Sicher kannst du das.

Wie so oft, wenn sie gedacht hatte, sie könnte etwas nicht tun, konnte sie fast seine Stimme aus ihrem Herzen sprechen hören, die ihr Mut machte... und ihr den Schmerz, dass sie ihn immer noch vermisste, vor Augen führte. Sie straffte ihre Schultern.

„Sicher kann ich das", murmelte sie. „Diesen Berg kann ich auch besteigen." Und sie konnte. Dann dachte sie an das kaputte Ventil und zögerte. Für einen Moment. „Du wirst das tun", redete sie sich zu. Wenn jemand zusähe, würde er denken, dass sie nicht mehr alle Tassen im Schrank hatte. Sie blickte zum klaren blauen Himmel auf und runzelte die Stirn. „Aber nur damit du es weißt. Ich werde nie wieder mit dir reden, wenn ich einen Herzinfarkt habe und sterbe, während ich versuche, diese Schlange loszuwerden." Dann holte sie tief Luft und stapfte entschlossen vorwärts.

An der Seite des Schuppens lehnte eine Hacke,

und sie packte sie mit zitternden Fingern. „Mr. Schlange, das ist *mein* Schuppen."

Mit zögernden Schritten hob sie die Hacke, schlug sie an die Wand des Schuppens und wartete einen Moment. Sie klopfte noch einmal darauf, bevor sie schließlich ihren Kopf in die offene Tür steckte. Sie schauderte und hörte in ihrem Kopf die Titelmelodie *Der Weiße Hai*, als sie eintrat …

„Stimmt was nicht?"

„*Waaaa?*", schrie Polly und wirbelte erschrocken herum. Nate Talbert! Er stand direkt hinter ihr in der Tür und blockierte ihren Fluchtweg!

„Whoa, Vorsicht mit dem Ding. Ich wollte dich nicht erschrecken", sagte er und hielt seine Hände zum Schutz hoch.

„Hat deine Mutter dir nicht beigebracht, dich nicht an Leute ranzuschleichen?", blaffte Polly und schob sich an ihm vorbei. „Du hast mich fast zu Tode erschreckt." Als ob er das nicht sehen konnte.

„Tut mir leid", sagte er und folgte ihr.

Er blieb vor ihr stehen, die Hände in die Hüften gestemmt, die Füße schulterbreit auseinander, und musterte sie. Und sie ... sie musterte ihn genauso. Der bloße Gedanke, dass er sich so an sie angeschlichen hatte ... und dabei so stark und ansprechend aussah – sie korrigierte diesen Gedanken – *fähig*. Er sah *fähig* aus! Er konnte sicher eine Schlange töten. Oder sie fangen oder erschrecken und verscheuchen. Wie er es gerade mit ihr getan hatte.

„Da drin ist eine Schlange." Sie schauderte. „Ich hasse Schlangen."

Nates Mundwinkel hoben sich, seine Augen leuchteten verständnisvoll, und er griff nach der Hacke. „Ich werde mich darum kümmern."

„Hi-ya, Nate", sagte Gil und kam um das Haus herum. Bogie und Bert rannten hinter ihm her. „Du hast sie gefunden. Ich habe dir gesagt, dass sie wieder hier ist."

Nate lächelte. „Ja, ich hab sie im Schuppen gefunden, genau wie du gesagt hast ..."

„Nein, Bert!" Gil unterbrach ihn, als Bert sich plötzlich an Bogies Leckschutz verbiss und anfing, daran zu ziehen. Bogie kläffte und versuchte, sich zurückzuziehen, während Gil an Bert zog und Bert am bereits verbissenen Kragen zog.

„Schon gut, Bogie", beruhigte Polly den Hund und ging zu dem armen belästigten Hund, während das Tauziehen weiterging. Bogie schüttelte verzweifelt den Kopf, doch Bert hielt sich hartnäckig fest und stieß Gil herum wie ein Kind auf einem bockenden Stier.

„Hilfe!", lachte Polly und sah zu Nate auf. Er ließ die Hacke fallen und packte Bogie. In dem Moment, als er der gegnerischen Seite seine Kraft hinzufügte, ließ Bert los. Wahrscheinlich aus purer Bösartigkeit. Der Mangel an Widerstand ließ Polly, Nate und Bogie zu Boden fallen.

Nate fing an zu lachen, und sie lachte mit.

„Geht es euch beiden gut?", fragte Gil und grinste sie fragend mit seinen Händen in den Hüften an.

Polly nickte und sah Nate in die Augen, als sein Lachen abebbte und Polly den Schatten in seinen Augen sah.

„Gil", sagte sie sanft. „Warum nimmst du nicht den armen Bogie mit ins Haus? Er ist für einen Nachmittag traumatisiert genug. Ich werde mich um Bert kümmern. Du kannst dir ein paar Kekse und Milch nehmen."

„Oh cool, danke!"

Sie blickte ihm nach, als er davonjoggte, und sah dann Nate an. „Bist du okay?"

Er stand mit grimmigem Gesichtsausdruck auf, und seine Augen waren so traurig, dass Polly dachte, sie hätte in ihrem ganzen Leben noch nie jemanden gesehen, der so tief verletzt war. Nur, dass das nicht stimmte. Sie erkannte es als den Blick, den sie in ihren eigenen Augen sah, wenn sie in einen Spiegel blickte, sobald etwas passierte, das sie dazu brachte, Marc erneut zu vermissen. Trauer kam in solchen unerbittlichen, verheerenden Wellen. Auch Jahre später. Anstatt zu antworten, streckte Nate ihr eine Hand entgegen. Unsicher legte sie ihre in seine und ließ sich von ihm hochziehen. Seine Augen blieben freudlos, als er sich abwandte und zum Zaun ging. So allein, dachte Polly, und ihr Herz schmerzte, als sie ihn beobachtete. Er stand gebeugt, während er zum Teich hinunter starrte.

Polly fragte sich einen Moment lang, ob sie sich alles nur einbildete. Wie kam sie darauf, dass sie seine Gedanken lesen konnte? Sie kannte Nate nicht wirklich. Doch ihr Herz sagte ihr, dass sie Recht hatte. Er dachte an seine Frau.

Sie holte tief Luft und ging zu ihm. „Es ist schwer, sie zu vermissen", sagte sie leise.

Das einzige Zeichen, dass er sie hörte, war das kaum merkliche Nicken. Polly akzeptierte seine Antwort, wenn er reden wollte, würde er es tun. Sie wollte nur, dass er wusste, dass sie zuhören würde, wenn er jemanden brauchte, mit dem er reden konnte. Ihr Blick blieb auf seinem angespannten Profil, auf dem noch vor wenigen Augenblicken ein fröhliches Lachen gelegen hatte. Sie sehnte sich danach, seinen Schmerz zu lindern.

„Ja", gab er schließlich mit rauer Stimme zu. Seine Augen wurden für einen Moment weicher, bevor er wieder dichtmachte. Schweigend beobachteten sie ein paar Vögel, die unbeschwert über dem Teich jagten.

„Wie war ihr Name?", fragte Polly leise, neugierig auf die Frau, die er offensichtlich so sehr geliebt hatte.

Sie spürte sein Lächeln, als er sich neben ihr bewegte. „Kayla."

Die Art, wie er den Namen seiner Frau sagte, berührte Polly – er rollte liebevoll von seinen Lippen. Sie konnte seine Liebe hören und fühlte sich von ihm angezogen, fühlte eine solche Verbindung mit ihm.

„Hörst du sie jemals mit dir reden?" *Tolle Idee, Pollyanna. Jetzt hält er dich sicher für einen Spinner, der Stimmen hört.* Und so war es überhaupt nicht.

„Das hat mich noch nie jemand gefragt." Seine Stimme war leise und überrascht.

„Es tut mir leid. Ich –"

„Ja."

Erleichterung überkam sie. Sie hatte gedacht, dass es eine unwillkommene Frage gewesen war. „Das ist eine Erleichterung, ich dachte, ich wäre vielleicht die einzige." Sie lächelte und konnte nicht ganz glauben, dass sie so offen darüber sprach.

Er zuckte die Achseln, ein schwaches Lächeln hob seine Mundwinkel. „Sie wird wütend, dass ich nicht auf sie höre."

Polly schlang die Arme um ihre Mitte und drehte sich zu ihm um. Ihre Schulter lehnte an einem Zaunpfosten aus Zedernholz. Sie konnte erkennen, dass es nicht angenehm für ihn war, über etwas so Persönliches zu reden, doch sie verstand es von ganzem Herzen.

„Ich weiß genau, was du meinst. Mein Marc, er drängt mich ... Nicht wirklich, verstehst du? Aber zu wissen, was er in bestimmten Situationen gesagt oder erwartet hätte, hilft mir." Sie schnaubte. „Es ist gut so, obwohl es das eine oder andere Mal gibt, dass ich ihm deswegen den Hals umdrehen würde, wenn er hier wäre." Sie lachte darüber und wusste, dass sie das niemals tun würde. Sie würde ihn umarmen und ihn niemals wieder loslassen.

„Gott war auf jedem Schritt des Weges bei mir, doch die Hälfte meiner Fortschritte führe ich auf die Erinnerung an Marcs Stimme in meinem Kopf zurück." Sie seufzte und spürte, wie der sanfte Aprilwind über ihre Haut flüsterte und die Erinnerung an seine Berührung brachte. „Es ist eines von Gottes Geschenken, weißt du." Ihre Stimme war selbst in ihren eigenen Ohren aufgewühlt. Manchmal brauchte sie alles, was sie in ihrem Herzen hatte, um sich auf dieses Geschenk zu konzentrieren und nicht auf den schmerzhaften Verlust.

Nate drehte sich zu ihr um, und seine dunklen Augen sahen sie fragend an. „Ein Geschenk?"

Sie konzentrierte sich. „Ja. Ich liebe es, Marcs Stimme in meinem Kopf zu haben. So ist er nicht ganz weg. Den Klang seiner Stimme zu verlieren ist eines der Dinge, die ich am meisten fürchte. Ich weiß, dass dieser Tag kommen wird."

Polly dankte Gott jede Nacht für die Erinnerungen. Obwohl sie mit jedem Jahr Dinge verlor. Kleine Dinge. Das Gefühl seiner Hand auf ihrer. Der Klang seines Lachens ... Dinge, die er gesagt hatte. Er entfernte sich langsam Stück für Stück weiter von ihr. Oh, sie wusste, dass sie nicht alles vergessen würde ... doch sie wollte *nichts* vergessen. Keinen Moment.

Es waren jedoch zwei Jahre vergangen. Es war Zeit für sie, vorwärtszugehen und zuzulassen, dass etwas von der Vergangenheit verblasste. Sie schniefte und verdrängte den entmutigenden Gedanken. Es war unvermeidlich, dass die Erinnerungen im Laufe der Zeit verblassten. Sie war so dankbar für Gil. Um seinetwillen, doch auch, weil sie Marc in ihm sehen konnte. Er sah seinem Vater so ähnlich. Die Leute dachten auf den ersten Blick, dass er wie sie aussah, weil er ihre Haarfarbe und ihren Teint hatte, doch er sah aus wie sein Vater. Er lachte wie er und hielt seinen Kopf wie Marc, wenn er nachdachte. Er band seine Schnürsenkel falsch herum, wie sein Vater es ihm beigebracht hatte, und dann war da noch die seltsame Art, wie er seine Gabel hielt. Es tröstete sie zu wissen, dass sie Gil hatte, um gewisse Erinnerungen am Leben zu erhalten, selbst wenn andere verblassten.

Nate hatte das nicht.

„Also, worüber wird Kayla wütend auf dich?"

Er hielt ihren Blick lange fest, als überlegte er, ob er etwas so Persönliches teilen wollte. Doch Polly wusste, dass er vielleicht mit jemandem teilen *musste*. Sie kannten einander noch nicht lange, doch ihr Verlust verband sie. Sie neigte den Kopf, lächelte ihn ermutigend an, sie hereinzulassen.

Er runzelte die Stirn, holte tief Luft und ließ sie langsam heraus. „Dass ich nicht darüber hinwegkomme."

„Und du willst das nicht."

Er hakte seine Daumen in seine Gürtelschlaufen. „Ehrlich gesagt, manchmal wünschte ich, ich wollte es."

„Aber du tust es nicht." Es war keine Frage, eher eine Beobachtung. Sie hatte das gleiche Gefühl.

„Nein, das tue ich nicht. Zumindest bisher nicht. Wie ist es mit dir?"

„Nein. Ich fühle mich so gesegnet, das gehabt zu

haben, was ich mit Marc hatte. Ich kann mir nicht vorstellen, jemand anderen zu lieben. Ich meine, ich bin einsam …" Sie ließ den Gedanken los. „Doch damit kann ich leben. Es gibt schlimmere Dinge als einsam zu sein. Ich bin viel lieber einsam als einen Fehler zu machen und die Erinnerung an etwas zu beschmutzen, das so großartig war. Marc war mein bester Freund …"

„Kayla war meine beste Freundin." Nates Blick wurde weicher. „Wie ist Marc gestorben?"

Polly holte tief Luft und erklärte mit einer gewissen Distanz, wie sie es gelernt hatte. „Ein Autounfall. Er hat an einer roten Ampel angehalten. Gil war bei ihm, und ich danke Gott, dass er überlebt hat. Ohne einen Kratzer." Die Tragik traf sie immer noch tief. Nach all der Angst und Sorge wegen Marcs Liebe zur Geschwindigkeit war er getötet worden, als er an einer roten Ampel gestanden und seinen Sohn auf dem Rücksitz angelächelt hatte. Sie hatte lange gebraucht, bis sie diese Worte ohne Tränen sagen konnte. Und sie war auch jetzt noch nicht immer erfolgreich. „Das Leben kann sich im Handumdrehen ändern …"

Er nickte.

„Und Kayla, wie ist Kayla gestorben?" Sie hasste es, ihn zu erinnern, doch sie wollte es wissen.

„Langsam", sagte er. Bitterkeit zeichnete seinen Gesichtsausdruck, als er sich abwandte. Polly drängte nicht, sondern gab ihm Zeit, das Gespräch so zu führen, wie er es konnte.

„Hey", sagte er plötzlich, und sein Ton hellte sich falsch auf. „Was sagst du, wollen wir nach dieser Schlange sehen?"

„Oh, die Schlange!" Polly hatte die Schlange ganz vergessen, seit er sie in ihrem Schuppen überrascht hatte. Irgendwie war sie dankbar, die Schlange als Ablenkung zu haben. „Wenn das Mistvieh schlau ist, ist es inzwischen weg."

Nate ging auf den Schuppen zu, ohne mehr zu sagen, doch Polly wusste, dass sich etwas zwischen ihnen geändert hatte, sie sah es in seinen Augen, wenn er sie ansah, ein sanftes Lächeln. Sie waren Freunde.

„Die Schlange hat wahrscheinlich gehört, dass dein Nachname McDonald ist, und hat erwartet, dass du sie adoptierst."

Polly brummte. „Junge, dann steht ihr ein unsanftes Erwachen bevor!"

KAPITEL NEUN

Nate ging zu seiner Veranda und setzte sich auf die Schaukel. Seine Gedanken waren schwer, als er sich mit einem Fuß abstieß. Er hatte sich heute Pollyanna gegenüber geöffnet. Er hatte seit Kayla nicht mehr so mit jemandem gesprochen. Und er hatte gelacht ... wirklich gelacht. Wie früher. Die Art, die aus seinem Bauch kam und sich gut anfühlte.

Heute tat es weh wie ein Damm, der in seiner Brust brach und ein wenig von dem schmerzenden Druck abließ, der sich immer in ihm aufbaute. Und überraschenderweise hatte es sich gut angefühlt. Genau wie Pollyanna gesagt hatte.

Er betrachtete den Himmel und dachte an sie. Pollyanna. Es war eine Erleichterung gewesen, mit jemandem zu sprechen, der verstand, was er verloren hatte. Das erklärte, warum er sich ihr geöffnet hatte.

Sie hatte Mut. Und sie war amüsant wie Kayla.

Er lächelte und erinnerte sich daran, wie glücklich sie gewesen war, als sie in ihren Schuppen gegangen waren und die Schlange verschwunden war. Sie hatte verkündet: „Sie hat Glück gehabt. So darf sie weiterleben."

Und er auch, dachte Nate und ließ die Schaukel schwingen. Er auch.

Er hatte das Gefühl, einen großen Schritt nach vorn gemacht zu haben. Er schickte ein Gebet gen Himmel, dass es so war.

Auf dem Schild stand Sam's Diner & Pharmaceuticals. Polly lächelte jedes Mal, wenn sie das Kleingedruckte las: Essen auf eigene Gefahr von 18.00 bis 20.00 Uhr. Und als ob es zu einem späteren Zeitpunkt hinzugefügt worden wäre stand darunter: donnerstags bis 21.00 Uhr.

Anstatt sofort hineinzugehen, betrachtete sie den Ort, die Farben, wie lebendig alles war. Die Straße hinunter war das hohe Haus mit den vielen Türmen und dem grünen Dach, das Adelas Elternhaus gewesen war, das sie in sechs kleine Wohnungen umgebaut hatte und zwei Zimmer für Pensionsgäste, drei, wenn man Adelas altes Zimmer mitzählte. Nach ihrer

Hochzeit war sie zu ihrem Ehemann Sam gezogen. Es war ein schönes Gebäude, und Polly wollte nach dem Mittagessen hingehen und es sich von innen ansehen. Sie dachte immer wieder darüber nach, was Nate gesagt hatte: Wenn sie einmal geöffnet hatte, würde sie möglicherweise mehr zu tun haben als erwartet. Das war gut so. Sie konnte Hilfe einstellen und Gil trotzdem viel Zeit geben und finanziell unabhängig sein.

Später würde sie eine Tour durch Adelas Haus machen, um zu sehen, ob sie irgendwelche Tipps bekommen konnte, doch zuerst würde sie die Damen hier im Diner zum Mittagessen treffen. Sie liebte das Diner. Man war erst offizieller Einwohner von Mule Hollow, wenn man bei Sam's gegessen hatte.

Als sie die Einladung erhalten hatte, hatte sie Gil mitbringen wollen, doch dann hatte Nate angerufen und gesagt, er hätte Gil eine Reitstunde versprochen, falls sie es erlaubte. Sie lächelte immer noch darüber, wie begeistert Gil gewesen war, als er mit seinem Fahrrad zu Nate gefahren war.

Sie hatte die leise warnende Stimme ignoriert. Die Stimme, die sagte, sie sollte nicht erlauben, dass Gil eine zu tiefe Beziehung zu ihrem Nachbarn aufbaute. Sie war sich nicht sicher, ob die Warnung zu Gils Schutz oder zu Nates war.

Oder für sie. Doch sie waren bereits in den Fluss gesprungen, und es gab keinen Weg zurück. Sie musste es einfach ausreiten und beten, dass der Herr sich um sie kümmerte. Sie war selbst mit dem Rad in die Stadt gefahren und fühlte sich wohler als seit langer Zeit. Fast selig. Sie liebte eine gute Radtour und musste unterwegs drei Cowboys mit ihren Trucks davon überzeugen, dass sie keine Mitfahrgelegenheit in die Stadt brauchte.

Tatsache war, dass sie und Marc Radfahren geliebt hatten und viele Sommerferien damit verbracht hatten, die Gegend mit dem Fahrrad zu erkunden. Es war der zahmste Sport, den Marc ertrug, weil sie sich geweigert hatte, Motorrad zu fahren. Fahrräder hatten für die Familie viel besser funktioniert, und seitdem Gil ein Jahr alt war, hatte er sich in einem Kleinkinder-Fahrradsitz genauso wohl gefühlt wie in einem Autositz. Sie hatte jedoch das Gefühl, dass er dem Radfahren langsam entwuchs. Der Junge war so verliebt in Pferde. Und das war gut für ihn, sie wollte, dass er eigene Hoffnungen und Träume hatte, Hobbys, die ihn glücklich machten – doch sie betete, dass Dirt Bikes sein Interesse nicht erregen würden.

Sie war entschlossen, keine Glucke zu sein. Sie wollte, dass er seine eigenen Interessen verfolgte, und Tiere waren eine gesunde Möglichkeit, ihn dazu zu bringen, die Natur zu lieben. Mule Hollow würde ihm guttun. Viel besser als der Lärm und die Reizüberflutung in Dallas.

Sie betrat das Restaurant und nahm sich vor, sich zu amüsieren. In der Stadt gab es so viele Restaurants, die neu gebaut wurden, und auf alt und charmant getrimmt wurden. Doch nichts davon war echt. Sam's Diner war hundertprozentig authentisch und nostalgisch. Der Duft von geöltem Kiefernholz und leckerem Essen begrüßte sie und ließ ihr das Wasser im Mund zusammenlaufen. Sie atmete die Düfte ein – Hamburger, Speck. Sie konnte auch mexikanisches Essen aus der Küche riechen. Ihr Magen knurrte.

Cowboys, die an einem Tisch in der Ecke saßen, nickten ihr zu, als sie eintrat. Sie erkannte sie als einige der Jungs, die angeboten hatten, sie mitzunehmen, lächelte und sagte Hallo.

Am Fenstertisch saßen Applegate Thornton und Stanley Orr bei einem Dame-Spiel. Als sie zum ersten Mal ins Diner gekommen war, hatte sie bereits aus Molly Jacobs' wöchentlicher Zeitungskolumne gewusst, wer die beiden älteren Herren waren. Sie waren genau, wie die Kolumnistin sie beschrieben hatte. Nicht jede Stadt schaffte es, dass eine Kolumne über sie geschrieben wurde, und schon gar nicht, dass sie wöchentlich im ganzen Land erschien. Aber Mule

Hollow war so, und das alles wegen einer Kampagne, damit Frauen in die Stadt kamen, um die einsamen Cowboys zu heiraten. Es war diese einzigartige Geschichte, die am Wochenende viele Leute in den Ort brachte. Und diese Dame-Spieler waren Teil des Charmes. Die beiden Männer blickten auf, und sie lächelte.

„Möchten Sie Dame spielen?", fragte der Dünne, Applegate, lauter als nötig.

Sie schüttelte den Kopf. „Nein, Sir, machen Sie nur weiter. Lassen Sie sich von mir nicht stören." Sie hob ihre Stimme ein wenig und hoffte, dass er sie hörte.

„Er fragt Sie nur, weil ich ihm die Hosen ausziehe", sagte Stanley, der etwas Rundliche, mit einem Augenzwinkern.

„Was sagst du da?", fragte Applegate laut.

„Oh, du alter Hund, du machst mir nichts vor. Ich weiß, dass du mich gehört hast. Dein Hörgerät funktioniert einwandfrei. Genau wie meins."

Applegate runzelte die Stirn und spuckte einen Sonnenblumenkern in den Spucknapf. „Kannst mir nicht vorwerfen, dass ich versuche, an meiner Führung festzuhalten."

„Führung! In deinen Träumen."

Polly lachte. Sie waren bezaubernd und erinnerten

sie an ihren Großvater und seine Brüder.

„Hier drüben, Pollyanna", rief Esther Mae von einer Nische und lenkte ihre Aufmerksamkeit von den beiden Männern ab. Polly kam auf ihrem Weg an der Jukebox vorbei und holte einen Nickel aus ihrer Tasche. Die Jukebox nahm nur Nickel, und man wusste nie, an welchem Song sie hängen bleiben würde.

Aus der Ecke rief Esther Mae: „Nicht die Jukebox!"

Polly runzelte die Stirn. „Ich kann nicht hier reinkommen, ohne mindestens einen Nickel reinzuwerfen." Sie ließ die Münze in den Schlitz fallen und drückte die Nummer für ein altes Lied von Johnny Cash, dem Lieblingslied ihres Vaters. Als sie zum Tisch ging, erwachte die Jukebox zum Leben. Polly lachte, als Elvis Presleys schmachtende Stimme aus dem Lautsprecher floss.

„Schon wieder", stöhnte Esther Mae. „Ich liebe Elvis, doch wenn ich noch einmal hören muss, dass er mich bittet, ihn zärtlich zu lieben, schreie ich. Dann werde ich ihm zeigen was zärtlich ist, ich werde mir einen Baseballschläger besorgen und ..."

„Esther Mae", bellte Norma Sue. „Reiß dich zusammen."

Esther Mae lächelte verlegen, als sie ihre Serviette

glättete. „Vergib mir. Aber jemand muss das Ding reparieren."

„Tut mir leid", sagte Polly. „Wie lange steckt die Jukebox schon in diesem Song?"

„Drei Wochen", sagte Norma Sue. „Sie wird's überleben. Wie war die Fahrt? Applegate hat gesehen, wie du mit dem Fahrrad vorgefahren bist." Norma Sue rutschte auf der Bank weiter, damit Polly sich neben sie setzen konnte. Adela und Esther Mae lächelten über den Tisch. Elvis sang weiter.

„Es war fantastisch. Genau das, was ich brauche, um gesund zu bleiben. Ich glaube, das Vieh war neugierig auf mich. Die Kühe haben mich angestarrt, als würde ich das seltsamste Pferd reiten, das sie jemals gesehen haben."

„Ich kann nicht behaupten, dass wir in dieser Gegend viele Radfahrer haben", sagte Esther Mae und schüttelte eine Packung Süßstoff. „Wir sind zu weit ab vom Schuss, als dass sich ein Langstreckenfahrer hierher verirren würde, und das ist eigentlich eine Schande. Ich finde, die sehen in all ihren farbenfrohen Outfits so süß aus. Ich habe darüber nachgedacht, mir eines dieser Trikots in Rosa zu besorgen."

„Bitte erspar uns das", stöhnte Norma Sue. „Polly, wir freuen uns, dass du hier bist, doch Esther Mae, halt du dich von Radlerhosen fern."

„Ich habe nur Spaß gemacht", schnaubte die Rothaarige und sah ihre Freundin finster an.

„Das hoffe ich. Du würdest damit aussehen wie eine Presswurst."

Polly lächelte. „Ich würde auch keine Radlerhosen anziehen. Aber ihr werdet mich radeln sehen. Ich versuche, ein paarmal pro Woche zu fahren. Ich bin bisher mit dem Einrichten und allem, was dazu gehört, kaum dazu gekommen."

Ihre Aufmerksamkeit fiel auf Sam, einen kleinen Mann, der schnell von einem Tisch zum anderen huschte. Er stürmte durch die Doppeltür der Küche. Er trug eine weiße Schürze, Jeans, Stiefel und ein langärmeliges Hemd. Seine Augen tanzten wachsam, als er seine Hand ausstreckte.

„Oh, hallo, Pollyanna." Sie hatte ihn kennengelernt, als sie und Gil gerade angekommen waren. Er blickte liebevoll zu seiner Frau Adela hinüber, als er Pollys Hand drückte. „Ich habe mich schon gefragt, wann du wieder hier reinkommst."

Polly versuchte, sich zu konzentrieren, doch es war schwer, denn obwohl Sam klein war, hatte er einen eisernen Griff. Sie befürchtete, ihre Finger würden abfallen, wenn er nicht bald losließ.

„Ich war nur sehr beschäftigt", sagte sie und atmete erleichtert auf, als er ihre Hand freigab. Unter dem Tisch bewegte sie ihre Finger.

„Oh, aber Liebes", mischte sich Adela ein, „wir würden dir gerne mehr helfen."

„Nein. Ihr habt alle schon mehr als genug getan. Trotzdem danke. Ich will jetzt nur noch ein bisschen Farbe an die Wände bringen. Ich streiche gerne. Jeder Raum bekommt eine spezielle Technik. Außerdem habt ihr alle letzte Woche mehr als genug getan. Ich kann euch nicht genug danken."

Sie hatte vor, nächste Woche Farbe zu kaufen, doch zuerst hatte sie Gartenarbeiten zu erledigen. Am Abend zuvor war Mutterboden geliefert worden, und sie wollte ihn auf die Erde verteilen.

„Oder mögt ihr gerne Gärtnern?" Wenn ja, könnten sie in der folgenden Woche rauskommen und ihr beim Anlegen des Gartens helfen. Polly konnte nicht fassen, wie gesegnet sie war, an einem solchen Ort zu leben.

„Wollt ihr Mädchen lange genug aufhören, zu plappern, um was zu essen zu bestellen?", fragte Sam einige Minuten später.

„Ich hab gerade Enchiladas frisch aus dem Ofen, obwohl ich euch warnen muss, dass Cassie mir geholfen hat, sie zu machen, und sie hat mir noch nie zuvor beim Kochen geholfen. Wenn sie nicht kochen lernt wird sie den armen Jake noch verhungern lassen."

Esther Mae schnaubte. „Wenn jemand ihr das Kochen beibringen kann, bist du es, Sam. Wo ist sie überhaupt?"

„Sie ist mit Dottie und den Mädchen aus dem Frauenhaus zusammen. Hochzeitskleid und Brautjungfernkleider anprobieren. Ich denke, sie sind alle in Ashbys Boutique. Sie war heute früh hier, um mir zu helfen, mich auf den Samstagsandrang vorzubereiten, und dann war sie weg, um sich piksen und einschnüren zu lassen. Ihre Worte, nicht meine."

Norma Sue erklärte, dass in ein paar Wochen Cassies Hochzeit stattfinden würde. Dann kehrte das Gespräch zu ihrer Bestellung zurück, und alle beschlossen, Cassies und Sams Enchiladas zu probieren.

„Wo ist dein süßer Junge?", fragte Esther Mae. „Er ist so ein süßer kleiner Kerl. Ich liebe Kinder. Ich hoffe, dass einige unserer Jungvermählten beschließen, Mule Hollow bald ein paar Babys zu schenken."

„Keine Eile", warf Norma Sue ein. „Eine gute Ehe braucht ein festes Fundament zwischen den Jungvermählten. Dräng sie nicht, Esther Mae."

„Tue ich nicht. Ich freue mich nur aufs Babysitten."

„Das kommt schon, Esther Mae. Also, wo ist dein Junge, Polly?"

„Nate gibt Gil heute Reitunterricht." Polly konnte den Ausdruck kaum verhohlener Freude, der um den Tisch herum aufblitzte, nicht übersehen.

„Wo wir gerade von Nate sprechen. Wie läuft's mit ihm?"

„Esther Mae", zischte Adela leise, doch Polly hörte eine Warnung in ihrem sanften Ton.

„Ich mische mich nicht ein. Ich frage nur, ob Polly und Nate Freunde geworden sind."

Polly hatte gewusst, dass sie es mit den ortsansässigen Kupplerinnen zu tun bekommen würde, und sie war vorbereitet. „Ich denke, man könnte uns als Freunde bezeichnen. Aber, meine Damen, denkt nicht daran, mich ins Visier zu nehmen. Ich, also ich war mit dem wunderbarsten Mann der Welt verheiratet ... wie ich schon sagte, könnte ich nicht ..."

Adela griff über den Tisch und legte ihre zierliche Hand auf Pollys Arm. „Das ist vollkommen in Ordnung, Liebes. Wir haben nichts dabei unterstellen wollen. Doch wie gesagt, ich spreche aus Erfahrung. " Sie sah zu Sam auf, als er mit einem Glas Eistee zurückkam. Die Liebe in ihren blauen Augen war unverkennbar. „Du kannst wieder lieben."

Vielleicht, dachte Polly, doch da spielten noch andere Faktoren mit. Sie hatte Bilder von Marc an den Wänden ihres Hauses, und sie konnte sich nicht vorstellen, sie abzunehmen und durch das Bild eines anderen zu ersetzen. Sie musste auch Rücksicht auf Gil nehmen. Es war nötig, dass er Marcs Bilder sah, und dann würde es Enkelkinder geben, wenn Gil erwachsen war und heiratete. Wenn sie wieder heiraten würde, mussten ihre Enkelkinder wissen, dass Marc ihr Großvater war. Mussten Geschichten über ihn hören. Sie musste Marcs Erinnerung am Leben erhalten, und wenn sie wieder heiratete, würde es jemand anderen geben, den ihre Enkel Granddaddy nennen würden ... Polly belastete dieser Gedanke fast genauso, wie der, dass Gil einen anderen Mann Daddy nennen könnte.

„Nate ist ein unglaublicher Mann. Aber mein Leben ist gut so, wie es ist. Wirklich", sagte sie entschlossen.

In diesem Moment brachte Sam ihre Teller, und Polly war erleichtert. Doch als alle ihre Köpfe senkten, um ein Gebet zu sprechen, glaubte sie, Esther Mae Norma Sue zuzwinkern zu sehen.

KAPITEL ZEHN

Polly schaufelte Erde von der Schubkarre und ignorierte den Schmerz in ihrem Rücken. Nach allgemeingültigen Maßstäben war sie nicht wirklich ein Gartenmensch, doch sie mochte große Blumenbeete mit pflegeleichten Pflanzen, die versprachen, vom Frühling bis zum späten Herbst zu blühen. Sie war schon immer ein vielbeschäftigter Mensch gewesen und pingelige Pflanzen passten einfach nicht in ihren Lebensstil. Diese Philosophie würde auch auf dem Gelände ihrer Pension funktionieren müssen. Doch später, vielleicht im nächsten Frühjahr, wenn sie ihr erstes Jahr hinter sich hatte, würde sie sich Mühe geben und diesen riesigen Garten wirklich zum Leben erwecken. Sie konnte sich Lauben und Weinreben und alle möglichen Ecken vorstellen, in denen die Gäste sitzen konnten. Es fühlte sich gut an, über die Möglichkeiten nachzudenken.

Im Moment arbeitete sie an einem runden Bett in der Mitte des Vorgartens, wo sie ein Vogelbad installieren und es mit Blumen umgeben wollte. Heute bereitete sie nur den Boden vor. Nächste Woche würde sie pflanzen. Und sie würde viele Ratschläge von den Damen bekommen, wenn sie kamen, um zu helfen. Als sie ihnen zugehört hatte, hatte sie gesehen, dass sie alle Pflanzen kannten, die in Mule Hollows trockenem Klima am besten funktionierten. Sie hatten auch erwähnt, dass sie ihr alle Pflanzen aus ihren eigenen Gärten mitbringen wollten. Sie freute sich wirklich darauf.

„Hey Mom!"

Nach seiner Reitstunde hatte Gil angerufen, um zu fragen, ob er mit Nate nach dem Vieh sehen durfte. Jetzt war sie überrascht zu sehen, wie die beiden durch den Garten hinterm Haus kamen.

„Wir sind auf Taco geritten, um nach den Kühen da draußen zu sehen." Er wedelte mit der Hand und deutete auf die Weiden, die sich hinter dem Haus erstreckten. Pollys zwei Morgen waren von Land umgeben, das Nate gehörte. Auf der Weide neben dem Haus gab es kein Vieh. Sie waren da draußen, irgendwo hinter den Bäumen.

„Es wurde spät, und Gil hatte Hunger, also dachte

ich, ich sollte ihn zurückbringen und sein Fahrrad morgen vorbeibringen."

„Danke, das ist nett von dir." Polly wischte sich über die Nase, plötzlich verunsichert. Sie hatte wahrscheinlich Schmutz im ganzen Gesicht. Ein Blick auf ihr Tanktop und ihre Shorts bestätigte, dass sie alles andere als sauber war.

„Brauchst du Hilfe?" Nate blickte von ihr zur Schubkarre.

„Nein, passt schon. Hattest du Spaß?", fragte sie Gil.

„Oh ja. Nate sagt, ich kann bald beim Viehtrieb helfen."

„Oh, hat er das?" Sie sah Nate scharf an.

Nate stemmte die Hände in die Hüften und antwortete beruhigend. „Erst, wenn er bereit ist. Aber du hast einen geborenen Reiter hier."

Sie hatte überreagiert und lächelte ihn entschuldigend an. „Tut mir leid. Ja, er ist von Natur aus sportlich."

„Schon gut. Sieht aus, als käme er nach dir."

Polly schüttelte den Kopf.

„Marc war der Sportler in der Familie. Ich fahre nur gerne Fahrrad."

„Der Apfel fällt nicht weit vom Stamm", mischte sich Gil ein. „Das sagt Opa McDonald immer. Er hat

Fotos und Trophäen von meinem Vater. Er sagt, dass meine direkt neben seinen ins Regal kommen werden."

„Du mach nur so weiter, dann kannst du der Sammlung sicher Reittrophäen und Bänder hinzufügen."

„So cool."

Aus dem Haus kam ein trauriges Heulen. Polly hatte Bogie nicht rausgelassen, während sie arbeitete, weil sie nicht wollte, dass er sie störte.

„Warum gehst du dich nicht umziehen und ein Sandwich essen? Ich mache noch ein bisschen weiter."

Sie hatte ein schlechtes Gewissen, dass sie ihm ein Sandwich zum Abendessen anbot, doch heute war ein anstrengender Tag gewesen.

Nate griff nach ihrer Schaufel. „Warum gehst du nicht mit und ich lade das hier für dich fertig ab?"

Polly zog die Schaufel zurück. „Nein. Ich schaff das schon. Außerdem liebt Gil es, seine eigenen Sandwiches zu kreieren. Ich habe alles, was er mag, im Kühlschrank für ihn."

Nate grinste sie an. „Du bist eine sture Frau, Pollyanna McDonald."

Sie schloss die Hände fester um den Griff der Schaufel. Sie fühlte sich ein wenig dumm, seine Hilfe abzulehnen, besonders wenn er sie so anlächelte.

„Ich schaff das schon."

„Ich habe nicht gesagt, dass du es nicht kannst. Ich sagte nur, dass ich gerne helfen würde."

„Willst du, dass ich dir eine Cola bringe, wenn ich zurückkomme, Nate?", fragte Gil. Er grinste auch.

„Sicher. Wenn deine Mutter mir erlaubt zu bleiben."

Polly blickte von einem zum anderen und gab auf. „Okay. Aber hol dir dein eigenes Werkzeug."

Nate lachte. „Bin gleich wieder da."

Polly sah zu, wie er zielstrebig zur Rückseite des Hauses schritt. Er war bereits in ihrem Schuppen gewesen und wusste, wo sich ihre Gartengeräte befanden.

Als er zurückkam, machte er sich neben ihr an die Arbeit, schaufelte und verteilte den Mutterboden.

„Also, was hast du hier draußen geplant?"

Polly hielt inne, um sich mit dem Handrücken die Haare aus dem Gesicht zu wischen. Die eigensinnige Strähne fiel sofort wieder genau dorthin, wo sie ihre feuchte Wange gekitzelt hatte. Es war kurz vor sechs Uhr, also war es nicht so heiß wie zuvor, doch sie wusste, dass ihr Gesicht vor Anstrengung unter dem Staub wahrscheinlich pink war. Sie ignorierte ihre Eitelkeit und begegnete seinem Blick.

„Für dieses Jahr will ich das Pflegeleichteste, was ich kriegen kann." Sie erzählte ihm, was sie geplant hatte, und erwähnte, dass die Damen nächste Woche kommen würden, um ihr beim Pflanzen zu helfen.

„Das sollte interessant werden", sagte er und reichte ihr seine Schaufel. Er packte die Griffe der leeren Schubkarre und ging zum Erdhaufen in der Auffahrt.

„Ja, sie sind wirklich sehr lebhaft", sagte sie.

Das brachte ihr einen amüsierten Blick. „Wenn *das* mal keine Untertreibung ist." Beide schmunzelten. „Aber sie haben mit all ihren verrückten Kuppelaktionen, Stadtfestivals und Theaterproduktionen wahre Wunder für Mule Hollow gewirkt. Keine Ahnung, was sie sich als Nächstes einfallen lassen werden. Ich traue ihnen jedoch alles zu, weil ich nie gedacht hätte, dass ich den Tag sehen würde, an dem ein Haufen Cowboys auf einer Bühne Weihnachtslieder singt."

„Haben sie schon versucht, dich zu verkuppeln?" Sie beobachtete seinen Gesichtsausdruck genau. Sie fragte sich, ob er vermutete, dass sie es jetzt versuchten. Sie fragte sich auch, warum um alles in der Welt sie das angesprochen hatte, wo sie sich schon unwohl genug damit fühlte.

Er presste seine Lippen aufeinander, und seine Knöchel wurden weiß an den Griffen der Schubkarre. „Ich würde denken, dass sie ziemlich verzweifelt sein

müssen, wenn sie mich ins Visier nehmen. Pollyanna –
"

„Du kannst mich Polly nennen. Ist kürzer." Warum hatte sie *das* jetzt gesagt?

Sie waren am Erdhaufen angekommen, und er hatte jetzt die Schubkarre abgestellt. Er nahm seine Schaufel und sah sie nachdenklich an. Ihr Herz rutschte angesichts der Intensität seines Blicks in ihre Kniekehlen.

„Ich mag Pollyanna", sagte er sanft. „Es passt zu dir."

Polly wurde noch nervöser, und das Lachen, das ihren Lippen entfleuchte, ritt auf den Flügeln der Anziehung. Der Gedanke nahm ihr die Luft.

„Wie das?", brachte sie heraus und versuchte, ihr Unbehagen zu verbergen.

„Du bringst Leute zum Lächeln."

Sein Kommentar überraschte sie. Zumal sich sein Gesichtsausdruck augenblicklich verändert hatte und er definitiv nicht lächelte. Es brachte sie zu dem Schluss, dass er überall lieber wäre als hier, als er sich abwandte und seine Schaufel mit der Kraft eines Vorschlaghammers in die Erde stieß.

Dann richtete er seinen Blick auf sie, als er eine Ladung Erde in die Schubkarre warf.

„Ich wette, bevor dein Mann gestorben ist, hast du

viele Leute zum Lächeln gebracht."

„Wenn du wissen willst, ob ich vor Marcs Tod anders war, lautet die Antwort ja." Sie studierte Nates Profil.

„Ich auch."

Da war es wieder. Die Verbindung. Polly wandte den Blick ab und fing an zu schaufeln. Er tat es auch. Sie waren zwei Leute, die versuchten, ihren Weg zu finden. Ihre Brust fühlte sich vor Emotionen eng an.

„Bist du wütend gewesen?", fragte er nach einer Minute.

„Ehrlich gesagt nein. Zumindest nicht in dem Sinne, wie du es wahrscheinlich meinst. Alle haben mir gesagt, ich sollte damit rechnen, dass ich wütend werden würde, und dass es ein normaler Schritt in Richtung Heilung sei. Doch die Wut ist nie gekommen." Die Enge in ihrer Brust hatte etwas nachgelassen. Sie machte eine Pause und wollte plötzlich reden. Sie drehte sich wieder zu ihm um. „Es gab Zeiten, in denen ich gespürt habe, wie Wut versucht hat, sich in mir aufzubauen. Aber wenn das begann, habe ich mich wieder daran erinnert, wie gesegnet ich gewesen war und es immer noch war, weil ich Marc lieben durfte."

Nate hielt ihren Blick fest, als er ihr die Schaufel

zurückgab. Irgendetwas geschah mit ihr in diesem Moment. Polly holte tief Luft, um ihren Magen zu beruhigen. „Gott hat mir so viel gegeben. Zuerst ein bemerkenswertes Leben mit der Liebe meines Lebens. Und dann Gil. Wie könnte ich darüber wütend auf Gott sein?"

Nate legte seine Hand auf Pollys Arm. „Können wir das später fortsetzen?"

Sie starrte auf seine Hand, und eine Mischung von Emotionen wirbelte in ihr. „Natürlich." Sie blinzelte, begegnete seinem Blick und fühlte sich innerlich so wackelig wie das Lächeln, das sie ihm schenkte. Er drückte ihren Arm und seine Berührung versengte fast ihre Haut, oder zumindest fühlte es sich so an. Polly schluckte schwer und fühlte sich durch ihre Reaktion mehr als ein wenig beunruhigt. Nate wandte sich ab und griff nach der Schubkarre, als Gil zu ihnen kam.

„Ich habe gegessen, also kann ich mithelfen. Darf ich das Ding schieben?" Er hielt Nate eine Dose Cola entgegen.

„Halt das für mich fest." Nate lächelte und warf Polly einen Blick über die Schulter zu, offensichtlich völlig unbeeindruckt von der Berührung, dachte sie. „Wenn wir am Beet sind, kannst du helfen. Ich habe fast mehr aufgeladen, als ich schieben kann."

„Okay", sagte Gil und ging neben Nate her, so glücklich, wie Polly ihn seit Langem nicht mehr gesehen hatte.

„Vielleicht muss ich dem jungen Mann hier einen Job geben. Was hältst du davon?"

„Einen Job!", rief Gil. „Woo-hoo! Kann ich wieder Boxen ausmisten?"

„Nur Gil kann es Spaß machen, Pferdeställe auszumisten", kommentierte Polly.

Nate schmunzelte, und Polly schüttelte sich mental, um den Fokus von ihm und ihrem Sohn zu verlagern. Es war eine Sache, dass er ihm erlaubte, gelegentlich einen Nachmittag zu helfen. Aber ein Job?

„Nur, wenn ich dich bezahlen kann."

„Du meinst so richtig mit *Geld*?"

„Absolut, Partner. Ich werde dich nicht umsonst so hart arbeiten lassen. Ein Mann muss für seine Arbeit bezahlt werden."

Polly stand neben dem Blumenbeet und spürte, wie ihr Herz sich verknotete. Gils Augen wurden doppelt so groß wie normal.

„Wow", sagte er. „Hast du das gehört, Mom?"

„Oh, ja, ich habe es gehört. Aber wirklich, Nate, das ist nicht nötig." Es tat ihr fast leid, als Gil die Stirn runzelte, doch es war so. Sie wollte nicht, dass Nate dachte, er sei verpflichtet, Gil um sich haben, nur weil sie Nachbarn waren.

„Für dich vielleicht nicht, doch ich könnte ab und zu Hilfe am Nachmittag gebrauchen."

Gils Lächeln blühte auf. Polly biss sich auf die Lippe und hielt Nates Blick fest. Der Mann war unmöglich.

„Na dann. Aber du wirst ihn nicht bezahlen."

„Und ob ich das werde."

„Ich zahle ihm ein Taschengeld für die Hausarbeiten, die er erledigt. Er braucht dein Geld nicht."

„Das sind keine Hausarbeiten. Das ist ein Job, und ein Mann kann immer ein bisschen mehr Geld gebrauchen."

Polly gefiel nicht, dass er sich in dieser Angelegenheit widersetzte. Gil war ihr Sohn. Ihr Blick fiel auf Gil, und er flehte sie fast mit seinen Augen an, als er in seiner Begeisterung von einem Fuß auf den anderen hüpfte. Sie holte tief Luft.

„Wie wäre es, wenn du ihn mit Reitunterricht bezahlst?"

„Oh ja!", jubelte Gil, dem der Kompromiss gefiel.

Nate grinste. „Klingt für mich wie eine gute Idee." Er streckte Gil die Hand entgegen. „Lass uns darauf einschlagen. Du arbeitest für mich, und ich bringe dir im Gegenzug das Reiten bei."

Gil wurde ernst, dann legte er seine kleine Hand in Nates und schüttelte sie wie ein kleiner Mann. „Klingt auch für mich nach einer guten Idee", sagte er und wiederholte Nates Worte. Und Polly musste eine unvernünftige Welle von Eifersucht abwehren. Nicht um ihretwillen, sondern für Marc. Das waren Lektionen fürs Leben, die er seinem Sohn hätte beibringen sollen.

Sie erlaubte sich, den Kummer für das zu spüren, was ihm entging, dann verdrängte sie den Gedanken und lächelte ihren Sohn an.

Er war glücklich. Das war es, was zählte. Nate Talbert war ein guter Mann, und ihr Sohn verehrte ihn.

Ihr erster Eindruck von Nate war gewesen, dass er ein ernster Mann mit wenig Geduld war. Sie hatte sich geirrt. Nate würde einmal einen großartigen Vater abgeben. Dieser Gedanke kam ihr ungebeten in den Sinn.

Der Vater eines anderen Kindes, ergänzte sie den Gedanken. Gil war Marcs Sohn.

KAPITEL ELF

„Wusstest du, dass Nate früher Rodeos geritten ist?", fragte Gil am nächsten Morgen und sah zu ihr vom Boden auf, wo er kniete und Bogies Bauch streichelte. Sie waren auf der Veranda und der Hund saugte die Aufmerksamkeit auf, während er ausgestreckt auf dem Rücken lag.

Polly spielte mit dem Riemen ihrer Handtasche und sah zu, wie Nate die Auffahrt hinaufkam.

Sie war sich immer noch nicht sicher, wie es dazu gekommen war, doch irgendwie hatte Gil Nate im Laufe des Abends eingeladen, mit ihnen in die Kirche zu gehen. Sonntagsschule und Kirche danach, um genau zu sein. Sie hatten die Sonntagsschule noch nicht besucht. Irgendwie hatte sich daraus ergeben, dass Nate zugestimmt hatte, sie abzuholen.

„Nein, das wusste ich nicht." Aber sie hatte es

angenommen. Sie nahm auch an, dass sie bald jedes Detail von Nate Talberts Leben kennen würde. Sie würde es erfahren, weil ihr Sohn nicht aufhören konnte, über ihn zu reden. Und wenn er mehr Zeit mit Nate verbrachte, würde sie sich daran gewöhnen müssen, das hatte sie gestern Abend gemerkt, als sie auf Gils Bett gesessen und seinem Gebet gelauscht hatte, in dem er Gott für Nate gedankt hatte.

Ihr Magen fühlte sich unruhig an, als Nates Truck vor dem Haus anhielt. Gott hatte sie gesegnet, indem er sie zu Nachbarn gemacht und Gil die Möglichkeit gegeben hatte, einen positiven männlichen Einfluss zu haben – mehr konnte sie sich nicht wünschen. Und nicht nur ein Einfluss, sondern ein großer Einfluss.

Dennoch ... „Hey, Nate", rief Gil und sprang von der Veranda. Polly folgte ihm, als Nate aus dem Truck stieg. Er trug gebügelte dunkelgraue Jeans und ein makelloses weißes Hemd mit stahlgrauen Paspeln und Westerndetails entlang der Tasche und den Manschetten. Er sah gut aus, doch als Polly seinem Blick begegnete, bemerkte sie, dass etwas nicht stimmte. Er sah so besorgt aus, wie sie sich fühlte.

„Du siehst gut aus", sagte er.

Sein Blick wanderte über sie, und Pollys Herz begann zu rasen. Es war lange her, dass das Kompliment eines Mannes sie dazu gebracht hatte, etwas zu empfinden. Sie dachte sofort daran, wie sich seine Hand am Abend zuvor auf ihrem Arm angefühlt hatte. Zu ihrer Bestürzung spürte sie eine erhitzte Röte ihren Hals emporkriechen.

„Danke", sagte sie und ging dann zum Truck.

Nate folgte ihr und griff nach der Tür, bevor sie es tun konnte.

„Danke", wiederholte sie, weil sie ungewöhnlich sprachlos war. Und das alles, weil sie auf eine einfache Höflichkeit überreagierte!

Nate schien ihr gerötetes Gesicht und ihre Inkohärenz nicht zu bemerken, als er die Trucktür für sie öffnete. Als sie in die Stadt fuhren, und Gil die Stille füllte, wurde sie immer sicherer, dass ihr erster Eindruck richtig gewesen war. Etwas beunruhigte Nate. Er schien distanziert zu sein, während er Gil zuhörte, und obwohl er jede Frage beantwortete, konnte Polly erkennen, dass er hart daran arbeitete, seine Sorge zu verbergen. Der Parkplatz war voll, als sie ankamen.

„Die Sonntagsschule ist im Gebäude an der Seite", sagte Nate und nickte in die grobe Richtung.

„Danke, Nate! Ich habe dir gesagt, es ist leicht", sagte Gil und kletterte vom Rücksitz. „Da ist Max", rief er, bevor seine Füße den Boden berührten. Er vergaß sofort seine Mutter und Nate und rannte davon.

Polly hatte ein schlechtes Gewissen, dass sie nachlässig gewesen war. Es war Gil gegenüber nicht fair gewesen. „Er hat die Sonntagsschule immer geliebt", sagte sie, stieg aus dem Truck und sah zu Nate hinüber. Seine Finger waren immer noch fest um das Lenkrad gelegt. „Kommst du rein?", fragte sie und merkte plötzlich, dass er nicht so aussah.

„Ich habe eine Kuh, die ich mir auf einer Weide, die ich gepachtet habe, ansehen muss. Da muss ich zuerst hin, aber danach komme ich zurück."

Er kam wirklich nicht mit rein. Betäubt trat sie vom Truck zurück. Es war irrational. Er hatte sie nur hierhergefahren, weil Gil ihn darum gebeten hatte, doch sie fühlte sich dennoch verlassen.

„Dann sehe ich dich wohl später", sagte sie.

Er sah sie nicht an, nickte nur und wechselte in den Rückwärtsgang. „Bis später."

Verwirrt schloss sie die Tür. Sein Gesichtsausdruck sagte etwas anderes. Gil rief ihren Namen, und sie warf einen Blick in die Richtung, wo er mit Norma Sue sprach. Immer noch verwirrt von Nate dachte Polly, sie sollte vielleicht fragen, ob sie ihm irgendetwas helfen könnte, doch als sie zurückblickte, fuhr er bereits weg.

„Ich dachte für einen Moment, Nate könnte

tatsächlich zur Sonntagsschule kommen", sagte Norma Sue, trat neben Polly und schreckte sie aus ihren Gedanken.

„Er sagte, er hätte eine Kuh, nach der er sehen muss", sagte Polly zu seiner Verteidigung.

„Wie passend, nicht wahr? Viehzüchter haben immer eine Kuh, nach der sie sehen müssen. Natürlich ist es nicht an mir, den Jungen zu verurteilen. Gott sei Dank habe ich immer noch meinen Roy Don und musste nicht durchmachen, was du und Nate durchmachen musstet. Ich kann nicht sagen, dass es mir leichtfallen würde, allein in die Kirche zu gehen."

Polly spürte das Ziehen von Emotionen in den Worten, die sie so gut verstand. Hatte Nate dasselbe Problem wie sie?

„Ich bin froh, dass du kommst." Norma Sue umarmte sie. „Wie geht's dir?"

Sie gingen auf das Nebengebäude zu und sofort, wie jeden Sonntag seit Marcs Tod, legte sich dasselbe Gefühl der Angst über sie. Mit jedem Schritt in Richtung des Gebäudes wog es schwerer auf Pollys Schultern.

„Wir haben uns gut eingelebt." Zumindest das stimmte. Wenn es nur jeden Aspekt abdecken würde. Sie hasste dieses Gefühl und glaubte seit einer Weile, dass es vielleicht niemals leichter werden würde.

„Was glaubst du, wann die Pension in Betrieb gehen wird?"

Trotz allem, worüber sie beim Essen gesprochen hatten, hatte niemand den tatsächlichen Eröffnungstermin erwähnt. Polly konzentrierte sich. „Ich habe Reservierungen für den Sommerjahrmarkt in der letzten Maiwoche."

„Großartig! Wenn so viele Leute kommen, wie wir letztes Jahr hatten, kannst du jedes Zimmer zweimal vermieten."

Polly vergaß für einen Moment ihre wachsende Angst. „Das hoffe ich."

„Wunderbar! Sieben Wochen noch, und es sieht jeden Tag besser aus. Morgen, Brady."

Mule Hollow hatte eine Menge gutaussehender Cowboys, und der Sheriff war einer von ihnen. Er hatte mit Gil und seinem Freund Max gesprochen, und die Jungs waren offensichtlich begeistert. Polly schüttelte seine Hand und lächelte den Hünen an. Als sie ihn das erste Mal getroffen hatte, hatte er sie an Matt Dillon erinnert, und sie hatte das gute Gefühl, dass Mule Hollow bei ihm in sehr kompetenten Händen war und er sehr um die Sicherheit und das Wohlbefinden der Einwohner besorgt war.

„Morgen, meine Damen. Lasst mich die Tür für euch aufhalten."

„Mom, Sheriff Brady sagt, er und Nate sind als Kinder in dem Teich neben unserem Haus geschwommen."

Polly zuckte zusammen. „Komm mir nicht auf dumme Gedanken."

Das Letzte, was sie wollte, war, sich Sorgen machen zu müssen, dass Gil in den trüben kleinen Teich sprang.

„Ach, Mama!"

Sie stemmte die Hände in die Hüften und sah ihn eindringlich an, doch ihre Angst überwältigte sie. „Gilbert Marcus McDonald, du wirst tun, was ich dir sage."

Er zog eine Flunsch und sah sie mürrisch an. „Nicht der Name. Mom –"

„Keine Widerrede, junger Mann. Du *wirst* gehorchen. Ist das klar?" Besonders, wenn es um gefährlichen Unsinn ging, hätte sie fast hinzugefügt, es dann aber doch heruntergeschluckt. Sie konnte ihn nicht permanent beglucken, und Marc würde es nicht gefallen, wenn sie versuchte, ihn zurückzuhalten ... doch Marc war nicht hier, und sie war seine Mutter. Sie wusste, dass sie nervös war, weil sie Angst hatte, allein in die Kirche zu gehen. Und sie sollte es nicht an Gil auslassen.

Das lastete schwer auf ihr, als Gil seufzte. „Ja, Ma'am", schnaubte er. „Aber ich bin *acht* Jahre alt."

„Nicht alt genug", sagte sie streng, obwohl in ihrem Kopf widersprüchliche Gefühle rangen.

Gil, ganz der gute Junge, der er war, blickte von ihr zu Max, zuckte die Achseln, rannte den Flur entlang und verschwand in einer offenen Tür. Was sollte sie tun? Sie konnte ihn nicht einfach auf Dächer klettern und in Teichen schwimmen lassen ... Sie seufzte. Es widersprach ihrer Natur, ihn mit der Gefahr flirten zu lassen. Nicht, dass sie nicht versucht hätte, sich zu entspannen.

„Tut mir leid", sagte Sheriff Brady und ging. Offensichtlich war er genau wie Marc der Meinung, dass Jungen nun einmal Jungen sein würden, und was sie nicht umbrachte, machte sie nur stärker.

„Männer. Sie denken nicht einmal ansatzweise daran, wie sehr wir Frauen uns sorgen." Norma Sue tätschelte Pollys Arm. „Ärgere dich aber nicht, Jungs gedeihen auf dem Land. Sie blühen auf und lernen mit jedem Schritt, den sie machen."

„Ich weiß. Deshalb bin ich hierhergezogen – damit ich mich entspannen kann – und schau mich an, ich halte ihn immer noch so fest wie ich kann."

„Du hast viel um die Ohren. Mach dir keine Sorgen. Doch wenn du einen Mann in der Nähe hättest, mit dem du über alles reden könntest, würde das einen großen Unterschied machen."

Pollys Kehle schnürte sich zu. „Offensichtlich war es nicht in Gottes Plan, dass Gil das hat."

„Oh, Honey, dein Leben ist noch nicht vorbei. Du bist in die richtige Stadt gezogen, um dich wieder zu verlieben. Ich sage dir, wir haben eine große Anzahl alleinstehender Männer, die auf die Liebe einer guten Frau wie dir warten. Und Nate Talbert steht ganz oben auf der Liste." Norma Sue lächelte ermutigend.

Polly zwang sich zu atmen. In diesem Moment kam Dottie Cannon, Bradys Frau, aus dem Klassenzimmer, das Gil betreten hatte. Sie unterrichtete die Klasse und hatte ihn an dem Tag eingeladen, an dem sie nach Mule Hollow gezogen waren. Sie ging anmutig den Flur entlang und unterbrach das Gespräch mit perfektem Timing. Polly schickte ein stilles Dankgebet gen Himmel.

„Polly, ich freue mich so, dass du Gil zur Sonntagsschule gebracht hast."

„Oh, meine Güte, mir ist gerade eingefallen, dass ich Esther Maes Platz in der Kinderkrippe übernehmen soll", rief Norma Sue. „Dottie, wirst du Pollyanna zeigen, wo die Sonntagsschule für Erwachsene ist?"

„Natürlich."

Sie sahen zu, wie Norma Sue den Flur entlang pflügte und ihr geblümtes Kleid hinter ihr flatterte.

„Du weißt schon, dass sie sich auf dich eingeschossen haben", sagte Dottie, und ihre dunkelblauen Augen funkelten.

Polly verzog das Gesicht. „Sicher nicht. Ich meine, ich weiß, dass sie angedeutet haben, dass ich einen guten Cowboy finden soll. Doch versuchen, mich zu verkuppeln – das würden sie nicht tun. Oder?"

Dottie kicherte. „Und wie sie das tun würden, mach dir da mal nichts vor."

Polly packte den Riemen ihrer Handtasche und zwang sich zu einem Lächeln, in der Hoffnung, dass es sich auf ihr Herz übertragen würde. „Also, wie sind meine Chancen, dem zu entkommen?", fragte sie und bemühte sich, mitzuspielen, um nicht den Eindruck zu erwecken, bei der Idee in Panik geraten.

Dottie sah sie herzlich an. „Das hängt davon ab, wie du es betrachtest."

KAPITEL ZWÖLF

Lacy erblickte Polly gerade, als sie zu ihrer Klasse geleitet wurde, und beeilte sich, sie kurz zu umarmen, bevor sie zu ihrer eigenen Klasse eilte – der Paarklasse für verheiratete Paare. Wie sich herausstellte, unterrichteten Lacy und Clint die Klasse für die jungen Paare. Pastor Allen unterrichtete die älteren Paare, damit war nur eine weitere Erwachsenenklasse für Polly übrig. Die Singles-Klasse.

Sie holte schaudernd Luft. Sie musste darüber hinwegkommen. Für jemanden, der es gewohnt war, jahrelang mit ihrem Ehemann eine Paarklasse zu besuchen, war es heute furchteinflößend, in eine Klasse für Singles zu gehen – die zu zwei Dritteln aus Cowboys bestand, die sie interessiert ansahen – wie das erste Mal, als sie es versucht hatte. Es war egal, dass zwischenzeitlich zwei Jahre vergangen waren.

Aber die Realität war, dass sie Single war. Und nichts, was sie tun konnte, würde die Tatsache in diesem Moment ändern.

Als sie vergangene Nacht auf ihrem Balkon gesessen hatte, hatte sie den Nachthimmel beobachtet und gebetet. Sie hatte sich an das Versprechen des Herrn erinnert – *fürchte dich nicht, denn ich bin immer bei dir*. Sie wusste, dass es stimmte, sie musste sich nur weiter darauf konzentrieren. Sie hatte gebetet, dass sie diesen Stolperstein überwinden könnte.

Sie war mit der Hoffnung aufgewacht, dass der heutige Kirchenbesuch für sie anders sein würde. Dass sich heute etwas in ihrem Leben ändern würde ... Sie seufzte. Aber was an diesem Morgen als Fortschritt für Polly begonnen hatte, hatte sich in Wohlgefallen aufgelöst, bevor sie überhaupt aus Nates Truck ausgestiegen war. Sie stand an der Tür des Klassenzimmers, sicher vor den Blicken derer im Inneren, und fühlte sich wie immer als Außenseiter, als sie den Scherzen lauschte. Alle waren so unbeschwert. So wie Singles sich fühlen sollten.

Eine Welle wehmütiger Sehnsucht schwappte durch Polly hindurch, und sie schloss die Augen. Sie würde dieses Gefühl nie wieder erfahren. Oder vielleicht doch?

„Sei nicht schüchtern", sagte Stanley Orr und blieb fröhlich lächelnd vor ihr stehen. „Niemand wird dich da drin beißen", dröhnte er so laut, dass jeder im Gebäude ihn hören konnte. Polly wusste, dass jeder im Klassenzimmer seine Worte gehört hatte, es gab also keine Möglichkeit für sie zur Flucht.

Polly konnte das Unvermeidliche nicht vermeiden, denn sie konnte sich kaum in Luft auflösen. Darum nickte sie und ging hinein. Alle Augen waren auf die Tür gerichtet und warteten offensichtlich auf sie. Ja, sie hatten Stanley gehört. Ein verwegen aussehender Cowboy in der ersten Reihe klopfte auf den Platz neben sich.

„Stanley", rief er gedehnt und alle lachten. „Du weißt doch, ich stehe auf schüchterne Ladys."

Sie wollte unter den Teppich kriechen, doch es gab keinen.

„Lass dich von ihnen nicht verunsichern", sagte Ashby Templeton aus der zweiten Reihe. Sie war der Inbegriff von Stil, vom kinnlangen Haarschnitt bis zu ihrem teuren Kleid. Polly war ihr schon früh vorgestellt worden, doch seitdem hatte sie sie nicht mehr gesehen. „Bitte setz dich zu mir. Dan hier –" Sie hob eine perfekte Augenbraue in Richtung des selbstbewusst grinsenden Cowboys „– ist ein netter Kerl, doch er braucht keine weitere Ermutigung."

Polly wählte den Platz neben Ashby. Dan aus der ersten Reihe blickte über seine Schulter und verzog das Gesicht, als er seine Hand ausstreckte. „Dan Dawson. Und wirklich, Darling, ich beiße nicht."

Polly legte ihre Hand in seine. „Polly McDonald, Mr. Dawson."

Er runzelte die Stirn, und seine Augen tanzten spielerisch. „Bitte, nenn mich Dan, oder ich bin fürs Leben verletzt."

Sie nahm ihre Hand zurück. Seine charmanten Spielchen brachten sie zum Lächeln, obwohl sie sich unwohl fühlte. „Dan", sagte sie. „Ich könnte unmöglich dafür verantwortlich sein, dich zu verletzen." Da. Sie hatte tatsächlich geflirtet, wenn auch schrecklich unbeholfen.

Er schenkte ihr ein schiefes Dean Martin-Lächeln, legte eine Hand an sein Herz und brachte alle zum Lachen. Es war eine ziemlich abgenutzte Geste, doch sie funktionierte für diesen Cowboy. Polly warf Ashby einen Blick zu, die den Kopf schüttelte und weniger als beeindruckt aussah.

„Hoffnungsloser Fall", flüsterte sie und lehnte sich dicht an Pollys Ohr. „Mr. Good Times Cowboy ist der Typ, dem man aus dem Weg gehen sollte."

Polly sah den Blitz der spielerischen Herausforderung in Dans Blick, als er auf Ashby fiel.

„Jetzt sei nicht eifersüchtig, Ash, du hattest deine Chance auf diesen Cowboy. Und, Sugar, du hast dankend abgelehnt. Schon vergessen?"

Ashby verschränkte steif die Arme. „Mehrmals, wenn ich das hinzufügen darf."

Zwischen diesen beiden flogen Funken wie zwischen Feuerstein und Stahl. Polly sah sich um, um zu sehen, ob sie die Einzige war, die es bemerkte. Definitiv nicht. Alle Augen im Raum waren auf Ashby und Dan gerichtet. Es schien, als würde sich da etwas zusammenbrauen. Sie begann, alles argwöhnisch zu betrachten, und fragte sich sofort, ob Norma Sue und ihre Freundinnen Wind davon bekommen oder es angestiftet hatten.

Sheriff Brady kam zur Rettung. Er ging in den Raum, nahm vor der Klasse Platz und zog alle Augen auf sich. Dan wandte seinen Blick von Ashby zu Polly und zwinkerte ihr zu, bevor er Brady seine Aufmerksamkeit schenkte.

Brady war ihr Sonntagsschullehrer. Sie wusste nicht, warum sie das so süß fand, doch sie tat es. Sie fragte sich, ob er, wenn er jemanden bei einer Geschwindigkeitsüberschreitung erwischte, ihn zum Besuch der Sonntagsschule verurteilte. Oder vielleicht verurteilte er denjenigen, in der ersten Reihe zu sitzen. Das konnte erklären, was Dan Dawson hier tat.

Brady begrüßte sie in der Klasse und lud dann alle ein, sich vorzustellen. Es waren sechs alleinstehende Frauen. Zwei von ihnen waren Lehrerinnen, drei arbeiteten im Süßwarenladen, was ihrer Meinung nach bedeutete, dass sie im Frauenhaus *Sicherer Hafen* lebten, da das Süßwarengeschäft eine Erweiterung des Frauenhauses war. Dann gab es zehn Cowboys, und als sie sich vorstellten, fragte sie sich, ob es irgendwo anders in Texas zehn charmante alleinstehende Männer in einem Raum geben konnte. Mule Hollow war in der Tat ein Schatz für alleinstehende Frauen, die nach guten Männern suchten.

Sie wünschte ihnen nur das Beste. Sie passte einfach zu keinem von ihnen.

Trotzdem war sie mit offenem Geist in die Kirche gekommen und hoffte in ihrem Herzen, dass sie hier lernen konnte, sich anzupassen. Doch trotz der herzlichen Begrüßung, des charmanten Lächelns, der neckenden Flirts und der Tatsache, dass sie keinen Mann mehr hatte, hatte sich nichts für sie geändert. Sie gehörte nicht in die Singleklasse. Zumindest nicht in ihrem Herzen. Diese Gewissheit legte sich über sie wie ein Laken, das über eingelagerte Möbel flatterte. Möbel, deren Saison gekommen und gegangen war ... Sie versuchte, das Gefühl abzuwehren, doch es half nichts. Sie überstand die Stunde unter Freunden und hörte sich eine sehr gut vorbereitete Lektion über den Leib Christi an und wie jeder Mensch eine wichtige Rolle in der Kirche spielte ... doch sie wurde das Gefühl nicht los, dass sie fehl am Platze war.

Welche Rolle spielte sie?

Selbst wenn sie alleinstehend zu sein schien, war sie es nicht. Sie war ein arbeitender, funktionierender Teil eines erfolgreichen, liebevollen Teams gewesen ... genau wie sie in der Stunde gehört hatten, dass jedes Mitglied der Kirche ein Teil des Leibes Christi war. Sie und Marc waren eins gewesen. Und obwohl Marc nicht mehr an ihrer Seite war, sichtbar für alle anderen, blieb er in ihrem Herzen. Genau genommen, vervollständigte er sie immer noch.

Die Frustration eskalierte, und sie verbrachte das Ende des Unterrichts damit, darum zu beten, dass der Herr ihr helfen möge, ihre Gefühle wieder unter Verschluss zu bringen.

Sie wusste jetzt, egal wie es für die Welt aussah, sie gehörte nicht und würde niemals in einen Raum unbeschwerter Singles gehören, die nach jemandem suchten, mit dem sie ihr Leben teilen konnten.

Sie hatte das bereits gehabt. Sie war glücklich gewesen. Und es gab kein Zurück.

Und so blieb es dabei, dass die Kirche – und besonders die Sonntagsschule – der einsamste Ort von allen war, obwohl sie sich in einem Raum voller freundlicher Gesichter befand.

Gil war für den Nachmittag mit Max nach Hause gegangen, und Nate bemerkte sofort auf der Nachhausefahrt von der Kirche, dass Pollyanna beschäftigt war. Er war nach der Sonntagsschule zurück in die Kirche geschlichen und hatte am Eingang auf sie und Gil gewartet. Sie sah verärgert aus, als sie ihn entdeckte, und er fragte sich, ob er sie verärgert hatte, weil er nicht am Unterricht teilgenommen hatte. Er hatte es versucht, wirklich ... doch als er auf den Parkplatz gefahren war, hatte er gewusst, dass er es nicht konnte. Wenn sie sich über ihn aufregen wollte, dann sollte es so sein.

An dem Tag, als Kayla gestorben war, hatte er aufgehört, sich darum zu kümmern, was andere über ihn dachten. In seinen Ohren hörte er sich wie eine Schallplatte mit einem Sprung an. Doch in die Kirche zu gehen war schwer genug, von einer Klasse für Singles ganz zu schweigen. Der Unterricht für Paare war nicht einfacher. Er hatte es gewusst, doch Gil hatte gewollt, dass er mit ihnen kam, also hatte er es versucht.

Es hatte nicht funktioniert.

Und jetzt war Pollyanna wütend auf ihn. Sie saß da und beobachtete die Weiden vor dem Fenster und ignorierte ihn. Er konnte ihr keinen Vorwurf daraus machen. Er hatte es verdient, ausgeschlossen zu werden, nachdem er sich so verdrückt hatte.

„Ich weiß nicht, wie es mit dir ist", sagte sie plötzlich. „Aber ich brauche eine gute lange Radtour."

„Wie meinen?"

„Ich sagte, ich brauche eine gute lange Radtour. Ich brauche was, um das zu heilen, diese Unzufriedenheit, die mich immer wieder überwältigt."

Verwirrt sah er sie an. Sie war nicht böse auf ihn?

Sie wedelte mit der Hand, die Bewegung voller Frustration. „Ich brauche die Endorphine, die das Radfahren bringt. Ich brauche eine Radtour." Sie tippte ungeduldig mit dem Fuß und wurde von Sekunde zu Sekunde aufgeregter. Vielleicht hatte ihre Stimmung nichts mit ihm zu tun.

„Es ist ein guter Tag für eine Radtour", antwortete er. Er ritt sein Pferd, wenn er aufgewühlt war, also tat Pollyannas Fahrrad vielleicht dasselbe für sie. Vielleicht brauchte er auch eine Radtour.

Sie sah ihn an und er erkannte plötzlich, dass er das Offensichtliche hätte fragen sollen, um ihr die Gelegenheit zu geben, sich zu öffnen.

„Stimmt was nicht?"

„Nein", blaffte sie. „Warum sollte was nicht stimmen? Wir kommen gerade aus der Kirche. Wir sollen uns glücklich fühlen", stieß sie hervor und tippte schneller mit dem Fuß. Er hatte sie noch nie so gesehen.

Er bog in ihre Einfahrt ein und fuhr langsam zum Haus. Bogie sprang von der Veranda und kam auf sie zu gerannt. Nate musste langsam fahren, um sicherzustellen, dass er den Hund nicht überfuhr. Als er den Truck sicher geparkt hatte, legte er einen Arm über die Rückenlehne und sah Pollyanna an.

Sie machte keine Anstalten, auszusteigen. Stattdessen starrte sie stirnrunzelnd geradeaus.

„Schau", sagte er. „Ich kenne dich erst seit ein paar Wochen, doch ich bin mir ziemlich sicher, dass ich die Signale richtig lese. Irgendwas stört dich. Willst du darüber reden?"

„Nein", sagte sie.

„Okay ...", begann er, doch sie unterbrach ihn, indem sie aus dem Truck sprang und die Tür zuschlug.

Was war los mit ihr? Nate konnte sie so nicht zurücklassen. Er folgte ihr den Steinplattenweg zum Haus hinauf. Neben den Pflanzkübeln mit noch nicht blühenden Tulpen blieb sie stehen.

„Pollyanna, offensichtlich belastet dich irgendwas. Sprich mit mir. Du hast schon mal mit mir gesprochen." Ihr Rücken war ihm zugewandt, ihre Schultern hingen, als sie die Spitzen der Blätter sanft berührte.

„Ich *hasse* es, hier zu sein."

Das schockierte ihn. „Du hasst Mule Hollow?"

Ihr Kopf schoss herum, und sie starrte ihm in die Augen. „Nein. Ich hasse es, Witwe zu sein." Sie wandte sich steif ab. „Ich hasse alles, was damit zu tun hat. Ich hasse es, in eine Singleklasse zu gehen. Ich hasse es, ohne Marc in die Zukunft blicken zu müssen, und es ist widerlich, wenn süße Cowboys mit mir flirten." Sie hob eine Hand, um ihn zum Schweigen zu bringen, als er etwas sagen wollte. „Und glaub mir, ich weiß, wie dumm das klingt. Aber so ist es."

Nate schob seinen Stetson zurück und rieb sich die Schläfe. „Eigentlich klingt das überhaupt nicht dumm."

Das brachte sie zu sich. Sie hob ihr Kinn und schenkte ihm ihre volle Aufmerksamkeit. Er trat von einem Stiefel zum anderen und steckte seine Hand in die Gesäßtasche.

„Heute Morgen gab es keine Kuh, nach der ich sehen musste. Ich hasse es auch, die Sonntagsschulklasse zu besuchen. Es ist schwer genug, in die Kirche zu gehen. Aber in eine intimere Umgebung wie die Paarklasse zu gehen – und sie haben mich eingeladen, weiter dorthin zu kommen, doch das hat nicht geholfen – das kann ich einfach nicht. Nicht ohne Kayla an meiner Seite. Das einzig Schlimmere wäre, in die Singleklasse zu gehen. Ich kann mich nicht dazu bringen, mich als Single zu betrachten. Und wie bei dir ist es nicht so, dass ich es nicht kann, sondern dass ich es nicht will." Seine Stimme war zum Ende hin fast ein Flüstern.

Sogar auszusprechen, dass er im Grunde Single war, fühlte sich falsch an. Polly beobachtete ihn aufmerksam, und er hob eine Schulter. „Ich wollte Kaylas Ehemann sein, bis ich alt, fett und kahl bin. Ich sollte jetzt Vater sein. Es sollte keine Tierärztin geben, die mir nachsteigt, oder Kupplerinnen, die vorhaben, mir eine Seelenverwandte zu suchen. Ich habe schon eine. Du siehst also, Pollyanna, ich halte nichts von dem, was du gesagt hast, für dumm." Das war das längste und ehrlichste Gespräch, das er seit Kaylas Tod geführt hatte.

Er und Pollyanna starrten einander einen langen Moment an, beide verloren in der Vergangenheit, während das Gefühl der Unzufriedenheit zwischen ihnen pulsierte.

Pollyanna schien buchstäblich die Luft auszugehen und sie sank auf die Stufe. Ihre Hand ruhte auf der Kante des Pflanzgefäßes, ihr Blick war gequält.

„Ich schäme mich so", flüsterte sie, dann hob sie ihr Kinn und sah ihn mit furchtbarer Trauer an.

Nate setzte sich neben sie auf die Stufe und kämpfte gegen das Bedürfnis an, seinen Arm über ihre Schultern zu legen und sie zu trösten.

Sie atmete zittrig ein. „Ich glaube, Gottes Wort ist die Wahrheit. Ich glaube, Marc ist im Himmel. Ich weiß das. Ich war dort, als er sein Leben dem Herrn gegeben hat, und ich weiß ... Ich weiß aufgrund unseres Glaubensbekenntnisses, dass ich ihn wiedersehen werde. Und –" Sie spreizte ihre Hände auf ihrem Schoß und studierte sie „– und dafür bin ich ewig dankbar und glücklich." Ihre Augen blitzten. „Ich bin es. Und an den meisten Tagen bewege ich mich vorwärts ... aber manchmal vermisse ich ihn so sehr. Und es überschattet meine Freude, dass er im Himmel ist." Sie hielt inne und atmete wieder zittrig ein.

Nate konnte nur nicken, denn sein Hals schnürte sich vor Emotionen zu. Er verstand sie vollkommen.

„Ich weiß, dass er nicht mehr in diese Welt zurückkehren oder eine Träne vergießen würde, um zurückzukehren", fuhr sie fort und lächelte halb. „Denk nur an die Schönheit, die er sieht, an die Wunder, die sich vor ihm auftun ... Doch ich bin es so leid, allein zu sein, und doch will ich niemanden mehr. Ich fühle mich schuldig, wenn mir nur der Gedanke in den Sinn kommt. Und ich fühle mich schuldig, dass ich ihn so sehr vermisse." Sie konnte nicht glauben, dass sie ihm das erzählte, doch sie konnte nicht aufhören. „Ich kann mir nicht vorstellen, mit jemand anderem als Marc zusammen zu sein, und ich hasse es, ja, Gott vergib mir, ich hasse es, hier zu sein und darüber nachdenken zu müssen."

Sie ließ die Hände auf ihre Oberschenkel sinken und zwang sich zu einem Lächeln. „Aber, hey, so verwirrt meine Gefühle heute sind, morgen werde ich aufwachen und denken, dass ich einen Fortschritt gemacht habe und in der Lage sein werde, mit meinem Leben weiterzuleben. Dass ich tatsächlich zwei Schritte vorwärts machen kann und nicht am selben Tag einen zurück gehe." Sie krallte ihre Hände ineinander und sah überhaupt nicht überzeugt aus.

Er drehte sich um, sodass er vor ihr hockte. Es war eine natürliche Sache, ihre umklammerten Hände in seine zu nehmen und das Bedürfnis zu verspüren, diese Frau zu trösten, die in seine Seele zu blicken und jede seiner Emotionen, jeden Gedanken zu lesen schien.

„Ich fühle so viel von dem, was du gesagt hast. Ich denke, was wir fühlen, ist normal und ich habe vor langer Zeit aufgehört, mich für meine Gefühle schuldig zu fühlen. Wir haben sie geliebt, und wir vermissen sie. Sie waren ein Teil von uns, und der Tod hat das für uns nicht geändert. Trotz allem, was die Außenwelt sieht. Zeit ist irrelevant, wenn es um Trauer geht. Oder Liebe."

Sie drückte seine Hand, das Grün ihrer Augen schmolz. „Danke." Ihre Stimme brach, doch sie lächelte traurig. „Ich habe mich so schuldig gefühlt, wenn ich darüber nachgedacht habe, was der Herr von mir denkt."

„Warum?", fragte er und bemerkte, dass er immer noch ihre Hände hielt, doch es war so lange her, dass er die Hand einer Frau gehalten hatte, dass er Trost in der Berührung fand.

Sie seufzte. „Wegen dem, was Gott für mich getan hat. Dass er mich aufgeweckt hat, bevor es zu spät war."

„Wie das?", fragte er, als sie verstummte. Sie begegnete seinem Blick und schien sein Herz zu durchbohren. Von selbst wanderte sein Blick für einen Moment zu ihren Lippen.

„Ich war mal ein Workaholic. Ich habe elf, zwölf Stunden in dem Restaurant gearbeitet, das mir gehört hat."

„Du hast ein Restaurant gehabt?"

Sie lachte. „Ja, ein winziger Laden, doch es ist unglaublich gut gelaufen. Das habe ich gemacht, als ich Marc kennengelernt habe. Ich hatte noch nicht lange geöffnet, und er kam eines Abends mit seiner Freundin. Ich habe erst später erfahren, dass sie die Freundin der Woche war, doch als er mich angelächelt hat, habe ich mich verliebt. Sofort. Ich war so jung und hoffnungslos romantisch. Am nächsten Abend kam er ohne seine Freundin, und danach kam er jeden Abend wieder." Sie stockte. „Ich wollte mich nicht von Erinnerungen mitreißen lassen – obwohl das eines der Dinge ist, die Gott für mich getan hat, dass er mir Marc so geschickt hat. Doch worauf ich damit hinaus wollte ist, dass ich so hart gearbeitet hatte, um mein Geschäft aufzubauen, dass ich auch nach unserer Hochzeit und Gils Geburt furchtbar viele Stunden investiert habe. Ich habe es kaum rechtzeitig nach Hause geschafft, um Gil ins Bett zu bringen, und meistens war ich an meinem freien Tag so erschöpft, dass mir alles entging und ich es nicht einmal wusste. Ich hatte so einen kostbaren Schatz und habe ihn mir entgehen lassen." Sie holte schaudernd Luft. „Und dann saß ich an einem Sonntagnachmittag in einem Sessel, so müde, dass ich kaum denken konnte, und ich sah zu, wie Gil und Marc im Gras gespielt haben. Ich spürte in diesem Moment, wie Gott mir sagte, ich solle aufwachen und mich auf meine Familie konzentrieren. Gil war damals vier Jahre alt, doch ich habe ihn im Vorbeiflug aufwachsen sehen oder war zu müde, um unsere gemeinsame Zeit als Familie zu genießen. Es hat mich erschüttert, und ich habe plötzlich diese überwältigende Dringlichkeit gespürt."

Sie starrte ihn so ernst an, dass Nate sich fast zu ihr beugte. Er wollte sie in seine Arme ziehen und sie trösten. Der Gedanke ließ sein Inneres ganz still werden.

„Was hast du dann gemacht?", fragte er.

„Ich wünschte, ich könnte sagen, dass ich mein Leben sofort verändert habe. Dass ich zu Hause bei meiner Familie geblieben bin, doch du weißt wie es ist, ich dachte, dass es nicht wirklich eine Nachricht von Gott war. Ich meine, wie hätte ich sicher sein sollen ...? Stattdessen ignorierte ich es. Doch zum Glück hatte ich solche Turbulenzen in mir – Gott hat mich buchstäblich nicht vergessen lassen, dass er mich geweckt hatte. Nach drei Wochen habe ich es endlich Marc gegenüber erwähnt. Er war so glücklich. Er hatte mir immer gesagt, dass er mich vermisst, dass er nicht genug Zeit mit mir hatte. Doch er hätte mich niemals vor die Wahl gestellt, so war er nicht. Ich sah nur, was es für ihn bedeutete, als ich ihm sagte, dass ich meinen Zeitplan neu ausrichten wollte, damit ich mehr zu Hause sein konnte. Ich werde seine Begeisterung nie vergessen. Das war alles, was ich brauchte. Ich habe meine Prioritäten korrigiert und meine Familie an erste Stelle gesetzt. Am Ende des Jahres habe ich verkauft, denn ich war überzeugt, dass ich für Gil und Marc zu Hause sein wollte. Für manche war es vielleicht nicht der richtige Schritt, doch für mich war er es. Wir hatten zwei wunderbare Jahre. Wenn Gott mir nicht das Geschenk dieser Erkenntnis gegeben hätte, hätte ich diese letzten zwei Jahre wertvoller Erinnerungen nicht gehabt, die mich jetzt durchhalten lassen." Ihre Augen glänzten vor Tränen.

Ohne nachzudenken hob Nate die Hand und wischte sich mit seinem Daumen die Träne von der Wange. „Ich bin froh, dass du diese Gelegenheit bekommen hast."

Sie schniefte und nickte. „Ich auch. Ich bin so dankbar, dass ich auf ihn gehört habe, sonst hätte ich es so bereut. Doch Gott wusste es." Ihre Stimme wurde dicker. „Er war so gut zu mir und deshalb fühle ich mich so schuldig. Ich meine, dieser Vers: *Der Herr hat Großes für uns getan* – er hat nicht nur seinen Sohn gesandt, um für mich am Kreuz zu sterben, er hat mir Marc gegeben, wenn auch nur für kurze Zeit. Er hat mir Gil geschenkt. Und dann hat er mich rechtzeitig geweckt, um ..." Sie schloss die Augen, ihre Hand schloss sich um seine, und ihre Stimme versagte.

„Also fühlst du dich schuldig, weil Gott dir das Geschenk gegeben hat zu erkennen, dass du ein wundervolles Leben hattest, und du fühlst dich schuldig, weil du es gerne länger gehabt hättest?"

„Ja." Sie seufzte. „Es klingt so egoistisch."

Sie warf einen Blick auf ihre gefalteten Hände, und gleichzeitig fühlte er sich verunsichert, weil er ihre Hände so lange gehalten hatte. Er ließ los und stand auf und musste plötzlich etwas Abstand zwischen ihnen schaffen. Überwältigt von der Emotion, die ihn mitgerissen hatte.

„Ich sehe nicht, dass es irgendetwas gibt, für das du dich schuldig fühlen solltest. Gott hat dir ein schönes Leben gegeben, und es schadet nicht, es so sehr zu lieben, dass du dir wünschst, du hättest es noch. Ich wünschte, ich hätte meines mit Kayla noch." Er drehte sich zu ihr um. „Und es tut mir nicht leid."

Sie griff wieder nach einer Tulpe und strich über den schlanken Stiel. „Ich kann nicht anders, als zu denken, dass es falsch ist, so zu fühlen."

„Warum?", fragte er.

„Wenn ich mein Leben nicht weiterleben kann, ist das kein Ruhm für den Herrn. Und wenn es für Ihn keinen Ruhm gibt, dann trete ich nur auf der Stelle. Ich muss einen Weg finden, mit meinem Leben zufrieden zu sein, so, wie es ist. Ich muss Mut finden, um weiterzuleben. Und das werde ich. Es ist nur ... ich werde immer wieder daran gehindert. Im einen Moment denke ich, dass es mir gut geht, im nächsten bin ich so wie jetzt." Sie fuhr sich mit der Hand durch die Haare und runzelte die Stirn. „Ehrlich gesagt bin ich es leid, mich so zu fühlen."

KAPITEL DREIZEHN

„Ich weiß, was du meinst", sagte Nate. Er war sich nicht sicher, ob er Pollyanna in allen Punkten zustimmte, doch es gab Ähnlichkeiten. „Ich habe das Gefühl, dass mein Leben mit Kayla seinen Höhepunkt erreicht hat und dass von hier aus alles bergab geht. Ich kann das Gefühl nicht loswerden. Ich habe darum gebetet, dass der Herr mir etwas anderes sendet, für das ich aufwachen kann, denn so wie es ist, habe ich das Gefühl, dass ich einen Fuß im Grab neben Kayla habe."

Pollyanna legte ihre Hand auf seinen Arm und drückte. „Das tut mir leid."

Er fuhr sich mit der Hand durch die Haare, völlig erschüttert von der Art und Weise, wie er sich Pollyanna öffnen konnte. Doch sie verstand. „Die Wahrheit ist, dass ich kaum mehr tue, als zu existieren, und ich bin müde ... aber ich kann mir nicht vorstellen, dass ich mich ohne Kayla jemals besser fühle."

Er sagte sich, dass er Pollyanna erzählte, was in seinem Herzen war, weil sie dasselbe durchgemacht hatte und wusste, wie es ist, zu lieben und zu verlieren. Im Wesentlichen waren beide in der gleichen Art von Vorhölle gefangen. Er war nicht in der Lage gewesen, seinen engsten Freunden, nicht einmal seinem Bruder, das zu erzählen, was er gerade Pollyanna erzählt hatte. Der einzige andere Mensch, bei dem er jemals so offen hatte sein können, war Kayla.

Doch ihm wurde bewusst, dass er, seit Pollyanna und Gil in sein Leben getreten waren, jeden Tag aufwachte und sich mehr wie sein altes Ich fühlte. Und er mochte das Gefühl.

„Nate, würdest du ...", begann Pollyanna, blieb dann stehen und sah unsicher aus. Sie holte tief Luft. „Möchtest du mit mir Fahrrad fahren?"

Trotz ihrer Körpersprache überraschte ihn die Frage immer noch. Während ihres Gesprächs hatte er ihre Vorliebe fürs Radfahren vergessen. „Eine Radtour?"

„Ich habe ein zusätzliches Fahrrad. Es hat Marc gehört. Es ist ein großartiges Fahrrad." Sie lächelte, und Nate fühlte sich, als wäre die Sonne gerade hinter einer Wolke hervorgekommen. „Wirklich, komm schon, es wäre gut für uns beide. Ich möchte nur fahren und ein paar Stunden lang an nichts denken. Ich brauche ein bisschen Spaß."

Er war seit seiner Schulzeit kein Fahrrad mehr gefahren ... seit der Grundschule. Aber die Idee gefiel ihm. „Sicher, warum nicht?"

„Großartig!" Sie klatschte in die Hände und strahlte. „Hast du Shorts und Turnschuhe?"

„Oh, meinst du, Cowboys können sowas nicht besitzen?", fragte er gedehnt und hob herausfordernd eine Braue, während er seine Arme verschränkte. Er spürte bereits, wie sich eine Schwere von ihm hob.

Polly imitierte seinen Gesichtsausdruck. „Ich weiß nicht, tun sie das?"

Nate lachte und hatte das Gefühl, als hätte er gerade seinen ersten Atemzug seit langer Zeit gemacht. Vielleicht war an diesen Endorphinen doch was dran.

Zwanzig Minuten später hatte Polly ihre Antwort. Ja, Cowboys besaßen Shorts und Turnschuhe. Nates Shorts sahen gut aus, legere braune Cargoshorts, so ganz anders als die figurbetonten Jeans, die er normalerweise trug, und seine Turnschuhe waren großartig ... aber seine muskulösen Waden – oh, du meine Güte, die waren schneeweiß!

„Die trägst du nicht oft, oder?", bemerkte sie, so glücklich, dass sie sich besser fühlte. Und sie freute sich ehrlich auf eine Ausfahrt mit Nate. Er grinste sie jungenhaft an, rückte seine Baseballmütze zurecht und zwinkerte ihr zu. Er zwinkerte!

„Also – ah, wo du Recht hast…", sagte er gedehnt. „Wenn ein Mann eine Herde hat, um die er sich kümmern muss, bleibt nicht viel Zeit für solche Frivolitäten wie seine Beine zu sonnen."

Polly lachte und spürte, wie der Stress des Morgens nachließ. Und sie freute sich, ihn so zu sehen. „Deine John Wayne-Imitation ist großartig."

Er neigte seinen Kopf, schob eine Hüfte vor und verlagerte sein Gewicht auf sein hinteres Bein, was an die Pose des Schauspielers erinnerte, was wirklich perfekt gewesen wäre, wenn er seine Cowboyklamotten getragen hätte. „Das war nicht John Wayne."

Pollys Mund blieb offenstehen. „Das ist nicht dein Ernst? Hat sich angehört wie er."

Er schüttelte den Kopf.

„Wer war es dann? Oh, oh, es war Foghorn Leghorn! Der Hahn aus den Cartoons. Ich habe immer gesagt, er klingt wie John Wayne."

Er verdrehte die Augen. „Nein."

„Aber das muss er sein, es war perfekt."

„Es war mein Vater."

„Dein Vater klingt wie John Wayne?"

„Ja", sagte er und sah sie ernst an.

„Wenn du das sagst", sagte sie langsam und bemerkte plötzlich, wie gut Nate Talbert aussah, der völlig untypisch dastand und völlig entspannt aussah. Als sie seinen Blick festhielt, wurde sein Grinsen breiter.

„Ehrlich gesagt habe ich meinen Vater imitiert, der John Wayne imitiert."

„Ha!" Sie lachte, trat auf ihn zu und versetzte seinem Arm einen spielerischen Stoß. „Du denkst, du bist so schlau."

„Hey, du hast es geschluckt."

„Wahnsinnig witziger Mann. Wir werden sehen, wer zuletzt lacht, nachdem du die Fahrräder von der Ladefläche deines Trucks gezogen und deine quarkbraunen Beine zum Arbeiten gebracht hast."

Sie wirbelte herum und ging von seiner Veranda zu seinem Truck. Das fühlte sich großartig an! Sie hatten die Fahrräder auf seinen Truck geladen und waren dann zu seinem Haus gefahren, damit er sich umziehen konnte. Es war, als hätten sie sich beide darauf geeinigt, die Vergangenheit sein zu lassen, ohne es laut auszusprechen. Polly hatte mehr von sich selbst exponiert, als sie wollte, und sie war sich sicher, dass

Nate genauso fühlte. Dennoch war es eine Erleichterung gewesen, jemandem zu erzählen, was sie so lange heruntergeschluckt hatte.

Nate joggte an ihr vorbei, drehte sich um und ging dann rückwärts und lächelte sie dabei an. „Du denkst nicht, dass ein Cowboy Fahrrad fahren kann, oder?"

Sie runzelte die Nase. „Ich weiß nicht, Cowboy. Das müssen wir sehen, nicht wahr?"

Er öffnete die Ladeklappe und hob problemlos ihr Fahrrad herunter. „Ich könnte mich daran gewöhnen, denke ich."

Sie bemerkte, wie sich seine Rückenmuskeln unter seinem Poloshirt abzeichneten, als er sich nach dem anderen Fahrrad streckte. Er war ein sehr fitter Mann. Marc war immer in perfekter Form gewesen. Sie schob den Gedanken beiseite, fühlte sich schuldig, weigerte sich aber vorerst, es zuzulassen.

„Warte nur ab. Ich wette, du wirst morgen nicht laufen können, solchen Muskelkater wirst du haben."

Er stellte das Fahrrad ab und schwang ein Bein darüber, als wäre es sein Pferd. „Das werden wir ja sehen."

Polly sprang auf ihr Fahrrad und fuhr seine Auffahrt hinunter. „Komm, Cowboy, zeig mir, was du draufhast."

„Hey! Jetzt mach mal langsam", rief er, als er

losfuhr, schlingerte, und fast wäre er umgekippt, weil er sie beobachtete und nicht darauf achtete, wohin er fuhr.

Sie sah über ihre Schulter und sah seinen Beinahe-Crash. Sie kicherte vor Freude, als sie in die Pedale trat, um mehr Geschwindigkeit zu erreichen. Sie hörte ihn hinter sich lachen und war froh, dass er sich entschieden hatte, mitzukommen.

Nate machte es nichts aus, Pollyanna ein bisschen hinterherzuhecheln.

Er holte sie auf der Straße ein, immer noch ein bisschen hinter ihr, doch mit seinem Beinlängenvorteil war er sich sicher, dass er sie nicht verlieren würde, wenn er sie erst einmal in Sichtweite hatte. Weit gefehlt.

„Also erzähl mir", sagte er, als er sie dreißig Meter die asphaltierte Straße hinunter wieder einholte. Diesmal wurde ihm klar, dass er sie eingeholt hatte, weil sie es zugelassen hatte. „Fährst du Rennen, oder was?"

Sie lachte und sah so viel sorgloser aus. Nate schaffte es nicht, seine Augen von ihr abzuwenden.

„Nein. Ich radle einfach gerne. Schau, da kommt jemand! Schnell, bedecke deine Beine, damit sie nicht geblendet werden."

Er starrte sie mit offenem Mund an. „Sehr witzig. Hahaha."

Sie blinzelte mit ausdruckslosem Gesichtsausdruck. „War kein Witz."

„Urkomisch", knurrte er und brachte sie zum Lächeln.

Der Truck wurde langsamer, und sie hielten daneben an. Es waren die Wilcoxes. Esther Mae rutschte zur Fahrerseite und sah sie über die Schulter ihres Mannes an. „Hallo ihr zwei. Meine Güte, Nate, ich weiß nicht, ob ich mehr überrascht bin, dich auf einem Fahrrad zu sehen, dass du Shorts trägst oder dass deine Beine weißer sind als meine Gardenien. "

„Hank, ein bisschen Beistand, bitte?", stöhnte Nate.

Hank schob seinen Hut von seinem verwitterten Gesicht zurück und ließ seinen Blick zu Nates Beinen wandern. „Ich weiß nicht, Esther, ich denke, die Beine gewinnen zweifellos", lachte er.

„Ganz deiner Meinung, Hank", mischte sich Polly ein. „Ich hatte Angst, dass ihr davon geblendet werdet, als ihr über den Hügel gekommen seid."

„Guter Punkt", stimmte Hank zu, und Esther Mae runzelte die Stirn.

„Ehrlich gesagt, Hank, ich weiß nicht, warum du lachst. Deine Beine haben seit Monaten kein

Sonnenlicht mehr gesehen ... Nein, das nehme ich zurück. In deinem Fall sollte ich besser Monate durch Jahre ersetzen."

„Nate muss sich keine Sorgen machen, weil ich nicht vorhabe, ihm Konkurrenz zu machen. Meine Vogelbeine bleiben sicher unter meiner Jeans verborgen, herzlichen Dank."

„Oh, Hank", feixte Polly. „Ich hatte gehofft, mit dem Festkomitee reden zu können und zu sehen, wie wir ein Fünf-Meilen-Radrennen ins Programm des Frühlingsfests aufnehmen können."

Nate runzelte die Stirn. „Ich dachte, du hast gesagt, du fährst keine Rennen."

„Tue ich auch nicht. Das heißt aber nicht, dass das nichts für das Frühlingsfest wäre. Ich meine, was würde mehr Spaß machen, als ein paar Cowboys wie dich zu sehen, die auf Fahrrädern nicht in ihrem Element sind. Ich bin auf die Idee gekommen, weil du so süß auf dem Fahrrad aussiehst."

Esther Mae stieß Hank fast mit dem Ellbogen in den Kiefer, als sie sich zum Fenster vorbeugte. „Polly, willst du damit sagen, dass du Nate süß findest?"

Nate grinste und sah Pollyannas Unbehagen. Sie wurde so pink wie die Shorts, die sie trug, und sie sah in Pink wirklich gut aus. Er hob eine Augenbraue und verschränkte die Arme vor der Brust, als ihm klar wurde, dass er mehr als ein wenig an ihrer Antwort interessiert war… die Idee traf ihn wie ein zweitausend Pfund schwerer Bulle. Seit wann scherte es ihn, was eine Frau von ihm hielt?

Ihre Augen weiteten sich vor Überraschung oder Bestürzung, er war sich nicht sicher, was es war. Er hatte das Gefühl, dass ihre Worte sie genauso schockiert haben könnten, wie sie ihn schockiert hatten. Ein schüchternes Lächeln umspielte ihre Mundwinkel, als ihre Augen weicher wurden und sich einen Moment von ihm wegbewegten.

„Ja", sagte sie mit stockender, leiser Stimme. „Ich denke, dass ich genau das sage."

Am Montagmorgen besetzten die Kupplerinnen von Mule Hollow alle Stühle in Lacys Salon Heavenly Inspirations.

„Ich sage es euch", schwärmte Esther Mae und sah sich im Raum um.

Nicht nur Norma Sue, Adela und Lacy waren anwesend, sondern auch Sheri Gentry, Molly Jacobs und Ashby Templeton. Esther Maes Kupplerradar geriet bei Ashby ins Stocken. Sie mussten immer noch einen Mann für Ashby finden, doch bis jetzt war der richtige Kerl einfach noch nicht über ihren Weg gelaufen ... obwohl zwischen ihr und Dan Dawson, der angeblich gar nicht bereit für Familie war, Funken flogen ... Esther Mae und die Mädchen hatten es mit Argusaugen beobachtet. Es gab Funken und dann gab es Funken, und bei Dan war es nur schwer zu sagen. Der Junge konnte Funken von einer Eisskulptur fliegen lassen, so charmant männlich war er. Erinnerte sie irgendwie an Elvis. Sie hatte ganze Horden von Frauen gesehen, die in Verzückung gerieten, als er seine perlweißen Zähne zeigte. Aber es ging nicht um Dan Dawson oder Ashby, es ging um Pollyanna und Nate, und noch nie war es eine so ernste Angelegenheit gewesen. Sie hatte dieses Notfalltreffen am Montagmorgen einberufen, nachdem sie sie am Tag zuvor bei ihrer Radtour gesehen hatte.

„Also was?", blaffte Norma Sue. „Jetzt sitz nicht einfach da und lass uns auf diesem Informationshappen rumkauen!"

Esther Mae grinste, zu begeistert, um sich von ihrer alten Freundin aus der Ruhe bringen zu lassen. „Sie waren einfach so süß zusammen. Und beide sahen glücklich aus. *Glücklich*, könnt ihr euch das vorstellen? Nate Talbert hat seit drei Jahren kein Funkeln mehr in den Augen gehabt. Und neulich hat sie ihn unglaublich genannt. Du hast sie gehört, Norma Sue."

„Aber Esther Mae", sagte Norma Sue und stellte

ihre Kaffeetasse auf die Theke. „Ich bin zu hundert Prozent deiner Meinung, dass diese beiden Kinder einander brauchen, und es wäre eine wundervolle Sache. Aber Witwer und Witwen verkuppeln? Ehrlich gesagt bekomme ich da kalte Füße."

Adela winkte mit der Hand von Sheris Maniküretisch. „Ich war Witwe."

Norma Sue zuckte zusammen. „Du bist anders. Ich sage nur, wir könnten hier richtig Mist bauen. Was, wenn wir uns einmischen und sie mehr verletzt werden, als sie bereits verletzt wurden? Es könnte passieren. Auch wenn sie beide gute Menschen sind. Und dann ist da noch der Junge."

Sheri nickte. „Sie hat da nicht unrecht."

Am Shampoosessel begann ein Trommelwirbel, ein sicheres Zeichen, dass Lacy tief in Gedanken versunken war, als sie mit ihren roten Nägeln auf das Porzellan klopfte und nichts sagte. Sie saß mit einem Bein über der Armlehne und ihrem Arm auf dem Becken. Alle sahen sie an und warteten schweigend. Schließlich nickte sie mit ihrem blonden Schopf, und ihre Finger hielten inne.

„Ich verstehe, was du meinst, Norma Sue. Und du auch, Sheri. Aber ich habe ein großartiges Gefühl bei diesen beiden. Und ich habe für sie gebetet. Es ist nicht so, dass einer von ihnen erst kürzlich seinen

Ehepartner verloren hat. Wenn es nur ein paar Monate oder nur ein Jahr gewesen wäre, würde ich vielleicht auch zögern. Doch für Nate sind es drei Jahre und für Polly zwei." Sie lächelte mit leuchtenden Augen. „Wie ich schon sagte, ich habe eine Weile für Nate gebetet und Clint auch, und ich fühle mich wirklich gut dabei. Du weißt, ich glaube nicht, dass etwas zufällig passiert. Ich glaube nicht, dass Pollyanna und Gil zufällig neben Nate eingezogen sind. Er braucht sie, und Gott weiß das. Und sie brauchen ihn."

„Dem stimme ich zu", fügte Adela hinzu und zog alle Blicke auf sich. Da Lacy und Adela sich einig waren, war das Thema geklärt.

„Und dann ist da noch die Idee mit der Radtour. Das war genial", fügte Molly Jacobs hinzu, die, immer ganz Nachrichtenreporterin, ihren Bleistift auf einen Notizblock tippte, auf dem sie herumgekritzelt hatte. „Mir würde wirklich ein großartiger Artikel darüber gefallen. Die Leser würden diese Geschichte verschlingen."

Norma Sue schnaubte. „Sei da bloß vorsichtig, Molly. Wir wollen nicht, dass sich eine Horde verrückter Frauen auf Nate stürzt, wie du es mit dem armen Bob geschafft hast."

Alle lachten, als Molly leuchtend rot wurde. „Hey, vielleicht erinnerst du dich mal daran, dass, wenn ich diesen Artikel nicht geschrieben hätte, mein Bob und ich nicht zur Besinnung gekommen wären und nie bemerkt hätten, dass wir uns lieben."

„Stimmt!", sagte Lacy und sprang von ihrem Stuhl auf. „Gott arbeitet manchmal auf verrückte Art und Weise. Und ich liebe das einfach an ihm."

„Natürlich." Sheri lachte. „Du und er, mit euch beiden muss man rechnen."

Norma Sue grinste. „Das ist die ehrliche Wahrheit. Diese Radtour war perfekt. Natürlich gibt es das Problem mit Cowboys und Fahrrädern. Ich meine, nicht viele von ihnen haben überhaupt Fahrräder. Natürlich könnten wir sie auf Pferde setzen, doch es ist witziger, sie ein bisschen durcheinander zu bringen."

„Sehr wahr, Norma." Esther Mae sprach als erste. „Wären sicher süß, all diese blassen Beine. Die Mädchen würden kommen, und ich kann mir die Neckerei gut vorstellen. Weißt du, Romantik beginnt oft damit, sie zu necken." Sie seufzte. „Wir könnten dem noch eins draufsetzen, indem wir jeder Frau, die kommt, eine Sonnenbrille in die Hand drücken!"

Molly schrieb etwas auf und kicherte. „Ich kann mir vorstellen, dass das lustig wird."

Lacy ging hinüber und zeigte auf die Seite. „Du schreibst was Gutes, Molly. Da wird Liebe in der Luft liegen, ich weiß es einfach. Wenn wir dem Kuhfladen-

Wurfwettbewerb und dem Dreibeinrennen ein Radrennen hinzufügen, weiß ich einfach, dass wir diesen Sommer noch mehr Hochzeitsglocken läuten hören werden. Ich kann es spüren." Sie sah sich im Raum um. „Denk einfach darüber nach. Das ist mein einjähriges Jubiläum hier. Norma Sue, Esther Mae und Adela, euer Traum, Mule Hollow wiederzubeleben, wird wahr. Schaut euch nur uns Frischvermählte an, die hier in diesem Salon sitzen ... Ashby, mach dir keine Sorgen, wir haben dich nicht vergessen." Sie zwinkerte. „Nur weil wir uns gerade auf Polly und Nate konzentrieren, heißt das nicht, dass wir nicht auf der Suche nach deinem Prince Charming sind."

„Danke, dass ihr mich nicht vergessen habt", sagte Ashby. „Ich bin mehr als bereit für meinen Prince Charming, und ich kann nicht einmal ein Date bekommen."

„Wir müssen da dringend was tun."

Wie immer hatte Adela schweigend zugehört. Jetzt lächelte sie. „Mädels, was, wenn wir die Fahrrad-Knappheit beseitigen, indem wir alle Frauen ein Fahrrad mitbringen lassen und es zu einer Art Teamanstrengung machen?"

„Paare!", rief Esther Mae aus, sprang auf und warf vor Aufregung fast den Wagen mit den Dauerwellen-Wicklern um. „Das ist eine fantastische Idee."

Alle sahen sich an, und ihre Gedanken surrten, als sich ein Lächeln im Raum ausbreitete. Norma Sue war die Einzige, die die Stirn runzelte. „Aber ich denke immer noch, wenn es um Pollyanna und Nate geht, dass dies ein Fall ist, bei dem wir unser Gebet verdoppeln und nicht so viele praktische Anpassungen vornehmen sollten."

Esther Mae kaute auf ihren Lippen und verschränkte ihre Hände. „Ich verstehe einfach nicht, was das Problem ist, Norma. Witwen und Witwer brauchen auch Liebe."

Norma Sue verdrehte die Augen. „Esther Mae, ich habe nicht gesagt, dass sie keine Liebe brauchen. Ich sage nur, lass uns unsere Gebete verdoppeln, mit Vorsicht vorgehen und den guten Herrn den größten Teil der Arbeit machen."

Lacy blinzelte verschmitzt. „Tun wir das nicht immer?"

KAPITEL VIERZEHN

Nate hatte das Gefühl, die Nacht über hinter einem Pferd her geschleift worden zu sein, als er Sam's Diner betrat. Über ihrem Damespiel hatten Applegate und Stanley aus dem vorderen Fenster geschaut, als er sich aus seinem Truck manövriert hatte. Sie starrten ihn jetzt an wie ein paar scharfäugige Falken.

„Morgen, Jungs." Ihm wurde bewusst, dass mehr als sein Stolz auf dem Spiel stand, straffte seine Schultern und versuchte, so normal wie möglich auf die Theke zuzugehen. Er war die halbe Nacht wach gewesen und hatte gegen Wadenkrämpfe angekämpft. Doch trotz der Knoten in seinen Muskeln war er guter Stimmung. Selbst als er aufgewacht war und festgestellt hatte, dass seine Wasserpumpe den Geist aufgegeben hatte, hatte das seine Stimmung nicht getrübt.

Applegate beobachtete ihn mit diesen Falkenaugen und rieb sich das knochige Kinn. „Siehst aus, als hättest du ziemlichen Muskelkater, mein Junge.”

Stanley sprang mit seinem Stein über den von Applegate und kicherte dabei. „Sieht für mich so aus, als wäre Fahrradfahren ziemlich anstrengend.”

Nate grinste die beiden alten Männer trotz aller Proteste seiner Waden und Kniesehnen an und verzog dann das Gesicht, als er sich auf einen Hocker an der Theke setzte. Jeder Muskel, von seinem unteren Rücken bis zu seinen Zehen, schrie ihn an. Er wusste aus erster Hand, dass es weniger schmerzhaft war, sich von einem Bronc abwerfen zu lassen. Sam stellte eine Kaffeetasse vor sich auf die Theke und füllte sie bis zum Rand.

„Sieht so aus, als könntest du das gebrauchen. Was bringt dich in die Stadt? Wir sehen dich nicht allzu oft hier.“

Nate nahm seinen Hut ab und legte ihn neben sich auf den nächsten Hocker, da er mit seinen schmerzenden Beinen nicht zurück zur Tür gehen wollte, um ihn dort aufzuhängen. „Meine Wasserpumpe ist heute Nacht ausgefallen, und da ich ohne meine morgendliche Tasse Kaffee den Tag nicht überstehe, habe ich beschlossen, eure lächelnden Gesichter hier zu besuchen."

Applegates Miene wurde ein wenig freundlicher. „War aber auch Zeit", polterte er und stellte sein Hörgerät ein.

Stanley blickte von Nate zu Applegate. „Zeit für was, App?", fragte er und zuckte zusammen, als Applegates Hörgerät kreischte.

„Dass der Jungspund sieht, dass es ein Leben gibt nach ..." Er unterbrach seinen Satz und sah Nate an.

„Nach was?" Stanleys buschige Brauen hoben sich. Nates auch.

„Stanley, sei nicht dumm. Der Junge hat seine Frau viel früher verloren als ich meine Birdie und du deine Elisa Jane, und es ging ihm seitdem nicht so gut. Aber sich verkriechen, ganz alleine da draußen ist nicht der richtige Weg."

Stanley spuckte einen Sonnenblumenkern in den Spucknapf, und gleichzeitig wurde ihm klar, was Applegate meinte. Sofort misstrauisch trank Nate einen weiteren Schluck Kaffee und überlegte, ob es wirklich eine so gute Idee gewesen war, in Sam's zu gehen. Es waren genau solche Dinge, die ihn die meiste Zeit ferngehalten hatten. Pollyanna hatte ihm erzählt, dass es ihr nach Marcs Tod wehgetan hatte, wenn die Leute nicht mit ihr darüber hatten reden wollen. Doch für ihn war es genau das Gegenteil. Die Bewohner von Mule Hollow hatten über Kayla reden wollen. Er hatte es nicht gewollt. Es war einfach zu privat, eine zu tiefe Wunde – er dachte jeden Tag an sie, wachte auf und dachte an sie, ging ins Bett und dachte an sie. Doch er wollte nicht über sie reden ... zumindest hatte er es nicht getan, bis Pollyanna hierhergezogen war. Er wusste, dass Applegate und Stanley es gut meinten, denn sie waren beide Witwer, doch Nate hatte einfach nicht den Wunsch, sein Leben mit den alten Viehzüchtern zu diskutieren.

Die Tür schwang auf und rettete ihn vor weiteren Diskussionen, als ein paar Cowboys ins Restaurant schlenderten. Zu Nates Erleichterung verstand Applegate, dass einige Themen zu heikel waren, um sie in einer Menschenmenge zu besprechen. Er stopfte sich eine Handvoll Sonnenblumenkerne in den Mund, anstatt die Unterhaltung fortzusetzen. Natürlich hatten sie bei seiner lauten Stimme wahrscheinlich schon jedes Wort gehört, das er gesagt hatte. Höchstwahrscheinlich hatten ihn alle bis zu Petes Futterladen gehört. Nates Erleichterung hielt nicht lange an. Ein Blick in Apps alte Augen zeigte Nate, dass er vielleicht aufgehört hatte zu reden, doch das bedeutete noch lange nicht, dass er fertig war.

Nate trank einen Schluck Kaffee und war froh, als Sam, der die Interaktion aufmerksam verfolgt hatte, zwei Tassen nahm und um das Ende der Theke herum zu der Sitznische ging, in der sich die Cowboys niederließen. Dass er beschäftigt war gab Nate etwas Luft zum Atmen.

„Also, willst du was frühstücken, das zu deinem neuen Lächeln passt?", fragte Sam, als er zurückkkam. Nate lächelte über seine Tasse und trank dann noch einen Schluck. Er hätte wissen müssen, dass diese drei Männer mit ihren scharfen Augen seine Veränderung bemerken würden. Auch wenn es ihm besser ging, war er immer noch nicht bereit zu sprechen. Weder über Kayla noch über Pollyanna.

„Nein", sagte er. „Ich muss zu Pete und sehen, ob er die Muffe, die ich brauche, irgendwo in seinen staubigen Regalen rumliegen hat. Aber danke für den Kaffee. Hast du so einen Mitnahmebecher zur Hand?" Er legte sein Geld auf die Theke und hob seinen Hut auf, während Sam den Pappbecher füllte. Sobald Sam ihm den Becher reichte, ging Nate zur Tür. „Ihr Jungs habt einen schönen Tag!", rief er und winkte den Dame-Spielern mit dem Hut zu.

„Du auch, Nate", schrie Applegate. „Und denk dran, Stanley und ich, wir sind hier, wenn du uns brauchst. Wir mögen alt sein, doch wir sind nicht tot."

„App, warum sagst du so was Dummes?", schimpfte Stanley und starrte seinen Kumpel an.

Nate hielt inne, wandte sich um und sah Stanley und Applegate an.

„Schaut, Jungs ..." Er strich über die Krempe seines Huts. Sie verstanden es wirklich. Beide hatten ihre Frauen verloren und vielleicht hatte er nie darüber nachgedacht, dass sie ihm durch ihre Wege durch ihre eigenen Herzschmerzen hätten helfen können. Die Bibel riet jungen Männern, von den Alten zu lernen.

Er wurde weicher. „Ich schätze euer Angebot sehr." Das stimmte. „Können wir das Gespräch nur auf ein andermal verschieben?"

Die Gesichter beider Männer verzogen sich zu einem Lächeln, und sie strafften beide ihre Haltung. „Natürlich können wir das", sagte Applegate.

„Schon gut", fügte Stanley mit düsterem Blick hinzu. „Wann immer du reden willst, weißt du, wo du uns finden kannst."

Nates Brust weitete sich, als er bemerkte, dass er gerade etwas getan hatte, das nicht unbedingt damit zu tun hatte, sich auf seinen eigenen Verlust zu konzentrieren. Er hätte es nicht für möglich gehalten, dass App und Stanley ihn an ihren Erfahrungen teilhaben lassen würden. Er setzte seinen Hut auf und lächelte.

„Das werde ich.”

Er war fast aus der Tür, als Applegate rief. „Ich würde an deiner Stelle bei Pete ein Pferdeliniment mitnehmen. Sonst kommst du morgen nicht aus dem Bett.“

Nate schmunzelte. „Das kommt ganz oben auf meine Liste. Danke.”

Draußen holte er tief Luft. Das war doch nicht so schlimm gewesen.

Er betrat gerade Petes Futterladen, als er Norma Sue, Esther Mae und Adela auf der anderen Straßenseite den Salon verlassen sah. Trotz der Schmerzen in seinen Beinen ging er schneller, um zu vermeiden, dass sie ihn bemerkten. Von einem sicheren Aussichtspunkt hinter dem rot karierten Vorhang in Petes Fenster sah er zu, wie die drei Damen aufgeregt plappernd den Bürgersteig entlang eilten. Er musste seinen Hals recken, um zu sehen, wie sie die Straße zu Sam's Diner überquerten. Glück gehabt! Das war knapp. Das Einzige, was schlimmer wäre, als sich im Diner eine Predigt anhören zu müssen, wäre gewesen, wenn die Frauen auch dort gewesen wären.

„Vor wem versteckst du dich?”, fragte Pete und trat hinter ihn.

Nate sah den großen Mann an und runzelte die Stirn. „Dreimal darfst du raten.“

Pete stieß ein fröhliches Lachen aus. „Sag nichts mehr. Ich würde mich auch vor den dreien verstecken, wenn sie hinter mir her wären. Doch sie haben dich im Visier. Solltest dich besser beeilen, Norma Sue dürfte jeden Moment kommen, um Futter abzuholen.“

Nate betrachtete die Futtersäcke auf dem Bürgersteig, die zum Laden bereit waren, und drehte sich zum Besitzer des Futterladens um. „Dann schnell. Ich brauch nur ein paar Sachen, um meine Wasserpumpe zu reparieren. Oh, und Pferdeliniment.“

Pete grinste. „Ich habe von der Radtour gehört. Weißt du nicht, dass Reiten und Radfahren nicht die gleichen Muskeln beanspruchen?“

Nate ließ den Kopf hängen. „Ja, aber mir war einfach nach einer Radtour zumute.“

Pete lachte schallend und ging zum hinteren Regal, wo er gerade genug Kleinteile aufbewahrte, um fast alles zu reparieren, was auf einer Ranch mechanisch war und kaputtgehen konnte.

„Das ist ein Schritt in die richtige Richtung.“ Seine Worte bestätigten, was Nate bereits erkannt hatte.

„Denkst du das?“

Pete hob eine Augenbraue. „Sicher. Bedeutet, dass du deinen Horizon erweiterst. Und obwohl es weh tut, ist es ein gutes Gefühl, oder?"

Nate dachte darüber nach, dachte an Pollyanna. „Ja, das ist es. Es ist ein wirklich gutes Gefühl."

KAPITEL FÜNFZEHN

Polly war halb im Badezimmerschrank im Obergeschoss und malerte, als sie das vertraute Geräusch von Nates Truck draußen vorfahren hörte. Ihr Herz machte einen Sprung bei dem Geräusch, und sie zuckte zusammen und stieß sich den Kopf.

„Au", protestierte sie und schoss aus dem Schrank.

Nachdem sie ihre Rolle in die Wanne gelegt hatte, warf sie einen Blick in den Spiegel über dem Waschbecken und schnitt eine Grimasse. Sie hatte gearbeitet, seit sie Gil und Max in der Schule abgesetzt hatte, und die Farbspritzer auf ihrem Gesicht und in ihren Haaren waren ein Zeugnis dafür. Ihr Herz pochte, als sie sich die Haare aus dem Gesicht strich.

„Polly ist ein hübsches Mädchen", sang Pepper und beobachtete sie im Spiegelbild.

Polly hielt inne und starrte sich im Spiegel an. Sie fühlte sich irrational defensiv. Sie machte sich nicht hübsch für ihn. Sie würde nicht wollen, dass jemand sie so sah. Es war eine normale Reaktion, in den Spiegel zu blicken und sich präsentabel zu machen.

Es war völlig normal.

Sie hatte in den letzten Tagen an Nate gedacht. Es hatte sie erstaunt, dass sie sich so beim Fahrradfahren amüsiert hatten. Noch wichtiger war jedoch, dass sie sich gegenseitig entlastet hatten, indem sie über die Ängste und Ressentiments, die sie plagten, gesprochen hatten. Und indem sie geäußert hatten, wie sehr sie Marc und Kayla immer noch liebten, hatten sie sich… wohl gefühlt. Es war wichtig, dass Nate wusste, wie sehr sie ihren Ehemann geliebt hatte.

Nates Liebe zu seiner Frau berührte Polly.
Tief.

Es erleichterte sie auch ein wenig zu wissen, dass jemand anderes seinen toten Ehepartner genauso liebte wie sie Marc und trotzdem – es fiel ihr selbst jetzt noch schwer, es zu denken – war sie es leid, dieses Gewicht mit sich herumzuschleppen. Sie hatte sich tief im Inneren gefühlt, als würde sie Marc verraten, indem sie so etwas empfand. Es überraschte sie immer noch, dass sie sich Nate auf diese Weise geöffnet hatte. Und, dass er es erwidert hatte.

Es war schön gewesen, sich für einen Nachmittag zu entspannen. Sie hatte es wirklich gebraucht. Sie war sich nicht sicher, warum sie in letzter Zeit so angespannt gewesen war. Sie rationalisierte, dass es der Umzug war und alles, was dazu gehörte – den Ort, den sie, Marc und Gil als Zuhause bezeichnet hatten, hinter sich zu lassen und von vorne zu beginnen. Die Radtour hatte geholfen. Für eine Weile hatte sie sich fast so gefühlt, als wäre das Leben normal.

Sie hatte Nate tatsächlich damit aufgezogen, dass er süß war. Der Gedanke überraschte sie immer noch – genau genommen beide Gedanken: dass sie ihn aufgezogen hatte und dass sie ihn so attraktiv fand. Aber wirklich, er war ein gutaussehender Mann, und es war nichts Falsches daran, dass sie es bemerkte. Aber weiter ging es nicht.

Sie wandte sich vom Spiegel ab, eilte die Treppe hinunter und öffnete die Tür, bevor Nate anklopfen konnte.

„Was machst du hier?", platzte sie heraus.

Er hatte seine Hand gehoben, um anzuklopfen, zog eine Braue hoch und ließ langsam seine Hand sinken.

„Dir auch einen guten Tag", sagte er.

Polly zuckte zusammen. „Entschuldigung, das ist jetzt nicht richtig rausgekommen." Junge, war das eine

Untertreibung! „Ich war gerade beschäftigt und hatte niemanden erwartet." Sie trat auf die Veranda.

„Polly ist ein hübsches Mädchen", rief Pepper von drinnen. Polly griff nach der Tür und riss sie zu.

„Kluger Vogel", sagte Nate grinsend.

Polly wusste nicht, was sie mit dem Kompliment anfangen sollte, also ignorierte sie es und das Zittern, das durch ihre Brust raste. Sie weigerte sich überzureagieren. Trotzdem fühlte sie sich aus dem Gleichgewicht, als sie ihn ansah.

„Ich bin gekommen, um zu fragen, ob Gil am Freitagabend mit mir zum Zelten gehen möchte."

„Zelten?", wiederholte sie und klang wie Pepper.

„Ja. Drüben bei Cort und Lilly Wells. Sie veranstalten diese Übernachtungen und Wochenend-Exerzitien für Jugendgruppen der Kirche, und am Freitag haben sie eine Gruppe aus der Gemeinde in Caldwell da. Ich habe noch nie geholfen, doch sie haben mich gefragt, ob ich Zeit habe. Pace Gentry hilft normalerweise, aber er hatte schon andere Verpflichtungen. Wie auch immer, ich dachte, es würde Gil vielleicht Spaß machen. Max geht auch hin. Und ich würde gut auf ihn aufpassen."

Was war los mit ihr? Gil hatte darüber gesprochen. „Klingt nach Spaß. Gil hat darüber gesprochen. Wäre schön, wenn er mitmachen könnte."

Nates Lächeln wurde breiter. „Gut."

Polly schluckte schwer und sah ihn an. Sie hatte sich am Sonntag von der Stimmung mitreißen lassen und hatte mit diesem Mann geflirtet. Sie hatte ihm gesagt, er sei süß!

Jetzt fiel ihr auf, dass diese Worte die Untertreibung des Jahres waren. Dieser Mann war weit mehr als süß. Als sie ihn ansah, hatte sie das Gefühl, als hätte gerade eine Feder über ihren Rücken gestrichen. Sie erschauerte fast.

„Nun, dann werde ich dich wohl wieder arbeiten lassen", sagte er, nachdem sie sich ein paar Sekunden lang angestarrt hatten. Er wandte sich ab und ging zu seinem Truck.

Polly wurde verspätet klar, dass er wahrscheinlich darauf wartete, dass sie etwas sagte. Sie rang darum, die Nervosität zu unterdrücken, die sie in seiner Nähe empfand.

„Hey, Cowboy, ist das ein Hinken, das ich da sehe?", fragte sie. Es war das Erstbeste, was ihr in den Sinn kam.

„Das habe ich dir zu verdanken." Er sah zurück zu ihr. „Ich habe seit zwei Tagen Muskelkater." Sein Grinsen durchbrach den gespielt-vorwurfsvollen Ausdruck auf seinem Gesicht.

Sie konnte nicht anders als zu lachen. „Das tut mir

so leid. Aber Nate –" Sie legte die Hände auf das Geländer der Veranda. „Danke, dass du mir am Sonntag zugehört hast." Das war, was mit ihr los war. Es war ihr peinlich gewesen, wie sie sich nach der Kirche verhalten hatte. Sie hatte darüber nachgedacht, wie er einfühlsam ihre Hände gehalten hatte. „Ich meine das von ganzem Herzen."

Er wandte sich ihr mit klirrenden Sporen zu. „Wofür sind Freunde da? Und wenn wir schon dabei sind, lass mich dir auch danken. Ich mag einen teuflischen Muskelkater haben, doch ich denke, du bist da was auf der Spur mit den Endorphinen. Ich bin aufgewacht und habe mich so gut gefühlt wie seit ... " Er machte eine Pause, sah auf seine Stiefel hinunter und dann wieder auf sie. „Seit langer Zeit nicht mehr."

Der Ausdruck in seinen Augen ließ Pollys Herz schneller schlagen. „Dafür sind Freunde da."

Sie studierten sich einen langen Moment, und Polly spürte, wie ihr Herz höher schlug und dann frei fiel. Sie wandte den Blick ab, doch der freie Fall ging weiter.

„Pollyanna", sagte er und zog ihren Blick wieder an. Als er ihrem Blick begegnete, schien es, als wollte er mehr sagen. Stattdessen nickte er mit dem Kopf zu seinem Truck. „Wir sehen uns später. Und danke, dass du Gil Freitagabend mit mir gehen lässt."

Polly war froh, etwas anderes als ihr pochendes Herz zu haben, auf das sie sich konzentrieren konnte. „Wenn er dir lästig würde, würdest du es mir sagen, oder?"

„Er kann gar nicht lästig werden. Pollyanna, ich genieße seine Gesellschaft wirklich. Er tut mir gut ... und ich denke, ich ihm auch."

Polly holte tief Luft und ließ das einwirken. Es stimmte. „Auch auf die Gefahr, dass ich mich anhöre wie eine gesprungene Schallplatte: danke", sagte sie mit fester Stimme.

Sie musste aufhören, sich Sorgen zu machen, dass Nate und Gil sich zu nahe kamen. Er nickte, drehte sich steif um und ging. Polly sah ihm nach und drehte sich dann um, um ins Haus zu gehen. Sie hatte das Gefühl, als wäre sie gerade aus diesem Teetassenkarussel im Six Flags Vergnügungspark gestiegen.

„Also, wir haben gehört, dass Nate und Gil zusammen Zelten gehen", sagte Esther Mae.

Die Damen waren am frühen Mittwochmorgen angekommen, perfekt für die Gartenarbeit ausgerüstet und mit breitkrempigen Strohhüten gekrönt. Esther

Mae und Adela hatten breite Krempen mit Paisley-Print-Bändern. Norma Sue trug einen Cowboyhut aus Stroh mit einem roten Bandana als Hutband. Sie hatten Norma Sues Truck abgeladen, als Polly von der Schule zurückgekommen war.

Zu sagen, Polly sei überrascht gewesen, war eine Untertreibung. Der Truck war überfüllt mit Pflanzen, die nicht allein aus ihren Gärten stammen konnten. Offensichtlich waren die drei Damen in eine Pflanzenschule gefahren und hatten sie leergekauft.

Eine Stunde lang hatten sie geplant, wo alles gepflanzt werden sollte. Jetzt waren sie damit beschäftigt zu arbeiten und an verschiedenen Stellen entlang des Blumenbeets an der Veranda verstreut. Esther Maes Kommentar war die erste Erwähnung von Nate.

Polly hielt inne. „Ja."

„Das ist mächtig nett von Nate, ihn einzuladen", sagte Norma Sue. „Wir waren begeistert zu hören, dass Nate sich überhaupt bereit erklärt hat, Cort und Lilly zu helfen. Noch vor wenigen Wochen hätte er sicher abgelehnt."

„So ist es", schnaubte Esther Mae. „Dieser süße Schnuckel scheint plötzlich wieder in Schwung zu kommen."

Alle strahlten Polly an und ließen sie sich vor Unbehagen winden.

„Ich denke, du und Gil tut ihm gut", fügte Adela hinzu und schob die Erde um das Immergrün, das sie gerade gepflanzt hatte. „Der bloße Gedanke, dass du ihn auf ein Fahrrad gebracht hast, überrascht mich."

Polly lächelte und hoffte, dass es nicht so schmerzhaft aussah, wie es sich anfühlte. „Er tut Gil gut."

Es war die Wahrheit, und offensichtlich hatte es jeder bemerkt. Doch es gab diese seltsamen Momente, die sie nur schwer verstehen und bewältigen konnte, wenn sie ihn mit ihrem Sohn sah. Ganz zu schweigen davon, wie sie sich in letzter Zeit gefühlt hatte, wenn er in der Nähe war. Es war beunruhigend, doch wenn sie wirklich ehrlich war, war es auch schön.

Adela grub ein neues Loch. „Weißt du, es ist schade, dass Nate und Kayla keine Chance hatten, eigene Kinder zu bekommen. Kayla hat mir mal erzählt, dass sie eine große Familie haben wollen."

Das überraschte Polly nicht. Nach ihrer ersten Begegnung hätte es das wahrscheinlich getan, doch jetzt nicht mehr. Er war gut und geduldig im Umgang mit Gil.

„Doch es war Gottes Plan", sagte Adela. „Er hat

immer einen Plan. Auch wenn wir es nicht verstehen.“

Polly wusste, dass es stimmte. Sie hoffte nur, dass sie sich nicht zu große Hoffnungen machten, dass sie und Nate mehr als nur Freunde wurden.

Sie wollte sie nicht enttäuschen, nach allem, was sie für sie getan hatten. Doch sie hatte sie gewarnt. Und mehr konnte sie nicht tun.

KAPITEL SECHZEHN

„Er ist hier!", johlte Gil, als er das Geländer hinunterrutschte und vor Polly landete.

Gil hatte sie in den letzten Tagen verrückt gemacht und dauernd über das Zelten gesprochen.

„Langsam, junger Mann", befahl sie, als er ihr auswich und zur Haustür rannte. Sein Schlafsack und sein Rucksack waren längst auf der Veranda und warteten auf den Moment, in dem Nate ihn abholen würde. „Ich brauche eine Umarmung, bevor du in die Wildnis verschwindest."

Er blieb stehen. „Aber Mama, er ist hier."

Polly schmunzelte, ging zu ihm und zog ihn in eine Bärenumarmung. Trotz seiner Eile erwiderte er sie. Wahrscheinlich, weil er wusste, dass es der schnellste Weg war, sie zufriedenzustellen und zur Tür hinauszukommen.

Sie ließ ihn los, folgte ihm auf die Veranda und sah zu, wie Nate aus seinem Truck stieg. Ihre Nerven begannen zu flattern, als er den Weg hinaufkam. Er war vollkommen in der Lage, sich für eine Nacht um ihren Sohn zu kümmern. Der Mann war so vollkommen männlich, stark und ... fähig. Ihr Sohn war bei ihm sicher.

„Ich bin so weit, Nate", sagte Gil und eilte die Treppe hinunter. Bogie folgte ihm und tänzelte glücklich, da sie ihn endlich von seinem Clownskragen befreit hatten.

„Okay, Kumpel, dann lad deine Sachen ein, und ich bin gleich da." Nate lächelte sie an, als er am Fuß der Treppe stehenblieb. „Bei dir alles gut?"

Polly nickte. „Du wirst gut auf ihn aufpassen?"

Seine Augen hielten ihre fest, und er nickte beruhigend. „Als wäre er mein eigenes Kind."

Sie zuckte innerlich zusammen, ließ es sich jedoch nicht anmerken. Zumindest hoffte sie es, doch der Schatten, der über sein Gesicht huschte, ließ sie vermuten, dass er es vielleicht gesehen hatte. „Gut" war alles, was sie sagen konnte. Sie wusste, dass er sich um Gil kümmern würde. Wie um sein eigenes Kind. Sie holte tief Luft. Was konnte sie mehr verlangen als das?

„Entspann dich, Pollyanna", sagte Nate sanft und

überraschte sie dann, als er ihre Hand nahm. Seine Berührung schickte eine Schockwelle ihren Arm empor, und sie versuchte, sich zurückzuziehen, doch er hielt sie fest und sah sie aufmerksam an. Es war fast so, als konnte er ihre Gedanken lesen.

„Ich wünsche dir einen schönen, entspannten Abend und werde ihn morgen zum Mittagessen zurückbringen. Versprochen."

Sie nickte und zog dann ihre Hand aus seiner, erleichtert, als er losließ. Sie kämpfte gegen das Bedürfnis an, ihm noch einmal zu sagen, dass er ihn beschützen sollte, wusste aber, dass sie ein wenig loslassen musste. „Ich werde hier sein", sagte sie stattdessen und lächelte. Sie wusste, dass er sehen konnte, wie angespannt es war, doch er sagte nichts, nickte nur und ging dann zu seinem Truck. Gil schwatzte, als sie winkten und losfuhren und sie und Bogie zurückließen. Polly blickte ihnen nach, bis der Truck aus ihrem Blickfeld verschwand, dann schlang sie die Arme um sich und stand noch ein wenig länger da. Sie warf einen Blick auf die Tulpen, die jetzt kurz vor der Blüte standen, und ihr Herz setzte einen Schlag lang aus, als sie zu der leeren Stelle zurückblickte, von der der Truck vor einer ganzen Weile verschwunden war.

Dann kämpfte sie gegen das plötzliche Unbehagen

an, drehte sich um und ging ins Haus. Sie hatte zu arbeiten. Die Zeit verging wie im Flug, und es gab noch viel zu tun, besonders zu streichen, bevor sie öffnete. Ihr Sohn war in fähigen Händen.

Sehr fähigen Händen.

* * *

Am folgenden Samstagmorgen hatte Polly ihr Wohnzimmer fertig. Die Wände waren in einem sanften Butterblumengelb gestrichen. Mit den Händen in den Hüften bewunderte sie ihr Werk. Bogie saß auf der Rückenlehne des Sofas und schien es mit ihr zu begutachten.

„Was denkst du, Kumpel?", fragte sie und sah ihn an. Er wedelte mit seinem Ringelschwanz und wandte sich ihr zu. Polly seufzte. „Ich denke, wenn du reden könntest, würdest du mir sagen, dass du die Wirkung der Glasur auf die Farbe wirklich magst. Gut, was?" Pepper saß auf dem Treppengeländer. „Pepper, was denkst du?", fragte sie und schob Bo und Sylvie mit dem Fuß zur Seite, als sie unter dem Sofa hervorkrochen. Bo trug einen Twizzler im Maul und neckte Sylvie damit. Jungs waren Jungs, ob Mensch oder Schildkröte war wohl egal.

„Was denkst du, Pepper?", imitierte Pepper.

Polly begann *Old McDonald had a farm* zu summen und ging in die Küche, um sich ein Glas Eistee einzuschenken. Sie war vom ersten Sonnenlicht erwacht, das in ihr Fenster strömte, und von Gil, der sang.

Gil, der sang?

Gil sang nicht.

Zumindest hatte er es schon lange nicht mehr getan. Sein Gesang war Musik in ihrem Herzen. Das Zelten letzte Woche war für ihn ein echter Wendepunkt gewesen. Und vieles davon war Nate zu verdanken.

Nate.

Bogie lauschte ihrem Summen, folgte ihr in die Küche und ließ sich mit ausgestreckten Beinen auf die lackierten Holzdielen fallen. Pepper flog ins Zimmer, landete auf Bogies Rücken und sah zu, wie sie den Tee über das Eis in ihrem Glas goss. Es erstaunte sie immer noch, dass der Hund nicht versucht hatte, den Vogel zu fressen, als Pepper zum ersten Mal auf ihm gelandet war. Aber er hatte es nicht getan, stattdessen schien es ihm zu gefallen.

Sie nahm ihren Tee und ging nach draußen. Bogie und Pepper standen an der Fliegengittertür und beobachteten sie.

„Bis später, Sonnenschein!", krähte Pepper.

Pollys Schritte stockten. Das hatte Marc immer gesagt, und obwohl es nicht etwas war, das Pepper oft sagte, gab es Pollys Herzen immer einen Ruck, wenn er es tat. Es war, als ob der kleine Vogel wusste, dass die Worte wichtig waren.

Bis später, Sonnenschein, flüsterte Marc ihr immer ins Ohr, nachdem er sie zum Abschied geküsst hatte und zur Arbeit gegangen war.

Polly trank ihren Tee und schluckte den Kloß in ihrem Hals herunter. Sie stellte das Glas auf das Geländer der Veranda und dachte an Marc. Fröhliche Gedanken. Trotzdem zitterte ihre Hand, als sie die Gießkanne nahm und dann zum Wasserhahn neben dem Schuppen ging. Die nagende Sorge, die seit Tagen heimlich in ihrem Hinterkopf saß, versuchte, sich bemerkbar zu machen. Sie ignorierte sie, wie sie es bisher getan hatte, und summte stattdessen, während sie darauf wartete, dass sich die Kanne füllte. Alles war gut.

Gil sang. Gil war glücklich. Ihr ging es gut.

Bert kam an den Zaun, steckte seinen knochigen kleinen Kopf durch das Törchen und beobachtete sie mit wachsamen Augen. Er hatte sich gut in seinem Gehege eingelebt, wo er glücklich jeden Busch und jedes Kraut verschlang, das er finden konnte. Sie hatten das Seil am Tor durch eine Kette ersetzt, die er nicht fressen konnte. Trotzdem hielt Bogie Abstand zum Zaun, wenn er draußen war.

„Böser Bert", sagte Polly.

Als die Kanne voll war, nahm sie ihr Teeglas und trug es und die Gießkanne zur Vorderseite des Hauses, um ihre geliebten Tulpen zu gießen.

Sie war so dankbar, dass Bert sie nicht gefressen hatte, bevor sie ihn in seinen Pferch verbannt hatten. Bald würden sie voller Farbe und Hoffnung erblühen.

Und einem Versprechen.

Marcs Versprechen. Verrückter Kerl, er hatte ihr immer Tulpen geschickt. Sie kamen immer an, sobald er und seine Freunde zu einem Event, einem Rennen, einem Fallschirmsprung abgefahren waren. Was auch immer sie an diesem Samstag taten, er wusste, dass sie besorgt war, dass er sich in Gefahr begab. Der Pflanzkübel mit noch nicht blühenden Tulpen war für sie ein Symbol von ihm.

„Das Leben ist zum Leben da", hatte er immer gesagt. „Die Knospen versprechen, dass meine Liebe immer bei dir ist", hatte immer auf der Karte gestanden. Es implizierte, dass die Blumen dasselbe bedeuteten, auch wenn ihm etwas zustoßen und er nicht mehr da sein sollte.

In gewisser Weise hatte sie diese Tulpen immer gehasst. Aber sie hatte Marc von ganzem Herzen geliebt, und obwohl sie immer gedacht hatte, dass seine Liebe zum Extremsport auf einigen Ebenen egoistisch war, war sie auch Teil seiner Persönlichkeit, die sie liebte. Aus diesem Grund hatte sie es toleriert, und er hatte sie dafür geliebt.

Und jetzt hatte sie ihn nicht mehr, ohne, dass irgendein dummer Extremsport daran schuld gewesen wäre. Doch sie hatte seine Tulpen und sein Versprechen.

Und sie gaben ihr tatsächlich Hoffnung. Deshalb pflanzte sie jedes Jahr weitere hinzu.

Zwischenzeitlich sah sie sie nicht mehr nur als Symbol für Marcs anhaltende Liebe, sondern auch ein Symbol für Gottes Versprechen an sie. Dass er immer für sie da sein würde.

Heute war ein wunderschöner Apriltag, und Polly spürte die Hoffnung, die die Blumen ihr immer brachten, und hob ihr Gesicht der milden Wärme der Sonne entgegen. Das leise Geräusch von Gils Lachen überraschte sie, und sie öffnete ihre Augen und entdeckte sofort Nate und ihren Sohn. Nachdem er zum Frühstück heruntergekommen war, war er früh zu Nate gelaufen, weil er ihm helfen wollte, Zäune zu reparieren. Sie war sich nicht bewusst gewesen, dass sie so nah arbeiten würden. Sie waren den Hügel hinunter und arbeiteten am Zaun, der das Anwesen von der Straße trennte. Während sie zusah, legte Nate seine Hand auf Gils Schulter und zeigte mit seiner anderen Hand auf irgendetwas. Die Geste ließ Pollys Herz höher schlagen.

Sie sahen aus wie Vater und Sohn.

Als Gil zu Nate aufblickte, musste sie nicht in der Nähe sein, um zu wissen, dass Anbetung in seinen Augen lag.

Polly konnte nicht atmen.

Ihr Sohn hatte einen schweren Fall von Heldenverehrung. Und sie wuchs von Moment zu Moment. Er sprach andauernd über Nate.

Es war Nate dies und Nate das.

Nate brachte ihn zum Singen. Nate machte ihn glücklich. Gil lachte wieder, und Polly hatte das Gefühl, dass die Sonne dabei heller schien. Instinktiv ließ sie ihre Hand über die Blätter von Marcs Tulpen streifen, dann gaben ihre Beine nach, und sie sank auf die Stufen. Ihr Herz brach plötzlich in winzige Stücke. Ihr Sohn war glücklich und es war wegen Nate. Aber ihr Herz tat weh um Marcs willen. Jemand anderes bekam die Anbetung, die seine hätte sein sollen.

Und das war dieser unvernünftige Gedanke, der seit Tagen an ihr nagte.

Marc war nicht mehr da. Marc konnte seinem Sohn nicht beibringen, Kühe zu füttern oder ein Pferd zu reiten. Marc konnte seinen Sohn nicht aufwachsen sehen ...

Das kannst du nicht ändern, Pollyanna. Höre auf, dir deswegen den Kopf zu zerbrechen.

Es war nicht so, als würde sie es nicht versuchen. Es war seltsam, dieses beinahe territoriale Bedürfnis, das sie empfand, Marcs Platz im Herzen ihres Sohnes zu bewahren.

Es war nicht leicht zuzusehen, wie sich ihr Sohn weiter von den Erinnerungen seines Vaters entfernte. Sie musste es jedoch. Sie musste. Sie hatte deswegen gebetet. Lange und intensiv.

Gebete konnten wundersame Dinge bewirken. Na ja, fast.

Gebete konnten die Uhr nicht zurückdrehen und ihre Familie wieder zusammenbringen ... und sie musste sich damit abfinden.

Um Gils und ihrer selbst willen.

„Nate."

Nate beobachtete den Jungen, als er genau so das Erdreich um den Pfosten festtrat, wie Nate es ihm gezeigt hatte. Er lächelte und wartete darauf, welche Art von spontaner Frage der Junge diesmal auf ihn abfeuern würde.

Nach dem Spaß, den sie beim Zelten gehabt hatten, empfand er einen ausgeprägten Beschützerinstinkt Gil gegenüber. Nate hatte Polly versprochen, dass er auf Gil aufpassen würde, als wäre er sein eigenes Kind. Und das tat er. Er verdrängte die Schuldgefühle und wusste, dass es unvernünftig war, das Gefühl zu haben, Marc McDonalds Schatz zu stehlen, darum schenkte er Gil seine volle Aufmerksamkeit.

„Was denkst du, Partner?"

„Findest du meine Mom hübsch?"

Nates Hände ruhten auf dem Zedernpfosten, den er in das Loch neben Gil gesetzt hatte. Das war so ziemlich die letzte Frage, die er erwartet hatte. „Deine Mom ist sehr hübsch", antwortete er ehrlich und stellte sich ihre funkelnden grünen Augen und ihre zimtfarbenen Haare vor. „Warum fragst du?"

Gil sah ihn an und stampfte dann mit seinen Stiefeln wieder den Boden fest. „Meine Mom ist großartig. Die beste Mutter der Welt."

Nate lächelte. „Du bist ein kluger Junge, auch wenn du noch so klein bist. Sie liebt dich sehr."

„Ich weiß. Als mein Dad gestorben ist …" Gil hörte auf zu arbeiten und sah Nate direkt an. Seine Augen – Augen, die den ganzen Tag so aufgeregt gewesen waren, waren voller ernsthafter Intensität.

„Mom hat geweint, nachts in ihrem Zimmer, wenn sie geglaubt hat, dass ich schlafe. Doch ich habe mich zu ihrer Tür geschlichen und sie gehört ... und manchmal höre ich sie immer noch.“

Nate war es unangenehm, wenn er so über Pollyanna sprach. Doch er wusste auch, dass Gil ihm vertraute, sonst würde er ihm das nicht erzählen. „Hast du mit ihr darüber gesprochen?“

Gil schüttelte den Kopf. „Ich bin acht, aber Mom glaubt, dass sie mich trauriger machen würde, wenn sie vor mir weint, weil mein Dad gestorben ist.“

Nate entschied, dass der Zaun warten konnte. Er zog seine Handschuhe aus, schob seinen Hut zurück und sah Gil an. „Schau, Gil. Wenn man jemanden verliert, den man sehr lieb hat, hört man nie auf, denjenigen zu vermissen. Manchmal bedeutet das, dass man weinen muss. Sogar Männer wie du und ich. Wie geht es dir? Vermisst du deinen Dad?“

Gil sah nachdenklich aus. „Ich vermisse ihn ... aber ...“ Seine Augen wurden glasig. „Meine Mom sagt, er ist im Himmel, und er beobachtet mich, und er will, dass ich glücklich bin.“

„Und das ist wahr. Wenn du mein kleiner Junge wärst, würde ich wollen, dass du glücklich bist.“

Gil runzelte die Stirn. „Ich denke, mein Dad möchte, dass meine Mom auch glücklich ist.“

Nate bewegte sich auf sumpfigen Boden und war bereit, sich zurückzuziehen und zu fliehen. Doch er wollte das Kind nicht mit einem Thema hängen lassen, über das es offensichtlich mit jemand anderem als seiner Mutter sprechen musste. Und Nate wusste mehr als ihm lieb war, wie es sich anfühlte, der Hinterbliebene zu sein.

„Gil, hör zu, mein Junge." Er hockte sich vor Gil und legte seine Hände auf seine Schultern. „Ich spreche hier aus Erfahrung. Du musst deiner Mom Zeit geben. Aber ich bin sicher, dein Dad möchte, dass sie auch glücklich ist. Ich würde es wollen, wenn sie meine Frau wäre. Das willst du für jemanden, den du liebst."

Gils Augen wurden ernst, dann verzogen sich seine Lippen langsam zu einem Lächeln. „Ich bin froh, dass wir neben dir wohnen."

Nates Herz, das noch vor wenigen Wochen so tot und undurchdringlich gewesen war wie Stein, pochte in seiner Brust und sehnte sich nach diesem Kind. Gott hatte ihm etwas geschickt, das ihm etwas bedeutete.

„Ich bin auch froh, dass ihr neben mir eingezogen seid. Aber wie wäre es, wenn wir jetzt diesen Zaun fertig reparieren?"

Gil grinste. „Okay, Partner. Lass es uns machen."

KAPITEL SIEBZEHN

olly spülte gerade ihre Farbwanne am Außenhahn aus, als sie einen Truck vorfahren hörte. Bert stand auf seinen Hinterbeinen und kaute an den Überresten des Geißblattstrauchs. Der störrische alte Bert hatte sich als der beste Zaunreiniger herausgestellt, den Polly jemals gesehen hatte. Obwohl sie den Geruch des Geißblattstrauchs vermissen würde, würde sie sich keine Sorgen machen müssen, dass sich unerwünschtes gruseliges Kriechgetier an sie oder Gil anschleichen konnten. Sie schauderte, wenn sie nur daran dachte.

Sie stellte das Wasser ab und lehnte die Plastikwanne gegen den Schuppen, als Gil um die Ecke des Hauses gerannt kam.

„Hey, Kumpel." Sie lachte und fing Gil in ihren Armen auf, als er sie fast umriss. Nach dem Tag, den sie gehabt hatte, war sie so glücklich, ihn zu umarmen. Er war gerötet, als er sie schließlich losließ. „Wow, solche Umarmungen hätte ich gerne jeden Tag von dir."

„Du wirst es nicht glauben, Mom. Wir haben ein Neugeborenes gesehen. Ein Neugeborenes! Es hat geschrien und war ganz wackelig auf den Beinen und schleimig … es war so toll."

Sie lachte darüber, wie Gils Freude sich über jeden Zentimeter seines Gesichts ausbreitete. Niemals in einer Million Jahren würde sie es leid werden, ihr Kind zu genießen. Hinter ihm kamen lange Beine und schlammige Stiefel in ihr Blickfeld. Sie blickte auf und fand auch Nate strahlend. Gil holte tief Luft und plapperte weiter, während sich ihre Blicke über seinen Kopf hinweg trafen. Sie konnte sehen, dass Nate Gils Begeisterung genauso genoss wie sie.

„Du hättest es sehen sollen, Mom. Ich dachte, die Kuh würde versuchen, mich zu treten, doch wir haben uns ganz vorsichtig bewegt." Er demonstrierte vorsichtiges Gehen, seine Arme und Beine bewegten sich in Zeitlupe, als er ein paar Schritte machte. „Genau wie Nate es mir gezeigt hat. Ein Kinderspiel, und so hat sie uns ihr kleines Baby genauer ansehen lassen." Er richtete sich auf, und sein Gesichtsausdruck wechselte zu ernsthafter Intensität, so schnell wie das

Umschalten des Fernsehkanals. „Aber Nate sagte, wir könnten ihr nicht ganz vertrauen, weil ihre *Hornmone* ganz durcheinander sind. Also haben wir die Mama im Auge behalten, nur für den Fall, dass sie Angst bekommt."

Polly versteifte sich, und ihr Blick wanderte zurück zu Nate.

„Schau nicht so alarmiert, Pollyanna", lächelte Nate ein. „Wir waren zu keiner Zeit in Gefahr. Ich verspreche es."

Sie entspannte sich ein wenig. Schließlich wusste Nate, was er tat. Und sie wusste, dass er Gil nicht in Gefahr bringen würde.

„Es hört sich so an, als hättest du eine wirklich aufregende Zeit gehabt. Jetzt sag Nate gute Nacht und geh vor dem Abendessen duschen. Wir haben Schmorbraten. Ich hab ihn den ganzen Tag im Schongarer gekocht, wie du es magst. "

Nate hakte seine Daumen in seine Gürtelschlaufen und sah zu, wie Gil im Haus verschwand. „Du hast einen großartigen Jungen, Pollyanna. Ich weiß, dass ich dir das immer wieder sage, doch es ist die Wahrheit. Du und Marc könnt stolz sein."

Sie lächelte. „Danke. Ich denke, ich werde ihn behalten."

Sie war wunderschön. Innen wie außen. „Gute Entscheidung. Wie ist das Streichen heute gelaufen?"

„Gut. Ich habe das Badezimmer im Obergeschoss fertig, einen Jig getanzt und Pepper ein Lied vorgesungen."

Er grinste angesichts des Bildes, das sie in seinen Gedanken gemalt hatte. Er mochte sie so. Glücklich. „Schön. Was kommt als Nächstes?"

„Die Gästezimmer." Sie verschränkte die Arme und neigte den Kopf zur Seite. „Möchtest du mit uns zu Abend essen? Ich habe mehr als genug gekocht."

„Nicht heute Abend, danke." Sein Magen knurrte laut. „Ich muss geschäftlich nach Fort Worth fahren und will meine Eltern besuchen, während ich dort bin. Ich bin bis Donnerstag weg. Ein andermal?"

„Sicher", sagte Polly, und die leise Enttäuschung erschreckte sie ebenso wie die Erleichterung, mit der sie sich verhedderte. Sie hatte einen äußerst emotionalen Tag gehabt. Nach den Emotionen, die sie überwältigt hatten, als sie Nate und Gil am Zaun arbeiten gesehen hatte, musste sie viel beten. Sie hatte nicht alle Antworten, doch sie beschäftigte sich damit. Sie sollte erleichtert sein, dass er die Einladung zum Abendessen abgelehnt hatte. Dass sie es nicht war, war beunruhigend. Auch ihre *Hornmone* mussten durcheinander sein.

„Kannst du bitte aufpassen, dass Gil nicht auf meinen Hof geht, solange ich weg bin? Ich will nicht, dass er sich verletzt und ich nicht da bin, um zu helfen."

„Werd ich tun. Gute Fahrt."

Er nickte, ging, und Polly eilte ins Haus und rief Gil zum Abendessen.

Sie konnte ihn oben mit Pepper sprechen hören. Sie hielt mit ihrer Hand am Geländer inne, um auf seine begeisterte Stimme zu hören, und obwohl sie nicht verstehen konnte, was er sagte, weil seine Tür angelehnt war, hörte sie den Namen Nate zweimal. Es war kaum zu glauben, dass Pepper nicht auch schon angefangen hatte, Nates Lob zu singen. Der Mann hatte einen ziemlichen Eindruck hinterlassen.

„Komm zum Abendessen, Gil", rief sie und ging zurück in die Küche. Kurz darauf hörte sie ihn johlen, als er das Geländer hinunterrutschte. Polly atmete erleichtert auf, als sie hörte, wie seine Stiefel auf den Boden trafen. Noch eine sichere Rutschpartie das Geländer hinunter. Sie biss sich auf die Zunge und schluckte ihre Warnung herunter. So oft wie er es tat, wurde er immer sicherer.

Gil rannte in den Raum, Bogie folgte ihm. „Frisch und sauber, Mom." Er setzte sich auf den Stuhl und legte seine Hände neben seinem Teller auf den Tisch.

„Guter Junge."

Er lachte. „Schau, Mom, Bogie will auch seinen Braten."

Sie lächelte abwesend, als Bogie zu Gils Füßen saß. Gil hatte ihm beigebracht, dass er eine Belohnung bekam, wenn er brav „Sitz" machte. Der junge Hund hatte es noch ein Level weitergetrieben, indem er sich setzte, bevor es ihm befohlen wurde, und starrte ihn erwartungsvoll an.

„Du bist ganz dein Dad. Du kannst wirklich gut mit Tieren umgehen, Gil", sagte sie und löffelte Fleisch und Kartoffeln auf seinen Teller. „Bald wird Bogie mit dir reden wie Pepper."

„Whoa, das wäre zu viel."

Polly lachte und setzte sich. „Soll ich dich oder Bogie bitten, das Tischgebet zu sprechen?"

„Ich bin der Mann im Haus. Ich sage es."

Sie griff nach seiner Hand und liebte ihn so sehr. „Ja, du bist der Mann im Haus." Nachdem er fertig war, sein Gebet kurz, doch süß und aufrichtig, dankte Polly dem Herrn still für ihren kleinen Jungen.

„Weißt du, wie stolz dein Vater auf dich wäre?",

fragte sie. Sie hatte gedacht, das würde ihn zum Lächeln bringen, doch stattdessen runzelte er die Stirn. „Was ist los, Baby?"

Er schob sein Fleisch mit seiner Gabel herum. „Ich vermisse ihn, Mom."

„Ich auch. Aber er würde sich freuen, dass wir mit unserem Leben weitermachen."

„Ja, ich weiß. Aber ich habe heute an ihn gedacht. Manchmal legt Nate seine Hand auf meine Schulter –" Seine Stimme stockte. „– Dad hat das auch getan. "

Polly kämpfte darum, ihre Gefühle in Schach zu halten. „Gil, was Nate angeht."

„Er ist der Beste."

Polly legte ihre Gabel ab. „Gil, es ist schön, dass du ..."

„Ich bin froh, dass wir hierhergezogen sind. Es ist, als hätte ich einen Daddy nebenan. Er sagt, wenn er zurückkommt, wird er mir am Freitag wieder Reitunterricht geben."

Pollys Welt drehte sich. *Oh, Marc.* Sollte es so sein? Jetzt konnte er Marc in einem Atemzug erwähnen und im nächsten über jemand anderen schwärmen. Und irgendwann würde er ihn gar nicht mehr erwähnen. Gil war erst sechs Jahre alt gewesen, als Marc gestorben war.

Die emotionale Achterbahnfahrt dieses Tages wird wohl niemals enden, dachte Polly. Sie schloss die Augen und betete, Gott möge ihr die Kraft geben, zuzusehen, wie ihr Sohn seinen Vater losließ.

Er musste sein Leben leben. Er musste. „Nate hat mir gesagt, dass du ein großartiger Cowboy sein wirst", sagte sie und wollte, dass ihre Stimme fröhlich klang. Noch einmal erinnerte sie sich daran, dass Gil einen guten Mann in seinem Leben brauchte, und wenn es nicht Marc sein konnte ... dann sollte sie dankbar sein, dass Nate in sein Leben gekommen war.

Wenn Nate zurückkam, würde sie sichergehen, dass er verstand, was hier auf dem Spiel stand.

Sie hatte Nate zwischenzeitlich besser kennengelernt und hatte eine hohe Meinung von ihm. Doch es war Gil, an den sie dachte, und sie konnte sich durch nichts den Verstand vernebeln lassen, wenn es darum ging, was für ihn am besten war.

Nate kam am späten Donnerstagabend nach Hause, und als er seine Auffahrt hochfuhr, sah er die Lichter in Pollyannas Haus. Er überlegte, ob er rübergehen und Hallo sagen sollte. Doch er tat es nicht. Sie war die ganze Zeit in seinen Gedanken gewesen, und er war sich nicht ganz sicher, was in seinem Kopf vorging.

Oder in seinem Herzen. Er war sich sicher, dass er bei allem, was mit Pollyanna und Gil zu tun hatte, langsam vorgehen musste. Er sah das Licht flackern und fragte sich, ob sie sich bewegte. Er wollte rübergehen und sie einfach sehen. Ihre Stimmen hören und sich versichern, dass es ihnen in seiner Abwesenheit gut gegangen war. Er wollte in Pollyannas Augen schauen und sehen, ob sie ihn vielleicht auch vermisst hatte. Wie war in so wenigen Wochen eine solche Bindung zu ihr gewachsen? Und *Bindung* war untertrieben. Während seiner Abwesenheit hatte er gemerkt, dass er Gefühle für sie hatte. Mehr, als er es für möglich gehalten hatte.

Langsam. Er musste das langsam angehen.

Alle Beteiligten konnten verletzt werden, wenn er es nicht tat.

Gil kam am nächsten Nachmittag direkt nach der Schule vorbei und am Samstagmorgen wieder. Doch Pollyanna hatte er nicht gesehen. Gil berichtete ihm, dass sie strich.

Am Sonntag wollte Nate eigentlich zur Kirche gehen ... sogar zur Sonntagsschule, wenn es bedeutete, dass er endlich Pollyanna sehen würde. Doch eine seiner Kühe hatte Schwierigkeiten beim Kalben, und er verpasste den Gottesdienst, während er ihr half. Er hatte sogar Susan Nash rufen müssen, damit sie ihm half. Bis sie gekommen war, war es ihm jedoch selbst gelungen, das Kalb zu drehen und zu retten. Sie hatte sich um die Mutter gekümmert und das Baby untersucht, und bevor sie gegangen war, hatte sie ihn erneut nach einem Date gefragt.

Susan war gar nicht unattraktiv. Sie war eine nette Frau, wenn man ihr eine Chance gab. Doch als er dankend abgelehnt hatte, hatte er fast die gleiche Entschuldigung benutzt, die er ihr gegenüber immer benutzt hatte – dass er nicht bereit war, sich zu verabreden. Doch seine Worte waren in seiner Kehle stecken geblieben. Sie wären eine Lüge gewesen. Bis vor ein paar Wochen wäre es wahr gewesen ... doch jetzt nicht mehr. Er hatte viel darüber nachgedacht, und er war bereit dazu. Doch nur mit einer gewissen zimthaarigen Schönheit, an die er pausenlos denken musste. Die Frage war nur, was würde Pollyanna tun, wenn er sie um ein Date bat?

* * *

Polly konnte ihre Autoschlüssel nicht finden. Offensichtlich war Bogie nicht unschuldig. Sie hatte in den letzten zehn Minuten nach ihren Schlüsseln gesucht und sie würde zu spät kommen, wenn sie sie nicht bald fand. Wo hatte dieser Hund sie versteckt?

Das Geräusch eines Trucks, der die Auffahrt heraufkam, ließ sie zur Haustür gehen. Bogie, der wie eine dicke Katze auf der Rückenlehne des Sofas gelegen hatte, wurde aufmerksam, sprang herunter und trabte zur Tür, sobald sie sie öffnete. Der verrückte Hund war genauso verliebt in Nate wie Gil und erkannte seinen Trucks bereits.

Sie sah zu, wie Nate sich bückte, um den schwanzwedelnden Hund zu streicheln. Und widerwillig gab sie zu, dass ihr Herz seltsame Dinge in ihrer Brust tat. Dass sie genauso begeistert war, ihn zu sehen wie Bogie. Es war fast eine ganze Woche her. Sie war beschäftigt gewesen, seit er von seiner Reise nach Fort Worth zurückgekehrt war, und offensichtlich war er selbst auch beschäftigt gewesen. Sie hatte versucht, sich eine Ausrede auszudenken, um zu ihm zu gehen, doch sie war zur Besinnung gekommen und hatte weitergearbeitet. Lächerlich. Und beängstigend. Und einfach nur besorgniserregend.

Als sie ihn den Weg entlanglaufen sah, vergaß sie, nach ihren Autoschlüsseln zu suchen, und hatte das unheimliche Bedürfnis, ihn zu umarmen. Okay, sie *hatte* ihn vermisst. Freunde vermissten Freunde. Nicht wahr?

Es schien seltsam und unmöglich. Sie kannte ihn

seit einem kurzen Monat und doch schien es eine Ewigkeit zu sein.

„Hi", sagte er, nahm seinen Hut ab und hielt ihn in seinen Händen. Sie trank seinen Anblick so, wie sie den ersten Sommertag nach einem dunklen Winter genießen würde. Er sah sensationell aus. Was in aller Welt war los mit ihr? Sie beobachtete die schwarze Elvis-Locke, die über seine Stirn fiel, und senkte dann ihren Blick auf sein Lächeln. Er hatte so ein herzliches Lächeln. Anders als beim ersten Mal, dass sie ihn getroffen hatte, schien er heutzutage ungezwungen zu lächeln.

„Auch hi, Fremder", sagte sie. Ihre Stimme flatterte wie die Schmetterlinge, die in ihrem Bauch aufstoben.

Er schien tatsächlich unter seiner Bräune rot zu werden. Der Mann hatte vielleicht die weißesten Beine in Texas, doch sein Gesicht und seine Arme waren von seinen Stunden im Sattel tiefgoldbraun. Sie war sich sicher, dass jetzt ein Hauch von Rot in dieser Bräune war, das nichts mit Sonnenbrand zu tun hatte.

Um ehrlich zu sein, hatte sie sich gesagt, dass der Grund, warum sie ihn sehen wollte, darin lag, mit ihm ihre Sorgen darüber zu besprechen, dass Gil eine so enge Beziehung zu ihm aufgebaut hatte, doch als sie ihn ansah, war sie sich nicht sicher, ob das die ganze Wahrheit war.

Gil! „Oh, meine Güte! Tut mir leid, willst du reinkommen? Ich habe meine Autoschlüssel verlegt, und ich muss los und die Jungs von der Schule abholen. Ich muss also wieder rein und nach den Schlüsseln suchen, sonst komme ich zu spät." Sie wirbelte herum.

„Ich könnte dich fahren oder sie für dich abholen."

Sie legte ihre Hand auf die Fliegengittertür. „Oh nein, das kann ich nicht von dir verlangen."

Er setzte seinen Hut wieder auf. „Pollyanna, hol, was du brauchst und komm."

Seine offensichtliche Verzweiflung ließ sie zögern, doch die Jungen mussten abgeholt werden.

„Lass mich eines klarstellen", sagte er. „Du und Gil, ihr seid für mich keine Belastung. Okay?"

Der Blick in seinen Augen traf sie tief. Sie hatte das Gefühl, sie müsse sich bei ihm entschuldigen. „Okay. Tut mir leid und danke. Lass mich nur schnell meine Handtasche holen."

Ein paar Minuten später fuhren sie schweigend die Straße entlang. Polly war in Gedanken versunken und versuchte sich darüber klarzuwerden, wie sie am besten mit ihm reden konnte, nicht nur über Gil, sondern auch über diese ganze verwirrende Sache, die zwischen ihnen geschah.

Sie hatte viel darüber nachgedacht, während er weg war. Und nach allem, was Nate für sie getan hatte, fragte sie sich, ob es ihn verletzen würde, dass sie auch nur glaubte, mit ihm über Gil reden zu müssen. Sie war sich nicht sicher, was er sagen würde ... vielleicht machte sie sich unnötig Sorgen, dass er anfing, Gefühle für sie zu entwickeln.

„Pollyanna", sagte er nach ungefähr fünf Meilen.

„Ja?", sagte sie und fühlte sich sofort dumm bei ihrer nervösen Antwort.

„Ich hab nachgedacht. Die Sache ist, dieses Wochenende ist die Hochzeit von Cassie und Jake. Und du erinnerst dich, dass wir gesagt haben, dass es schwierig ist, solche Veranstaltungen allein zu besuchen."

„Ich werde besser darin. Aber ich weiß nicht, ob es mir jemals gefallen wird." Sogar der Gedanke ließ ihr Herz plötzlich klopfen. Zumindest erklärte sie das plötzliche unregelmäßige Pochen so.

„Ja, ich auch. Ich dachte, ich könnte uns alle zusammen hinfahren."

Sie hatte aus genau diesem Grund nicht vorgehabt, hinzugehen. Ohne, dass jemand schuld daran gewesen wäre, hatte sie sich am Sonntag wieder wie das fünfte Rad am Wagen gefühlt.

Nate bot ihr eine Alternative an. Er schien nervös zu sein.

„Jetzt schau nicht so ängstlich", sagte er, als sie nicht sofort antwortete.

Sie warf ihm einen Blick zu. „Tut mir leid. Ich weiß, es wären nur zwei Freunde, die sich gegenseitig helfen. Nichts mehr. Ich habe mir plötzlich Sorgen gemacht, dass diese Kupplerinnen auf falsche Gedanken kommen könnten. "

Nate nahm seine Augen nicht von der Straße. „Sie werden es überleben."

Seine Fingerknöchel am Lenkrad waren weiß. Das war auch für ihn nicht leicht. „Okay, ich gehe hin." Sie nickte, als er sie zur Bestätigung ansah. „Also erzähl mir von deinem Trip", sagte sie und wechselte das Thema. Und sie war wirklich interessiert an dem, was er getan hatte, seit sie ihn das letzte Mal gesehen hatte. Es schien ewig her zu sein.

Er lächelte, wahrscheinlich erleichtert, und erzählte ihr von seiner Familie. Sie hörte ihm gerne zu, wie er über seine Eltern und seinen Bruder sprach.

„Was?", fragte er, nachdem er ihr erzählt hatte, wie seine Mutter all seine Lieblingsspeisen zubereitet hatte, weil sie sich Sorgen machte, dass er nicht richtig aß und dass sie ihn mit einer Kühlbox voller Aufläufe nach Hause geschickt hatte.

„Was?", fragte er erneut, als Polly ihn weiter anstarrte, nachdem ihr Kichern verstummt war.

„Ich dachte nur, dass Mütter nie aufhören, sich Sorgen zu machen. Und ich wette, sie hat recht, du isst nicht gut, oder?"

Er warf ihr einen Blick zu. „Und woher willst du das wissen?"

„Nur eine gute Vermutung. Als du neulich in meinem Haus warst, hat dein Magen geknurrt. Bist du nach Hause gegangen und hast gegessen? Und was hast du zu Mittag gehabt?"

Er beobachtete die Straße. Sein Kiefer bewegte sich, dann richtete er seinen Blick wieder auf sie. „Ich habe vergessen, zu Mittag zu essen, ich war beschäftigt. Und ja, ich bin nach Hause gegangen und habe ein Erdnussbuttersandwich gegessen."

„Tust du das oft?"

Sein Gesichtsausdruck verhärtete sich. „Was soll dieses Fragespiel?"

„Ich weiß nicht. Vielleicht solltest du anfangen zu kochen. Ich weiß, wenn ich nicht an Gil denken müsste, würde ich wahrscheinlich auch nicht richtig essen. Aber Gil zu haben macht mir bewusst, dass ich richtiges Essen brauche. Er gibt mir den Anker, den ich brauche. Ich habe mir nur Sorgen gemacht ...“

Die Schule kam in Sicht. „Mach dir keine Sorgen um mich, ich komme schon zurecht. Ich habe schon eine Mutter. Ich brauche nicht noch eine.“

„Hey, jetzt sei nicht so. War nur eine Beobachtung.“

„Ja, lass das bitte.”

Der Ärger in seinem Ton schockierte sie. „Sind wir heute aber gut gelaunt.”

Mit finsterer Miene bog er auf den Parkplatz ein. Polly entdeckte Max und Gil sofort. Sie standen bei einer Gruppe von Kindern, lachten und redeten.

„Nate.”

Er sah sie nicht an. Stattdessen beobachtete er Gil.

„Was?”, fragte er nach kurzem Zögern, immer noch gereizt.

Etwas störte ihn wirklich, erkannte sie. Er war angespannt. Was genau ging in seinem Kopf vor? Sie starrte ihn an und stocherte nach dem Grund für seine plötzliche schlechte Laune.

„Sie würde wollen, dass du dein Leben lebst. Und dass du richtig isst und auf dich aufpasst. Dass du eine andere Frau findest.“

Ein Schatten der Wut verdunkelte seine Augen. „Du weißt nicht, was sie will.”

Irrational hatte Polly plötzlich das Bedürfnis, nicht

nachzugeben. „Doch, das weiß ich. Wenn ich anstelle von Marc bei dem Autounfall ums Leben gekommen wäre, würde ich wollen, dass er wieder glücklich wird. Ich würde mir wünschen, dass er wieder jemanden heiratet, mit dem er sein Leben teilen kann. Jemanden, der sich um ihn kümmert."

„Was ist das für eine Besessenheit von dir, dass Männer jemanden brauchen, der sich um sie kümmert? Was ist mit dir?"

Gil und Max rannten auf sie zu.

„Mit mir? Das ist anders. Aber du, Männer im Allgemeinen … Gott hat Männer mit einer Gefährtin geschaffen."

Wut blitzte in seinen Augen auf. „Ich hatte eine. Er hat sie mir genommen. Können wir bitte *nicht* darüber reden?"

Polly öffnete ihre Tür, sprang aus dem Truck und ließ die Jungen einsteigen. Es war nicht nötig, dass Nate sich Sorgen machte, dass sie ihre Unterhaltung fortsetzen würden. Max und Gil waren so aufgeregt, dass Nate gekommen war, um sie abzuholen, dass sie den ganzen Weg nach Hause ohne Unterbrechung plapperten. Zum Glück waren sie sich der Spannung zwischen Polly und Nate überhaupt nicht bewusst.

Es gab Polly Zeit, sich zu fragen, was in aller Welt sie sich dabei gedacht hatte.

Wer war sie, zu versuchen zu bestimmen, wie Nate sein Leben lebte? Und was bildete sie sich ein, ihm zu sagen, dass er wieder heiraten musste? Wenn er das zu ihr gesagt hätte, wäre sie auch wütend geworden.

Polly beobachtete ihn mit ihrem Sohn und seinem Freund, beantwortete ihre Fragen und lachte über ihre Witze. Nate strahlte, wenn Gil da war. Es geschah von einem Moment zum anderen, und die Gefühle waren gegenseitig.

Sie schienen von Anfang an eine Bindung gehabt zu haben. Also da war das. Ihre Argumentation, sich in Nates Leben einzumischen, war, dass er ein Freund für sie und Gil war und Freunde sich umeinander Sorgen machen sollten. Oder etwa nicht?

Und sie hatte das Recht dazu, wenn er ein wichtiger Mensch in Gils Leben werden würde. *Würde* er ein wichtiger Mensch in Gils Leben sein?

Würde sie sich raushalten und das Spiel so laufen lassen, wie es vorherbestimmt war?

Ja. Trotz ihrer Sorgen und Ängste würde sie es tun müssen. Nate *war* bereits ein wichtiger Mensch in Gils Leben.

KAPITEL ACHTZEHN

Es war ein langer Tag gewesen. Nachdem er Pollyanna und die Jungen zu ihrem Haus gebracht hatte, hatte er den Rest des Nachmittags damit verbracht, nach einem verlorenen Kalb zu suchen. Dann hatte er Löcher für Zaunpfähle gegraben, bis es dunkel wurde. Gil hatte mitkommen wollen, doch er hatte das Bedürfnis gehabt, allein zu sein. Er hatte die Anstrengung gebraucht, die gedankenlosen Wiederholungen und die harte Arbeit, die ihn erschöpft und keinen Raum für Gedanken gelassen hatte.

Doch die Gedanken hatten einfach gewartet. Sie hatten in dunklen Ecken seines Verstandes gelauert und überfielen ihn, sobald er seine Schaufel abgelegt hatte. Da er wusste, dass es sinnlos war, seinen Dämonen weiter davonzulaufen, stapfte er in seine leere Küche und kochte eine Kanne starken Kaffee.

Dann ging er mit einer heißen Tasse in der Hand hinaus und setzte sich in seine Schaukel.

Seine und Kaylas Schaukel.

Er hatte sie ihr zum Valentinstag geschenkt, und sie hatten viele Abende darauf nebeneinander verbracht, Kaffee getrunken und den Sonnenuntergang beobachtet. Drei Jahre lang trank er nun schon allein in ihrer Schaukel Kaffee und beobachtete einen endlosen Sonnenuntergang nach dem anderen.

Langsam fing er an, Sonnenuntergänge zu hassen.

Heute Abend war die Sonne bereits untergegangen, und er starrte mürrisch über die in Mondlicht getauchte Weide und spürte den starken Zug der Einsamkeit, der mit jedem Tag schwerer wurde. Er vermisste Kaylas Berührung, er vermisste ihr Lachen, doch am allermeisten vermisste er ihre Gespräche. Etwas, das man so leicht für selbstverständlich halten konnte … der einfache Akt, seinen Alltag mit dem zu teilen, den er liebte.

Er sehnte sich wieder danach.

Pollyanna schlich sich in seine Gedanken, wie sie es immer und immer wieder getan hatte. Er rollte die leere Tasse zwischen seinen Händen, stand auf und ging auf und ab. Er war heute irrational wütend geworden.

Er hatte die Hochzeit als Ausrede benutzt, um die

Lage zu peilen. Er hatte gedacht, er würde sie zu einem Date einladen. Das Letzte, was er von Pollyanna wollte, war, dass sie ihn bemutterte. Er rieb sich seine Augen, bevor er sich mit der Hand über das Gesicht fuhr.

Sie hatte ihn mit einem so erschrockenen Ausdruck angesehen, dass er einen Rückzieher gemacht und ihr gesagt hatte, dass er mit ihr nur als Freunde dorthin gehen wollte.

Feigling.

Wem versuchte er etwas vorzumachen? Er würde nicht einmal wissen, was er auf einem Date tun sollte. Es war zehn Jahre her, seit er Kayla um das erste Date gebeten hatte. Er war ziemlich eingerostet. Und was machte das schon? Pollyanna war nicht an einem Date interessiert. Er lehnte seinen Kopf zurück und stieß einen langen, frustrierten Seufzer aus. Er war müde.

Er war es leid, Abend für Abend hier auf der Veranda zu sitzen mit nichts als Erinnerungen.

Sein Herz begann vor Schuldgefühlen zu pochen. Er schloss die Augen und konnte fast Kaylas Hand an seinem Herzen fühlen. Fast. Heute Abend schien sie weit weg zu sein, am Rande seiner Erinnerung. Es war in den letzten Wochen langsam passiert.

Nate war nie ein Feigling gewesen. Doch er fühlte sich jetzt wie einer. Und er war sich nicht sicher, wovor er Angst hatte. War es das, worüber Pollyanna gesprochen hatte? Dass Kaylas Erinnerung sich immer weiter entfernen würde? Dass sie wie ein Schatten im Nebel werden würde? Und dass er nichts dagegen tun konnte?

Oder wusste er tief im Inneren, dass es Zeit für ihn war, den Schritt zu wagen? Dass es Zeit für ihn war, Kayla und seine Schuld nicht mehr als Krücke zu benutzen. Sie würde wollen, dass er wieder heiratete.

Ja. So war es.

Als er in den dunklen Himmel starrte, fühlte sich sein Herz verdreht und so unstet an wie die Wut eines Tornados, der über offenes Gelände rast.

Kayla war seit drei Jahren weg. Er hatte das Gefühl, sich seitdem zusammengerollt und in einem Winterschlaf befunden zu haben. Pollyanna und Gil hatten das geändert.

Er wollte sie. Ohne Schuldgefühle. Er wollte sie.

So einfach war das. Doch sie gehörten nicht ihm, es sei denn, Pollyanna konnte Marc loslassen.

Es sei denn, sie verliebte sich in ihn so, wie er sich in sie verliebt hatte.

Er ließ das Eingeständnis auf sich wirken. Er liebte Pollyanna McDonald. Und es hatte nichts von seiner Liebe zu Kayla genommen.

Das war das Erstaunliche.

Doch konnte Pollyanna jemals so fühlen? Nate konnte nur beten, dass Gott ihr Herz öffnen möge.

Am Samstagnachmittag wartete Pollyanna zu Peppers Gesang von „Jesus liebt Pepper" nervös auf Nates Truck, als er ihre Auffahrt hinauffuhr. Er kam, um sie für die Hochzeit abzuholen. Nachdem sie ihn so wütend gemacht hatte, war sie sich nicht sicher gewesen, ob er sie noch mitnehmen wollte, doch er hatte am Freitag angerufen, um sich für sein schlechtes Benehmen zu entschuldigen, und ihr versichert, dass er sie zur Hochzeit begleiten wollte, wenn sie es noch wollte. Sie hatte ihm vergeben, bevor er angerufen hatte. Doch es gefiel ihr, dass er sich entschuldigt und ihr erklärt hatte, dass er, wie sie bereits angenommen hatte, viel im Kopf hatte und es nicht sie war, deretwegen er frustriert war, sondern er selbst. Doch was hatte sie überhaupt gedacht?

Der Mann musste besser essen. Er brauchte jemanden, der sich um ihn kümmerte, doch was ging sie das an?

Sie war sich sicher, dass jemand in sein Leben kommen würde, der sich gerne um Nate sorgen würde. Polly dachte an Susan Nash. Die Tierärztin würde es sicher gern tun.

Bogie kam um die Ecke der Küche geschossen und signalisierte lautstark, dass Nate die Auffahrt heraufkam. Der Aufruhr, den er begann, versetzte Pepper in Hysterie, und Pollys Herz schloss sich der plötzlichen allgemeinen Aufregung an. Als sie zur Tür ging, legte sie eine Hand auf ihren mulmigen Bauch und bemerkte erst in diesem Moment, wie nervös sie war, zur Hochzeit zu gehen. Oder war es, weil sie mit Nate hingehen würde? Denn trotz aller Argumente, die sie fürs Hingehen gefunden hatte, schien das für sie fast ein erstes Date zu sein.

Natürlich wusste sie, dass es nicht so war. Auch wenn sie dachte, es wäre gut für Nate, eine Frau zu finden – es ging sie nichts an. Nate dachte nicht mehr übers Daten nach als sie ... also, was war los mit ihr?

Als sie ihn den Weg hinaufkommen sah, schaltete ihr Verstand ab.

Der Mann ist atemberauben war das Einzige, was sie dachte, als sie ihm die Tür öffnete. Sie holte tief Luft und kämpfte darum, entspannt zu klingen. „Meine Güte, Mr. Talbert. Ich erkenne dich ja gar nicht wieder." Hörte sich das nach Flirten an? Hatte sie gerade mit Nate geflirtet? Polly spürte, wie purpurrote Hitze ihren Ausschnitt emporkroch.

Was war los mit ihr? Er würde sie für einen

Trottel halten. Sie rieb ihren Hals. Die Spannung in der Luft ließ ihre neckende Bemerkung wie einen schlechten Witz im Raum stehen.

Natürlich half es nicht, dass sie ihn anstarrte, als wäre er der letzte Mann auf Erden. Sie hatte ihn schon einmal für die Kirche gut angezogen gesehen.

Doch – dachte sie zu ihrer Verteidigung – heute trug er schwarze Jeans und einen Stetson und ein weißes Hemd unter einem taubengrauen Blazer. Doch es war der eindringliche Ausdruck in seinen Augen, der jede Frau zum Schmelzen bringen würde. Sie hatte diesen Blick noch nie gesehen, und er brachte ihr Innerstes zum Flattern, und ihr Mund wurde trocken.

Dann nahm er seinen Hut ab und legte sein welliges schwarzes Haar frei. Seine Lippen verzogen sich zu einem Lächeln. „Miss McDonald, ich könnte dasselbe über dich sagen, nur, dass es dir nicht gerecht werden würde."

Sie berührte ihre Schläfe, gefangen von dem Ausdruck in seinen Augen. „D-du kannst es trotzdem sagen." Sie schluckte schwer und strich sich eine Haarsträhne hinters Ohr. Ihre Finger zitterten. Ihr Magen auch.

Seine Augen wanderten über sie. „Du siehst atemberaubend aus."

Okay, auch ihre Knie fingen an zu zittern. Und ihr Innerstes.

Etwas hatte sich zwischen ihnen geändert, und sie bildete sich das nicht nur ein.

Das Wissen ließ sie am Rand eines Abgrunds balancieren und spüren, wie der Boden unter ihren Füßen bröckelte.

„Hey, Mom", rief Gil und kam das Geländer hinuntergerutscht. Er landete so geschickt wie eine Katze. „Warum muss ich dieses steife Hemd tragen? Es kratzt."

Polly zuckte zusammen, als wäre sie bei etwas Verbotenem erwischt worden, und drehte sich zu Gil um. Sie zwang sich zu antworten und betete, dass sie normal klang. Sie sah Nate nicht an.

„Gil ist der Meinung, dass er außer am Sonntagmorgen kein Hemd tragen müssen sollte, doch selbst da ist er nicht besonders scharf darauf."

Sie konnte Nate nicht in die Augen sehen, doch sie warf einen Blick in seine Richtung und bemerkte, dass er an seinem Kragen zog.

Also war er auch nervös.

„Wo er Recht hat ", antwortete er heiser. Polly konnte nicht anders, als ihn jetzt anzusehen. Er schluckte schwer, begegnete ihrem Blick und wandte seine Aufmerksamkeit dann Gil zu. „Aber es ist ein besonderer Anlass, Partner." Gil sah ihn stirnrunzelnd an. „Cassie und Jake heiraten, und wir machen uns für sie schick. Das macht man an besonderen Tagen. Und wenn zwei Menschen das Glück haben, die Liebe zu finden, dann ist auf jeden Fall Zeit zu feiern." Er sah Polly an.

„W-wir sollten besser los", stotterte Polly und trieb Gil aus der Tür. Nates Hand auf ihrem Arm hielt sie auf der Schwelle auf.

„Pollyanna."

Ihr Herz pochte, als sie zu ihm aufsah. Er beobachtete sie. „Du hast vollkommen Recht", sagte sie leise und fand ihren Blick auf seine lächelnden Lippen gerichtet. Er kannte die Kraft der Liebe und einer tiefen Bindung. Und die Schönheit der Zeremonie, die besagte, dass diese Liebe heilig war.

„Ich weiß. Wollen wir?"

Er ging voran zu seinem Truck. Nachdem Gil auf den Rücksitz geklettert war, streckte Nate seine Hand nach Pollyannas aus. Sie legte ihre Hand in Nates und vergaß, sich zu bewegen. Sie stand einfach zwischen ihm und der offenen Tür und spürte die Wärme seiner Hand, die sicher um ihre lag. Er regte sich auch nicht. Eine Hand hielt ihre, die andere lag auf ihrem Rücken, bereit, sie beim Einsteigen zu stützen. Ihr Kopf fühlte sich leicht an, sie schluckte langsam und hob besorgte Augen zu seinen. Sie fragte sich, ob er ihr Herz pochen hören konnte. Fragte sich, ob er sie ansehen und wissen konnte, dass sie plötzlich den Halt verloren hatte und kopfüber ohne Netz und doppelten Boden abstürzte.

KAPITEL NEUNZEHN

Der Parkplatz der kleinen weißen Kirche war voll. Wie immer rannte Gil sofort los, um Max zu finden, und ließ Polly und Nate allein zur Kirche zu gehen. Aufgrund des Andrangs mussten sie auf der Straße parken.

„Das ganze County muss hier sein", sagte Polly und zog den Riemen ihrer Handtasche über ihre Schulter. Die Handtasche hatte perfekt gehangen, doch das Zurechtrücken des Riemens gab ihr eine Ausrede, ihre Hand aus Nates zu ziehen, nachdem er ihr beim Aussteigen geholfen hatte. Er ließ seine Hand unter ihren Ellbogen gleiten und führte sie die Straße entlang. Seine Berührung brachte ihr Gehirn durcheinander.

„Alle lieben Jake und Cassie. Sie freuen sich sehr über diesen Schritt in ein gemeinsames Leben. Ich bin froh, dass wir hier sind, um ihnen alles Gute zu wünschen." Er blieb an den Stufen der Kirche stehen und sah Polly an. „Danke, dass du heute mit mir gekommen bist."

„Gerne. Ich beneide sie darum, dass sie am Anfang stehen. Ich erinnere mich gut daran, als ich mich so glücklich und voller Träume gefühlt habe", sagte Polly und sah Nate in die Augen. Erschüttert von der Intensität, die sie dort sah, ging sie die Stufen hinauf. Er hielt sie an und zog sie herum, damit sie ihn wieder ansah. Als er seinen Arm um ihren Rücken legte und sie langsam an sich zog, schlug ihr Herz so schnell, dass ihr schwindelig wurde.

„Pollyanna ...", begann er, während sein Blick sie durchbohrte. „Du bringst mich dazu, wieder träumen zu wollen. Diese Schritte zu machen ..."

„A-hem." Applegate Thornton räusperte sich und steckte den Kopf aus der Tür. „Kommt ihr zwei rein, oder wollt ihr den ganzen Tag da draußen rumstehen?"

Polly sprang beinahe von Nate weg und wusste, dass Applegate genoss, was er gerade gesehen hatte. Das Funkeln in seinen Augen war zu hell und das Zucken seiner Mundwinkel zu offensichtlich.

Was war gerade zwischen ihnen passiert? Pollys Gedanken rasten. Nate hatte fast so ausgesehen, als wollte er ... als wollte er sie küssen. Und sie hatte auf das reagiert, was sie in seinen Augen gesehen hatte. Seine Worte.

Erschüttert, doch um Gelassenheit bemüht, ließ sie seine Worte auf sich wirken. Sie brachte ihn dazu, träumen zu wollen.

Das hatte er gesagt. Was bedeutete das genau?

Als sie die Brautleute sah, die an der Tür des Sonntagsschulgebäudes warteten, winkte sie und war begeistert von der strahlenden jungen Frau in ihrem weißen Hochzeitskleid.

„Hallo, ihr zwei", rief Max' Mutter, als sie zu ihnen eilte. „Wir sind so froh, dass ihr beide hier seid. Polly, Gil sitzt bei Max, ich habe sie nur schnell platziert, da ich Brautjungfer bin und Dottie die Trauzeugin ist und nicht bei ihnen sitzen kann. Aber vielleicht kannst du ja bei ihnen sitzen? Nur für den Fall, dass sie auf dumme Ideen kommen?"

Polly nickte, froh, abgelenkt zu sein, doch mehr als bewusst, dass Nate nähergekommen war. „Sicher", brachte sie heraus.

„Großartig, wir sehen uns dann später", sagte Rose und eilte zu den anderen zurück.

„Wollen wir?", fragte Nate und beugte sich so nah, dass sein Atem ihr Ohr kitzelte und ihren Hals hinunter spürbar war.

Polly drehte sich um und nahm den Arm, den er

anbot, ohne seinem Blick zu begegnen. Sie fühlte sich so unbehaglich, dass sie in der Kirche waren, bevor sie überhaupt bemerkte, dass sie sich bewegten.

Die Kirche war gut gefüllt, und die Bank, auf der die Jungen saßen, war so voll, dass sie sich wie Sardinen fühlten, als sie neben sie rutschten.

Als Nate seinen Arm auf die Rückenlehne hinter ihren Schultern legte, redete Polly sich ein, dass er es nur tat, weil auf der Bank, die für zehn Leute ausgelegt war, zwanzig saßen. Doch sie war sich des Mannes neben ihr mehr als bewusst. Und seine Worte wollten nicht aufhören, in ihrem Kopf zu kreisen. Es war schlimmer als Pepper, der sich dauernd wiederholte.

Es war eine schöne Zeremonie, obwohl Polly von Nates Nähe abgelenkt war. In dem Moment, als Bob Jacobs anfing, ein Liebeslied für das Paar zu singen, wurden alle still. Seine erstaunliche Stimme bereitete die Bühne für eine Hochzeitszeremonie, die so süß war, wie Polly es noch nie gesehen hatte. Sie brachte wertvolle Erinnerungen an ihre eigene Hochzeit mit sich. Und den Wunsch nach mehr.

Max und Gil hatten sich benommen und nur ein wenig gekichert, als Pastor Allen Jake und Cassie zu Mann und Frau erklärte. Doch Polly stiegen die Tränen in die Augen.

„Stimmt was nicht, Mom?", fragte Gil und sah zu ihr auf.

„Nein, nein, Honey. Alles okay.”

Er verzog das Gesicht und sah Max an. „Mädchen sind komisch.”

„Ja, aber sie riechen gut.”

Polly tupfte sich die Augen, als die Jungen über sie und Nate kletterten, aus der Seitentür eilten und auf die langsame Prozession verzichteten, die Braut und Bräutigam hinter sich her zogen.

„Man kann sehen, dass Max ein paar Jahre älter ist als Gil”, sagte Nate und lehnte sich dicht an ihr Ohr. Wieder flüsterte sein warmer Atem über ihre Haut und ließ sie prickeln. Sie erschauerte angesichts der Art und Weise, wie dieses Bewusstsein für Nate erwacht war. Ihr Kopf fühlte sich schwindelig an und wegen der vielen Gäste war es heiß in der Kirche. Trotzdem erschauerte sie erneut.

„Ist dir kalt? Du siehst blass aus“, fragte Nate und schien sich der Auswirkungen, die er auf sie hatte, überhaupt nicht bewusst zu sein.

„Mir geht's gut. Ich brauche nur ein bisschen frische Luft.“

Er sah besorgt aus, nahm ihren Arm und führte sie zur Seitentür hinaus. Polly holte tief Luft und hoffte, dass es helfen würde, die seltsamen Gefühle in ihr zu lindern. Sie wusste, dass es einfach an den Emotionen lag, daran, die Hochzeit zu beobachten und sich an ihre zu erinnern. Das war es auch.

„Hey, ihr zwei", rief Lacy und eilte auf sie zu. „Ihr kommt mit zum Gemeindezentrum, oder?"

Polly nickte und Nate auch. Lacy grinste. „Gut, nein, großartig. Wir sehen uns dort. Übrigens", rief sie über ihre Schulter, „ihr zwei seht wirklich schick zusammen aus."

Wie ein Wirbelsturm rannte Lacy zu Norma Sue und Esther Mae, die als erste die Kirche verlassen hatten, um der Menge zu entkommen und sicherzustellen, dass alles für den Empfang bereit war. Adela war nicht mit ihnen gegangen, denn sie spielte Klavier.

Polly dachte über alles nach und versuchte, sich nicht auf das zu konzentrieren, was Lacy gerade gesagt hatte. Sie wusste bereits, dass sie und Nate nett zusammen aussahen. Mit Nate sah man immer fantastisch aus. Der Mann war eine wandelnde Parfumwerbung. Mit oder ohne Stetson. Doch ein Paar waren sie nicht.

Könntet ihr aber sein.

„Mom, kann ich mit Max fahren?", fragte Gil plötzlich neben ihr. Er war so schnell angerannt gekommen, dass er mit ihr zusammenstieß. Wenn Nate nicht schnell reagiert und sie aufgefangen hätte, wären beide am Boden gelandet. Doch er schlang seine Arme fest um sie und hielt sie aufrecht.

„Langsam, Partner", sagte er und hielt Polly fest, während sie Gil festhielt.

Seine Arme waren stark, und sie spürte, wie sein Herz gegen ihre Schulter schlug, als sie zu ihm aufblickte und dann zurück zu ihrem Sohn. Gils Augen funkelten verschmitzt.

„Entschuldigung", sagte er. „Aber kann ich bitte?"

Wenn Polly es nicht besser gewusst hätte, hätte sie glauben können, er hätte sie absichtlich umgerannt. Doch ihr Gehirn feuerte nicht auf allen Zylindern, da sie die Balance verloren hatte, weil Nate sie immer noch in seinen Armen hielt.

Polly nickte kaum, doch das war genug für Gil. Er rannte davon und rief ein knappes Danke über seine Schulter. Sie trat sofort von Nate zurück.

„Stimmt was nicht?"

Polly verschränkte angespannt ihre Arme. „Nein. Alles gut." Sehr überzeugend.

„Ich weiß, dass du zum Empfang gehen willst, aber vielleicht können wir uns ein bisschen die Füße vertreten, bevor wir da hingehen?"

Gehen bedeutete mehr Zeit mit ihm. Zeit allein. Polly begegnete seinem Blick, und ihre Nägel bohrten sich in ihren Bizeps. „Sicher."

Nein, nein, nein!, kreischte ihr gesunder

Menschenverstand. Nate lächelte und hakte seine Daumen in die Gürtelschlaufen seiner Jeans, wodurch sein Wildlederjackett an seinen schmalen Hüften flatterte. Er sah entspannt und selbstsicher aus.

Polly war weder das eine noch das andere.

Es half nicht, dass sie viel zu viele Details an Nate bemerkte. Wie die Art, wie sich seine Haare im Nacken sanft wellten. Und als sie neben ihm stand, kamen ihre Schultern genau auf die richtige Höhe, damit er seinen Arm bequem darüber legen konnte ... ein Gedanke, der sie umso mehr an das Wohlbehagen erinnerte, das sie in Marcs Armen gespürt hatte. Nur fiel es ihr plötzlich schwer, an Marc zu denken. Und dafür fühlte sie sich schuldig.

Im Grunde war sie eine wandelnde Katastrophe. Und er wollte spazieren gehen!

Was bedeutete, dass er reden wollte.

Sie war sich nicht sicher, ob sie gerade dazu in der Lage war. Ihr Kopf war zu voll. Sie dachte immer wieder darüber nach, was Nate zuvor gesagt hatte. Er sagte, sie habe ihn zum Träumen gebracht. Was hatte er damit gemeint?

„War eine schöne Zeremonie."

Sein sanfter Bariton ließ ein wenig Spannung von ihr abfallen, und sie nickte und trat neben ihn, als er zur Seite der Kirche schlenderte. Hinter ihnen knirschte Kies, als die Autos vom Parkplatz und in Richtung Stadt fuhren.

„Ich vermisse die Unbeschwertheit, die ich empfunden habe, als ich vor dem Altar gestanden habe."

Polly sah ihn an. „Seid du und Kayla lange in die Kirche hier gegangen?"

Er nickte. „Ich habe Kayla an der Uni kennengelernt. Sie hatte unser Haus von ihren Großeltern geerbt. Doch sie hatten es jahrelang nur als Wochenendhaus genutzt, und es war ziemlich heruntergekommen, als wir beschlossen haben, uns hier niederzulassen. Wir haben es geliebt ... junge Träume. Die hatten wir, als wir hier in die Kirche gegangen sind und unser Haus renoviert haben."

Polly verstand diese Träume. Sie war nach Mule Hollow gekommen, um ihre und Marcs „junge Träume" zu erfüllen. Von welchen Träumen hatte er vor der Hochzeit gesprochen? Wollte er damit sagen, dass er seine Träume mit ihr *teilen* wollte?

„Können wir uns kurz hinsetzen?", fragte Nate, als sie zu einer Parkbank kamen, die neben dem kleinen Spielplatz stand.

„Warum nicht?"

Sie warf einen Blick auf die eiserne Bank. Sie schien viel zu klein, doch sie hätte albern ausgesehen, wenn sie sich auf die Armlehne gesetzt hätte. Sie brachte ein Lächeln zustande und ließ sich so lässig wie möglich neben Nate nieder. Nicht gerade einfach, da sein Arm auf der Rückenlehne lag und sein Oberschenkel ihren berührte. Wieder einmal war sie sich seiner als Mann mehr als nur ein bisschen bewusst. Nicht irgendein Mann, sondern ein Mann, den sie ...

„Können wir etwas versuchen?", fragte er und unterbrach den Gedanken, den sie nicht ganz greifen konnte.

Sie sah ihn an, angezogen von seinen dunklen Augen. Er bewegte sich so, dass sein Arm nicht mehr hinter ihr auf der Bank lag. Stattdessen ruhte seine Hand genau zwischen ihren Schulterblättern. Sie konnte die Spannung in seinen Fingern durch den dünnen Stoff ihres Kleides spüren.

„Ich weiß, dass die Hochzeit für uns beide eine sentimentale Reise war. Aber können wir den Rest des Nachmittags damit verbringen, nicht an unsere Vergangenheit zu denken?"

Marc und Kayla. Polly versteifte sich.

„Bitte verspann dich nicht wieder, Pollyanna. Du hast bei mir nichts zu befürchten."

Polly war sich nicht so sicher. Sein Daumen streichelte sanft die Stelle, an der er ihren Rücken berührte, und sie spürte die Sanftheit bis zu ihren Zehen. Sie begegnete seinem Blick und sah darin die Intensität, die sie gesehen hatte, als sie sich vorhin der Kirche genähert hatten. Die Anziehung war stark, magnetisch, und sie beugte sich ein wenig zu ihm.

„Du bringst mich dazu, mein Leben weiterleben zu wollen. Ich bitte dich nur darum, dass wir da rausgehen und es versuchen."

„Versuchen." Polly biss sich auf die Lippe. Konnte sie das?

Er nickte erneut. „Sie wollen, dass wir zumindest versuchen, unser Leben weiterzuleben."

Ihre ganze Welt drehte sich um diese Worte. *Leben weiterleben.* Sie holte tief Luft. Marcs Worte hallten in ihren Gedanken wider. „Das Leben ist zum Leben da." Er hatte es immer und immer wieder gesagt, wie ein Mantra. Sie blinzelte das brennende Gefühl zurück, das hinter ihren Augen aufstieg. Sie hätte nie gedacht, dass sie es überhaupt versuchen wollte, nachdem sie Marc so sehr geliebt hatte ... doch sie hatte auch nie gedacht, dass sie jemandem wie Nate begegnen würde.

Diese beunruhigenden Gefühle hatten sich einfach so eingeschlichen. Und sie erschreckt. Und was war daran neu? Alles erschreckte sie.

„Das Letzte, was ich tun will, ist, dich zu

verletzen", sagte sie. „Aber viel mehr noch will ich, dass Gil nicht noch mehr leidet, als er es ohnehin schon getan hat. Ich mache mir schon Sorgen wegen der engen Bindung, die er zu dir hat. Wenn ..." Sie wandte den Blick ab. Nate nahm ihre Hand in seine, drückte sie sanft und lenkte ihren Blick auf sich.

„Ich würde Gil niemals verletzen. Oder dich."

Polly erforschte seine Augen. „Das ist ein Versprechen, das keiner von uns geben kann. Das wissen wir beide."

„Das ist wahr. Aber sind die Risiken es wert? Ich denke schon. Ich denke, du und Gil seid es wert."

Polly hatte das nicht erwartet, als sie nach Mule Hollow gezogen war. Sie hatte erwartet, sich in das Leben, das ihr gegeben worden war, einzuleben und sich damit zufriedenzugeben. Sie hatte nicht erwartet, sich zu ... jemanden zu finden, den sie ... Sie konnte den Gedanken nicht beenden. Konnte sich nicht dazu bringen, die Idee vollständig in ihr Bewusstsein zu lassen. Er konnte am Rande ihres Bewusstseins schweben, doch aus irgendeinem Grund konnte sie ihn nicht denken. Stattdessen schob sie den Gedanken weg und stand auf.

„Wir können es versuchen", sagte sie und streckte ihre Hand aus. Nate stand auf, nahm ihre Hand und zog sie in eine Umarmung.

Er senkte seinen Kopf und flüsterte „Danke" in ihre Haare.

Zitternd schloss sie die Augen und genoss für einen Moment das Gefühl. Die Stärke seiner Arme, den stetigen, sicheren Schlag seines Herzens an ihrer Wange, das warme Gewicht seiner Hand auf ihrer Schulter, als sie sich an ihn schmiegte. Zum ersten Mal seit zwei Jahren fühlte sich Polly sicher und lebendig.

Und hatte Angst.

KAPITEL ZWANZIG

Das Gemeindezentrum befand sich auf der Main Street, gleich neben Sam's Diner, und die Party war in vollem Gange, als Polly und Nate hereinkamen. Jemand sang von der Bühne vor dem Gebäude. Polly staunte über die Stadt, in die sie gezogen war. Sie war so voller Leben. Als sie tief Luft holte und sich unter die Leute mischte – Nate an ihrer Seite – war sie beunruhigt.

„Möchtest du einen Punsch?", fragte Nate und beugte sich zu ihr herunter, damit sie ihn über all das Lachen, Geschwätz und Singen hören konnte.

„Das wäre nett." Ihr Hals war ungewöhnlich trocken.

Nate drückte ihren Ellbogen. „Bin gleich wieder da."

Als sie ihn durch die Menge gehen sah, konnte sie

immer noch nicht glauben, dass sie sich bereit erklärt hatte, diesen Schritt mit ihm zu wagen. Als sie heute Morgen aufgewacht war, war es nicht mit dem Gedanken gewesen, dass sie heute dem Versuch zustimmen würde, ihre Vergangenheit hinter sich zu lassen. Marc zurückzulassen. Trotzdem hatte sie es getan.

Sie stand mitten in der Menge, ohne dass Nate neben ihr stand, um ihre Gedanken zu verwirren, und wunderte sich über sich.

Sie hatte gute, triftige Gründe, sich nie wieder verlieben oder heiraten zu wollen. Doch Nate hatte all diese Gründe überwunden und ihren Kopf und ihr Herz in einen Zustand der Verwirrung versetzt. Sie war sich nicht einmal sicher, ob das wirklich beschrieb, was sie empfand. Sie mochte Nate. Das war nicht zu leugnen. Aber war das alles?

Sie schloss die Augen, allein in einem Meer von Menschen, und die Variablen ihrer Situation schwirrten in ihrem Kopf. Liebte sie Nate Talbert? Die Frage verdrängte alles andere. Sie hatte gewusst, dass sie irgendwo gelauert hatte, doch sie hatte sich zuvor geweigert, sie zur Kenntnis zu nehmen. Und das aus gutem Grund.

Sie wollte ihn nicht lieben. Also würde sie es nicht tun.

„Punsch für die Lady."

Polly zuckte zusammen. „Danke." Ihre Hand zitterte, als sie die Tasse nahm.

„Bitte." Nate klang glücklich, als er näherkam und seine Hand besitzergreifend auf ihren Rücken legte und Wellen des Bewusstseins über ihre Haut jagte.

Als sie sich umsah, bemerkte sie, dass andere sahen, wie nahe Nate stand und wie aufmerksam er ihr gegenüber war. Esther Mae winkte mit dem Messer, mit dem sie die Hochzeitstorte geschnitten hatte, und strahlte vor Aufregung.

Applegate und Stanley schlenderten auf sie zu und Polly sah die Spekulation in ihren Augen. Ihr Instinkt war es, zu fliehen, um den Fragen zu entkommen, von denen sie wusste, dass sie kommen würden. Stattdessen trat sie einen Schritt auf Nate zu, der daraufhin seinen Arm um ihre Taille legte und sie an sich zog.

„Schon gut. Keine Sorge. Sie sind auf unserer Seite."

Sie sah zu ihm auf, und sein beruhigendes Lächeln hüllte sie ein. Sie wusste, dass es stimmte. Trotzdem fühlte sie sich wie auf einer Achterbahn. Ohne Schutzriegel.

„Ihr zwei seht heute Abend mächtig behaglich

aus", sagte Applegate laut genug, dass es alle hören konnten.

„Ja, ihr zwei erinnert mich an mich und meine Elisa Jane. Sieht wirklich gut aus, wenn ich das so sagen darf."

Tief berührt lächelte Polly und versuchte sich zu entspannen, doch Nates Arm blieb an ihrer Taille, und er drückte sie erneut an sich. Es sollte sie beruhigen, doch es machte sie seiner nur noch bewusster. Er hielt sie fest als gehörte sie zu ihm.

„Ihr zwei seht auch schick aus", sagte Nate zur Ablenkung, und App und Stanley drehten sich um, um einander anzusehen.

„Ich sehe besser aus als er." Applegates natürlich mürrischer Ausdruck hellte sich mit einem spielerischen Grinsen auf.

„Hättest du wohl gerne", grunzte Stanley.

Polly lächelte, als Lacy vorbeikam. „Wie ich schon sagte, süßes Paar." Sie zwinkerte und war schon wieder verschwunden, beladen mit schmutzigem Geschirr auf dem Weg durch die Menge in die Küche.

So ging es den ganzen Abend weiter. Niedliche kleine Bemerkungen, um sie zu ermutigen. Am Ende des Abends hatte sie sich entspannt, teilweise unterstützt durch Nates unerschütterliche Nähe. Als sie nach Hause gingen, hörte Polly Gils und Nates Unterhaltung zu.

Ein tiefes Gefühl der Zufriedenheit überkam sie.

Sie waren auf halbem Weg nach Hause, als Gil stöhnte.

„Geht's dir gut, Partner?", fragte Nate.

Polly drehte sich zu Gil um. Er sah ein wenig blass aus. „Ist dir schlecht?"

„Mein Bauch blubbert", sagte er und rutschte auf dem Sitz herum. „Auf Hochzeiten gibt's so viel guten Kuchen."

Nate warf Polly einen Blick zu und verzog das Gesicht.

Polly sah Gil stirnrunzelnd an. „Wie viele Stücke hattest du?"

„Nicht mehr als fünf. Von dem weißen Kuchen."

„Fünf!" Polly schüttelte den Kopf. „Und vom Schokokuchen?"

„Nur vier." Er legte den Kopf zurück und presste die Hand auf den Bauch.

„Wie geht es deinem Magen?", fragte Nate und kam Polly zuvor.

Gil zuckte die Achseln. Er sah grau aus. „Ach, das ist nichts. Ich könnte mehr essen, wenn ich wollte."

Er klang jedoch nicht allzu überzeugend. Als sie die Auffahrt hinauffuhren, sah er überhaupt nicht gut aus. Polly versuchte, ihn vom Vordersitz aus zu trösten, doch ihm war speiübel. Sie sagte nicht einmal das Offensichtliche und hoffte, dass er jetzt begriff, dass neun Stücke Kuchen und weiß Gott wie viele Tassen Punsch keine gute Idee waren.

Sobald sie anhielten, sprang Nate aus dem Truck und hob ihn vom Sitz.

„Hab dich, Partner." Gil stöhnte und tat Polly leid. „Gleich sind wir drin", sagte Nate und trug ihn zum Haus. Polly schloss die Tür, eilte dann an ihnen vorbei, schloss die Haustür auf und hielt sie für sie auf.

„Da lang", sagte sie, als Nate am Fuß der Treppe anhielt. Bogie gesellte sich zu ihnen, als sie in den ersten Stock gingen. Sie führte sie in Gils Zimmer und schlug seine Bettdecke zurück. In der Ecke unter dem Laken rührte sich Pepper in seinem Käfig, ließ sich aber fast augenblicklich nieder.

„Ich werde ihn bettfertig machen, wenn du ihm was für seinen Magen oder einen Tee holen willst", sagte Nate mit leiser Stimme.

Pollys Herz erwärmte sich. „Danke, bin gleich wieder da."

Sie eilte in die Küche, schnappte sich ein Glas Wasser und die Medizin gegen Magenverstimmung und rannte dann wieder nach oben. Gil und Nate kamen aus dem Badezimmer, als sie wieder in Gils

Zimmer kam. Gil hielt ein feuchtes Tuch in der Hand und sah blass aus.

„Jetzt sollte er sich ein bisschen besser fühlen", sagte Nate, als er ihm half, unter die Decke zu kriechen.

Polly verstand, was das bedeutete, und schnitt eine Grimasse. „Tut mir so leid, dass du dich darum kümmern musstest."

„Kein Problem", sagte Nate. Er trat zur Seite, als Polly Gil das Medikament auf einen Löffel tropfte und ihm das Glas entgegenhielt.

„Nimm das", befahl sie. „Das wird dir helfen. Obwohl ich mir ziemlich sicher bin, dass Nate Recht hat. Nachdem du das alles losgeworden bist, sollte es dir schnell besser gehen."

Gil beäugte den Löffel und stöhnte. „Muss das sein?"

„Es muss."

Er seufzte, öffnete den Mund und ergab sich seinem Schicksal. Polly lächelte. Er verzog das Gesicht, als er schluckte und ließ sich dann auf sein Kopfkissen sinken.

„Warum muss Medizin so widerlich schmecken?"

Nate kicherte. „Vielleicht ist es so, damit du dich daran erinnerst, wenn du das nächste Mal neun Stücke Kuchen isst."

Gil sah zu ihm auf. „Aber der Kuchen war lecker!"

Polly strich ihm die Haare aus der feuchten Stirn. „Kleine Kuchenessmaschine. Ist dir noch immer schlecht?"

Er schüttelte den Kopf.

„Willst du dein Gutenachtgebet sagen?"

Er nickte und schloss die Augen. „Danke für heute. Der Kuchen war lecker. Für meinen Daddy. Meine Mom und Nate …" Er verstummte, und Polly strich weiter über seine Haare, während er betete. Dann öffnete sie die Augen und sah zu, wie er schnell einschlief. In weniger als einer Minute wurde sein Atem gleichmäßig.

„Er läuft den ganzen Tag unter Volldampf, und sobald er die Augen zumacht, schläft er", flüsterte sie, stand auf und ging Nate voraus zur Tür. Bogie hatte sich am Fußende des Betts zusammengerollt und schlief auch. Er rührte sich nicht, als sie das Licht ausschaltete und die Tür einen Spalt weit offenließ. Polly wollte Gil hören können, wenn er sie rief.

Nate legte seinen Arm um ihre Schultern, während sie die Treppe hinuntergingen. Sie waren auf halbem Weg, als sie ihn anlächelte.

„Das im Bad … das ging weit über das Zumutbare hinaus. Danke."

Er blieb stehen und drehte sie in seinen Armen. „Ich weiß, dass sich das jetzt seltsam anhört, doch es war irgendwie schön."

Polly kicherte. „Du hast Recht, es hört sich seltsam an."

Sie stand in seinen Armen, und ihr Gesicht war zu seinem nach oben geneigt, sodass sie sein Lächeln aus nächster Nähe sehen konnte. Aus einem Meter Entfernung war es schon verheerend. Doch so nah war es eine tödliche Waffe. Der Mann war einfach unwiderstehlich, und dass er sich so liebevoll um ihren Sohn gekümmert hatte, als der sich übergeben musste, und sich mit keinem Ton darüber beschwerte, machte ihn noch unwiderstehlicher.

„Du weißt, ich würde alles für dich und Gil tun."

Polly seufzte und schmiegte ihren Kopf gegen seine starke Brust, tröstete sich mit dem Gefühl, dass seine Arme sie sicher hielten. Er küsste sie auf den Kopf, und sie seufzte noch einmal.

Sie glaubte ihm.

Als sie aufblickte, schien er zu warten, ihre Lippen nur einen Atemzug voneinander entfernt. Er wartete, als wollte er ihr die Chance geben, sich zurückzuziehen. Als sie es nicht tat, senkte er seine Lippen auf ihre.

Ihre Knie gaben bei der zarten Berührung seiner

Lippen fast nach. Als seine Arme sich fester um sie schlossen und sie näher zogen, begann ihr Blut in ihren Ohren zu rauschen, während die Gefühle in ihr tobten.

„Tut mir leid." Polly riss sich los und wich zurück, um sich am Geländer festzuhalten. „Ich kann das nicht."

Dan Dawson war gekommen, um Taco und Nates andere drei Pferde neu zu beschlagen. Nate hatte die Stadt im ersten Jahr nach Kaylas Tod fast vollständig gemieden. Er war sogar die siebzig Meilen nach Ranger gefahren, um Lebensmittel einzukaufen, nur damit er das Mitleid in jedermanns Augen nicht sehen musste. Seine Freunde hatten ihn wissen lassen, dass sie für ihn da waren, doch größtenteils hatten sie ihm den Raum gegeben, den er zum Trauern gebraucht hatte. Er hatte im letzten Jahr angefangen, wieder mehr nach Mule Hollow zu fahren, um die schmerzende Einsamkeit zu bekämpfen, die er zu hassen begann und die er leid geworden war.

Dan war einer der wenigen Menschen gewesen, die er während dieser ganzen Zeit regelmäßig gesehen hatte. Wenn Nates Pferde Hufeisen brauchten, brauchten sie Hufeisen. Und Dan Dawson war der Mann dafür.

Sie waren Freunde.

Doch auch wenn dem so war, strapazierte Dan ihre Freundschaft an ihre Grenzen.

Nate war schlecht gelaunt, seit er Pollyanna zu Jakes Hochzeit begleitet hatte. Er war ungefähr so angespannt wie ein Bulle vor dem Bullenreiten.

„Also, willst du darüber reden? Oder nur rumstehen und in deinem eigenen Saft schmoren?", fragte Dan, als er das neue Eisen auf Tacos Hinterhuf legte. Er war schon eine Weile hier, und Nate hatte gewusst, dass die Frage kommen würde. Weil sein Kopf gesenkt war, sah Dan den warnenden Blick nicht, den Nate ihm zuwarf.

„Nein."

„Komm schon, Mann, du kannst mir nicht sagen, dass du nicht an diesem hübschen Ding interessiert bist."

Er musste ihren Namen nicht aussprechen, damit Nate wusste, wer das fragliche hübsche Ding war. Er wusste, dass alle im Ort über ihn und Pollyanna sprachen. Spekulierten. Nate rieb sich sein Kinn. Er hatte nicht die Absicht, über Pollyanna zu sprechen.

„So ist es also?" Dan gurrte beinahe.

Nate lehnte sich gegen den Zaun und stützte seinen Stiefel hinter sich auf die untere Latte. Besser, als dagegenzutreten, wie er es sich in den letzten Tagen ein paarmal überlegt hatte. Dan blickte von seiner Arbeit auf.

„Schau, Mann, als ich euch beide zusammen bei Jakes Hochzeit gesehen habe, dachte ich, dass sich da vielleicht was entwickelt hat. Dass ihr beide zusammen seid." Kein Kommentar. Das hatte auch Nate gedacht. „Sie würde dir guttun."

„Woher willst du wissen, was mir guttut?", polterte Nate, riss dann seinen Hut vom Kopf, schlug ihn gegen seinen Oberschenkel und warf dem anderen Cowboy einen warnenden Blick zu. „Kümmere dich um deine eigenen Angelegenheiten, Dan."

Dan würden wahrscheinlich eher Flügel wachsen. Er grinste. „Ah, schon besser. Du lebst also noch. Weibliche Kameradschaft ist gut für jeden Mann. Eine Rippe aufzugeben war eine gute Idee, wenn du mich fragst."

Nate setzte seinen Hut wieder auf seinen Kopf und verschränkte die Arme. „Warum bist du dann nicht da draußen unterwegs auf der Suche nach einer Mrs. Dawson?"

Völlig unberührt von Nates Verärgerung zuckte Dan die Achseln. „Wer sagt, dass ich es nicht bin?" Er grinste, und seine Augen glänzten vor Schalk. „Wenn du kein Interesse an deiner Nachbarin hast, werde ich wahrscheinlich selbst ein bisschen in diese Richtung recherchieren."

Nate ballte die Fäuste. „Das Letzte, was sie braucht, ist jemand, der nur Spaß sucht."

Dan würde erst an ihm vorbeikommen müssen, bevor er ihn irgendetwas tun ließ, was Pollyanna verletzen könnte. Er war so schnell vorgeprescht, dass sie nicht mithalten konnte. Er war ein Dummkopf gewesen und deswegen aus dem Sattel geworfen worden.

„Jetzt bin ich beleidigt, Nate", sagte Dan gedehnt.

„Oh, ja, das sehe ich."

Dan ließ Tacos Bein los und richtete sich auf. „Also hatte ich Recht. Es ist so."

Nate sah zu, wie Dan zu seinem Truck ging, und seine Worte trafen ins Ziel.

„Was soll das heißen?", fragte er.

Er wusste, wie er für Pollyanna empfand. Er hatte es seit dem Abend nach seiner Rückkehr aus Fort Worth gewusst. Er hatte es seit diesem Abend gewusst und hatte auf Kaylas Schaukel gesessen, als er sie losgelassen hatte. Er hatte auf der Bank hinter der Kirche gewusst, dass er in Pollyanna McDonald verliebt war. Doch sie hatte gerade so zugestimmt, mit ihm einen Schritt nach vorn zu machen. Er hatte es in ihren Augen gesehen. Er hätte wissen müssen, dass sie nicht bereit war, geküsst zu werden. Doch törichterweise hatte er sein Gehirn auf die Weide gehen lassen, während er den größten Fehler seines Lebens gemacht hatte.

Er hatte nicht erwartet, sich zu verlieben. Also verstand er ihre Reaktion. Er hatte ein paar Tage damit zu kämpfen gehabt und war sogar irrational wütend auf sie geworden, als sie sich wegen seiner Essgewohnheiten Sorgen gemacht hatte. Doch dann hatte er erkannt, dass er seine Liebe zu Pollyanna genauso wenig leugnen konnte, wie dass er Kayla geliebt hatte.

Er hatte nicht erwartet, dass Gil übel werden würde. Sie mit Gil zu beobachten hatte sich so sehr wie eine Familie angefühlt ... Sie war nach dem Kuss aufgewühlt gewesen und hatte ihn gebeten zu gehen. Als er am nächsten Tag angerufen hatte, hatte sie ihm gesagt, dass sie glaubte, es wäre am besten, wenn sie sich eine Weile nicht sehen würden. Als er gefragt hatte, was „einander sehen" bedeutete, sagte sie ihm, dass sie es ihm nur direkt sagen konnte: dass, wenn er auf der Suche nach einer neuen Frau war, sie nicht wieder heiraten würde.

Er ballte die Faust und rang mit den Emotionen, die sich erneut regten.

„Wenn du Gefühle für sie hast, lass sie nicht gehen", sagte Dan.

„Kümmere dich um deine eigenen Angelegenheiten", blaffte Nate. „Und Finger weg von Pollyanna."

Dan lachte. „Mann, dich hat's ordentlich erwischt. Und du kannst es nicht verbergen, selbst wenn du es wolltest."

„Lass gut sein, Dan", warnte Nate.

„Es sind drei Jahre vergangen. Drei Jahre, Kumpel. Kayla, die Kayla, die wir alle geliebt haben, ist nicht mehr hier. Aber du bist es. Es wird dir nicht schaden zuzugeben, dass du Gefühle für jemanden hast."

Wenn er es nur wüsste … „Das von einem Mann, der datet, als gäbe es kein Morgen", knurrte er, denn er brauchte jemanden, an dem er seine Frustration auslassen konnte.

Dan klappte seine Werkzeugkiste zu. „Mir scheint, als ob du mehr als die meisten anderen weißt, dass die Zeit, die wir haben, kostbar ist. Ich lebe gern, Nate. Vielleicht ist es an der Zeit, dass du wieder damit anfängst. Und selbst wenn es dir nicht passt, ist es vielleicht Zeit, dass jemand deiner hübschen Nachbarin dabei hilft, wieder zu leben. Und wenn du nicht bereit dafür bist, dann vielleicht ich."

Nate trat einen Schritt auf Dan zu. Sie waren Freunde, doch Pollyanna war nicht bereit für diese Art von Druck. Ihre Reaktion auf ihn war der beste Beweis.

„Lass sie in Ruhe, Dan. Du musst ihr nicht erklären, was Leben ist. Und ehrlich gesagt, ich auch nicht." Nate starrte den anderen Mann lange und eindringlich an, sicher, dass seine Botschaft klar war, dann ging er in Richtung seines Hauses. Wütender, als er seit Jahren gewesen war.

„Du findest selbst raus", rief er über seine Schulter, blickte aber nicht zurück, obwohl er wusste, dass Dan ihn immer noch beobachtete, ein breites Wolfsgrinsen auf seinem Gesicht. Für wen hielt Dan Dawson sich?

Für seinen Freund.

Rational wusste Nate, dass Dan ihn drängte, weil sie Freunde waren ... doch er dachte im Moment nicht rational. Seit ein paar Tagen schon nicht mehr.

Pollyanna hatte seine Welt auf den Kopf gestellt, als er an ihre Tür geklopft hatte, um mit ihr zu dieser Hochzeit zu gehen. Selbst jetzt konnte er nicht aufhören, darüber nachzudenken, wie sie ihn angesehen hatte, als sie die Tür geöffnet hatte. Pollyanna McDonald hatte ihn so angesehen, wie eine Frau einen Mann mit Sehnsucht ansah, nicht so, wie sie einen Nachbarn und Freund ansehen würde. Und mit diesem einen Blick hatte sie ihm den Atem geraubt. Er hatte das Gefühl, auf dem Boden gelandet zu sein, nachdem er von einem wilden Bronco abgeworfen worden war.

Er liebte sie. Und er war bereit, Himmel und Erde in Bewegung setzen, um Pollyannas Welt in Ordnung zu bringen.

Er war sich einfach nicht sicher, ob er es konnte. Sie hatte die ganze Zeit gesagt, dass sie nicht wieder heiraten würde.

Und er hatte das kranke Gefühl, dass sie die ganze Zeit die Wahrheit gesagt hatte. Er hatte einfach nicht zugehört.

KAPITEL EINUNDZWANZIG

Sam's Diner war ziemlich leer, als Polly durch die Schwingtür ging. Es war kurz nach zehn, also war zu erwarten, dass die meisten irgendwo auf einer Weide arbeiteten, anstatt im Diner zu sitzen. Sie wusste, dass es eine arbeitsreiche Saison für die Cowboys war, Nate eingeschlossen. Das hatte es in den letzten anderthalb Wochen leichter gemacht, ihn zu meiden. Alle anderen zu meiden war eine andere Geschichte.

„Morgen, Pollyanna", rief Applegate von seinem Platz am Fenster, wo er und Stanley bei ihrem morgendlichen Dame-Spiel saßen.

„Hallo, wie geht's heut Morgen?" Sie hielt ihren Kopf hoch und lächelte und schlüpfte in eine Nische, um auf ihre Freundinnen zu warten.

„Nicht so gut", sagte Stanley unter buschigen

Augenbrauen hervor. „App hat mich geschlagen.”

Applegate schnaubte und spuckte eine Sonnenblumenkernhülse in einen Spucknapf. „Er tut so, als wäre das noch nie passiert.”

„Ist es auch nicht, du alter Esel”, grunzte Stanley und sprang über ein paar von Apps Spielsteinen.

Applegate runzelte die Stirn und kratzte sich am Kopf. „Deswegen musst du aber nicht so gemein sein!”

Polly lachte gerade, als Sam aus der Küche kam. „Dachte ich doch, dass ich eine Stimme gehört habe. Die zwei sind Stammgäste, und ich neige dazu, ihre Stimmen auszublenden. Was kann ich für dich tun, junge Dame?“

„Ich warte auf deine Frau und den Rest der Bande. Ich bin nur zu früh dran.“

„Schon gut. Wie wäre es mit einer Tasse Kaffee und vielleicht ein paar Eiern und Speck?“

„Oh, das klingt gut. Du bist ein Mann nach meinem Herzen.“

Grinsend stellte Sam die Tasse, die er in der Hand hielt, auf den Tisch und füllte sie mit dunklem, köstlich duftendem Kaffee. „Mein Herz gehört einer anderen, doch ich bin mir absolut sicher, dass es hier jemanden gibt, der deins sehr gerne stehlen würde, wenn du willst, dass er es tut.”

„Ja, wir haben dich und Nate zusammen bei der

Hochzeit gesehen", sagte Applegate. „Ihr seht zusammen richtig nett aus."

„Ja", sagte Stanley und sprang über einen weiteren Spielstein. „Unser Nate, er war nicht einer, der allein viel rauskommt, doch seit du hierhergezogen bist, sehen wir ihn tatsächlich öfter, ohne dass ihn jemand an den Haaren herschleifen muss."

Polly trank einen Schluck Kaffee und betete, dass das Gespräch in eine andere Richtung gehen möge. Aber offensichtlich hatte der Herr andere Pläne, denn Applegate sprang über einen Spielstein und sah sie dann plötzlich ernst an.

„Lass dir was von mir sagen, kleiner Schatz, du bist zu jung, um allein in deinem Haus zu sitzen. Und das gilt auch für Nate. Ich habe meine süße Birdie vor sechs Jahren verloren, und es vergeht kein Tag, an dem ich sie nicht vermisse. Aber der Herr hat uns viele gute Jahre geschenkt. Es war ein gutes Leben. Jetzt, du und Nate ..."

Polly wünschte sich in diesem Moment, jemand würde sie erschießen. Aber sie konnte nicht wirklich böse sein. Immerhin hatte Applegate seine Frau verloren. Er wusste, wovon er sprach.

„Ihr zwei seid jung. Ihr müsst beide nach jemandem Ausschau halten, mit dem ihr euer Leben teilen könnt."

„App hat Recht. Meine Elisa Jane, sie und ich, wir hatten zweiundvierzig Jahre, sechs Monate und zwei Tage zusammen", sagte Stanley. „Meiner Meinung nach nicht genug, doch so ist es nunmal. Ich kann mich glücklich schätzen, dass ich bekommen habe, was ich hatte. Jetzt sitze ich hier Apps hässlicher Visage gegenüber und spiele jeden Tag Dame. Natürlich weiß ich nicht, was ich getan habe, um den Herrn so zu verärgern, dass ich damit bestraft werde." Er spuckte eine Hülse in den Spucknapf und grinste. „Die Sache ist, du und Nate, ihr habt euer ganzes Leben vor euch. Und dann hast du noch den Jungen. Er braucht einen Vater."

Sie hatte die Twilight Zone betreten. *Bitte, Herr, erbarme dich und rette mich.*

„Du kennst Nate. Es hat ihn wirklich mitgenommen, als seine Frau gestorben ist. Es war traurig zu sehen, wie dieses energische kleine Ding so dahingewelkt ist."

„Krebs hat keinen Respekt vor irgendjemandem. Jung, alt, das spielt keine Rolle. Unser Nate ist ein guter Mann, der eine zweite Chance auf Glück verdient", sagte Applegate und rieb sich den Kiefer. „Er war gesegnet, einmal eine gute Frau gehabt zu haben. Das heißt, dass es diesmal auch nicht irgendeine Frau sein kann." Applegates hageres

Gesicht verzog sich zu einem tiefen Stirnrunzeln, als er Polly ansah. „Es braucht jemanden, der etwas Besonderes ist. Wie du." Sie wollte unter den Tisch kriechen.

Stattdessen umklammerte sie die heiße Kaffeetasse und betete, dass der Herr ihr Geduld schenken möge. Sie hatte sich in der letzten Woche krummgearbeitet. Es war gut für ihre Pension gewesen, weil sie im Grunde bereit war, Gäste aufzunehmen, und alles nur, weil sie versucht hatte, nicht an Nate zu denken. Oder Marc! Ihr Herz war plötzlich zu einem Puzzle geworden, das in die Luft geworfen worden war und nun zu ihren Füßen lag.

Als Nate sie geküsst hatte ... hatte sie Gefühle gehabt, von denen sie geglaubt hatte, dass nur Marc sie zum Leben erwecken konnte. Sie hatte nicht gewusst, was sie damit anfangen oder wie sie damit umgehen sollte. Sie tat es immer noch nicht.

Sie hatte Nate seitdem gemieden. Gil war jedoch fast jeden Tag bei ihm gewesen. Stunden später kam er nach Hause zurück und sprudelte über mit Geschichten darüber, was er und Nate zusammen gemacht hatten. Sie konnte der Tatsache nicht entgehen, dass Gil sein Herz voll und ganz Nate Talbert geschenkt hatte.

Bevor sie Gelegenheit hatte, mehr darüber nachzudenken, brachte Sam ihren Teller mit Eiern, und die Tür zum Diner schwang auf, und die Damen stürmten in den Gastraum, Esther Mae an der Spitze. „Ich sage dir, entweder wird es eine wirklich interessante Wendung oder eine einzige Katastrophe", sagte sie.

„Stimmt, doch selbst wenn es eine Katastrophe ist, wird es interessant. Grüß dich, Pollyanna", sang Norma Sue und klang wie Minnie Pearl.

Aus allen Richtungen kamen Grüße, als Norma Sue neben Polly in die Nische rutschte. Esther Mae rutschte ihr gegenüber auf die Bank und ließ Platz für Adela. Sie machte einen Umweg zur Küche, um Sam zu sehen, während Lacy sich einen Stuhl schnappte, ihn umdrehte, und sich rittlings darauf niederließ. Sheri trat hinter sie, und ihre schicken Cowgirl-Stiefel klapperten auf dem Holzboden, als sie sich neben Lacy setzte.

Applegate und Stanley lehnten sich von ihrem Dame-Spiel zu ihnen hinüber, fast als würden sie von der anderen Seite des Raumes an dem Gespräch teilnehmen.

„Reden wir also mehr über die neue Aktivität bei unserem Jahrmarkt. Pollyanna, wie siehst du diese Fahrradsituation?"

Alle Augen richteten sich auf Polly. „Die Fahrradsituation?"

„Ja", sagte Esther Mae, und ihre Augen strahlten vor kaum gezügelter Aufregung. „Es ist schließlich deine Idee. Wir dachten also, du könntest das in Angriff nehmen."

„Das kannst du doch, oder?", fragte Lacy. „Ich würde es ja machen, doch ich habe schon alle Hände voll zu tun. Wir haben über der Idee gegrübelt, seit du sie angesprochen hast. Die Mädels bringen ihre Fahrräder mit … und vielleicht können wir eine Liste machen, um festzulegen, wer das Rennen mit wem fährt." Sie schnappte plötzlich nach Luft und klatschte in die Hände. „Eine Versteigerung! Wir könnten eine Art Junggesellenauktion veranstalten, um festzulegen, wer zusammen fährt."

„Oder ...", warf Sheri ein, ihr Ton war wie immer trocken. „Hier ist eine Idee. Vielleicht könnten wir die Leute einfach allein Teams bilden lassen. Ich wette, dass schaffen sie."

Lacy schlug ihr mit einer aufgerollten Serviette auf den Arm. „Ha-ha." Sie lachten.

Polly hoffte, dass sich Sheris Idee durchsetzen würde. Sie hatte das Radrennen nur erwähnt, und jetzt erwarteten sie alle, dass sie die Idee ausarbeitete.

„Werden die Männer die Frauen auf dem Lenker chauffieren?", fragte Esther Mae. „Du weißt, mein Hank und ich haben das gemacht."

Norma Sue starrte sie an. „Wie bist du auf den Lenker gekommen? Ich weiß, dass Hank dich nicht hochgehoben haben kann. Außer vielleicht mit einem Kran.“

Esther Mae war empört. „Mein Hank könnte mich hochheben, wenn er wollte.”

„Ja, doch die Frage ist, ob er es will.” Norma Sue grinste breit, während Esther Mae kicherte.

Lacy gluckste und wedelte mit den Händen. „Okay, ihr zwei, Schluss damit. Die arme Pollyanna denkt sonst noch, dass ihr es ernst meint.“

Esther Mae schnaubte erneut. „Und warum glaubst du, dass wir es *nicht* ernst meinen? Mein Hank könnte mich hochheben und auf den Lenker setzen, wenn er wollte. Ich bin nur auf einen Stuhl geklettert, um hochzukommen, weil ich nicht wollte, dass er sich am Rücken verletzt.“

Norma Sue hustete und betrachtete ihre rundliche Figur. „Schon gut, Esther. Ich wollte dich nur aufziehen. Selbst wenn ich allein auf den Lenker geklettert wäre, hätte mein armer Roy Don das Fahrrad nicht halten können. Auch mit Hilfe nicht!“

„Was für ein Bild, Norma Sue.” Sheri lachte.

„Nicht wahr?”, lachte Norma Sue heiser. „Doch er liebt mich, und er würde es versuchen, wenn ich ihn bitten würde." Sie sah Pollyanna an. „Und du weißt, das ist alles, was zählt."

Pollyanna lächelte mit einer Mischung aus Erleichterung und Respekt. Sie war froh, dass sie nach Mule Hollow gezogen war und diese lieben Frauen um sich hatte. Sie neckten und zogen einander auf, und doch gab es Liebe. Sie beneidete sie um ihre langen und glücklichen Ehen. Sie dachte an Marc und vermisste ihn so sehr. Nate drängte sich in ihre Gedanken, und Marc verschwand im Schatten. Der Gedanke nahm ihr die Luft.

„Ich kann euch Mädels bis in die Küche hören", sagte Adela und nahm neben Esther Mae Platz.

Adela war auch Witwe gewesen. In diesem Moment wurde Polly bewusst, dass Adela vielleicht die Emotionen verstehen würde, die sie innerlich zerrissen. Vielleicht musste sie mit ihr reden. Vielleicht konnte sie ihr helfen zu verstehen, was mit ihr los war. Denn trotz des Versuchs, es zu vermeiden, konnte sie nicht leugnen, dass sie Hilfe brauchte.

Sie hatte Nate gemieden, doch es wurde mit jedem Tag schwieriger, all die unruhigen Gedanken zu vermeiden, die in ihrem Kopf herumwirbelten. Sie musste mit jemandem reden. Und obwohl sie gebetet hatte, hatte Gott geschwiegen.

Sie bemerkte, als sie sich im Raum umsah, dass der Herr vielleicht doch nicht geschwiegen hatte. Vielleicht hatte er nur darauf gewartet, dass sie die Hilfe nutzte, die er ihr bereits in ihr Leben geschickt hatte.

Nate hatte eine Ladung Futter bei Petes Futterladung abzuholen und beschloss, auf dem Heimweg von der Viehauktion dort Halt zu machen. Er hatte auf dem Weg dorthin einen Platten gehabt und Zeit gebraucht, den Reifen zu wechseln. Er war müde und staubig, als er seinen Truck zur Laderampe fuhr. Als er aufsah, war die letzte Person, die er erwartete, Pollyanna, die gerade Sam's Diner verließ.

Sein Herz begann automatisch zu pochen, als er sie sah. Ihrem Gesichtsausdruck nach zu urteilen, als sie ihn sah, war er der letzte Mensch, dem sie begegnen wollte.

Er hatte sie fast dazu gebracht, ihre Beziehung langsam eine Stufe über Freundschaft hinaus zu bringen, und dann hatte er sie zu sehr unter Druck gesetzt. Hatte sie scheu gemacht wie ein Fohlen bei einer Fehlzündung.

Sie hatte ihm zuvor gesagt, wie sehr sie Cowboys hasste, die mit ihr flirteten ..., wenn sie das hasste, dann würde sie es sicher hassen zu hören, dass sich einer in sie verliebt hatte.

„Hi", sagte sie und blieb ein paar Meter vor ihm stehen. Sie trug heute ihr Haar offen, keine Spangen oder Gummis, die es zurückhielten, und die Brise ließ es um ihr Gesicht flattern. Sie sah müde aus. Schön, aber müde.

Sie schlief nicht. Er musste kein Detektiv sein, um das zu sehen, doch er hatte einen Spion. Gil hatte ihm erzählt, dass seine Mutter nachts gearbeitet hatte. Nate war sich sicher, dass sie das tat, weil sie nicht schlafen konnte. Er hatte Nate auch erzählt, dass sie vor zwei Nächten geweint hatte. Nates Magen verknotete sich, wenn er sich vorstellte, dass sie allein hinter verschlossenen Türen weinte. Das war seine Schuld.

Doch er hatte versucht, Gil zu helfen. Sie hatten gestern lange geredet, als sie Kühe gefüttert hatten. Nate hatte das Gefühl, dass es ihm gelungen war, die Sorgen des Jungen ein wenig zu lindern. Er hatte dafür gesorgt, dass Gil verstand, dass er immer mit Sorgen oder Problemen zu ihm kommen konnte. Doch er war sich nicht so sicher, ob Pollyanna wissen wollte, dass Gil so besorgt um sie war.

„Hi", sagte er lahm.

„Hallo."

Sie fuhr sich abwesend mit den Fingern durch die

Haare. Nate wünschte, er wäre derjenige, der das tat.

Als ob ihr das gefallen würde, Cowboy.

„Gil hat gesagt, dass ihr gestern ein langes Gespräch geführt habt."

Nate horchte auf. „Ja, das haben wir", sagte er vorsichtig. Wie viel hatte Gil ihr von ihrem Gespräch erzählt? „Wie fühlst du dich?", fragte er und überlegte, ob sie sich ihm öffnen würde, wie sie es zuvor getan hatte.

Ihr Blick huschte von ihm weg die Main Street hinunter. „Okay … du, wegen neulich Abend."

„Es tut mir leid", sagte er. „Ich wollte dich nicht küssen. Oder dich unter Druck setzen. Wir sind beide hier auf ungewohntem Terrain." Er hoffte, dass das ihre Gedanken etwas beruhigen würde. Vielleicht würde es sie wieder auf festeren Boden bringen und ihm eine Chance geben, ein neues Fundament zu bauen.

Sie nickte und holte tief Luft. „Ich weiß. Hast du gehört", sagte sie plötzlich, „dass ich bei der Messe das Radrennen veranstalte?" Sie lächelte strahlend.

Er lächelte zurück und war froh, ein Lächeln zu bekommen. „Wie bist du dazu gekommen?"

„Nun, du und ich haben sie inspiriert. Und ganz ehrlich — hatte ich wirklich eine Wahl, nachdem sich die Damen auf mich eingeschossen hatten?" Sie lächelte wieder, und diesmal war es entspannt und echt. Es veränderte sofort die Stimmung.

„Ich verstehe, was du meinst", sagte Nate und sah einen Sonnenstrahl und eine Gelegenheit, die er nicht verpassen wollte. Wenn der Herr ihm bei all seinen Gebeten eine Chance gab, wollte er sie nicht verpassen. „Das wird eine Menge Arbeit. Und es ist nicht mehr lange hin."

Das war eine Untertreibung. Die Damen hatten bereits alle vorgewarnt, dass sie sich an die Arbeit machen sollten. Nächstes Wochenende würden sie mit der Dekoration beginnen und die ganze Woche den Ort schmücken, bis die Leute mit den Ständen kamen. Es würde viel los sein, weil Mule Hollows Veranstaltungskalender ein Hit bei den Damen und auch bei Familien und Touristen war. Zumindest hatte er alle darüber reden hören. Er hatte bisher noch keine der Messen und Jahrmärkte besucht.

„Also, was denkst du? Wäre es okay, wenn ich dir helfe, da ich und meine weißen Beine Teil der Inspiration für all das waren?", drängte er sanft und betete, dass es ihr nicht unbehaglich wäre.

„Du meinst, du wärst bereit, sie ein bisschen zu bräunen, um zu verhindern, dass du Leute auf der Straße blendest, wenn du vorbeifährst?", fragte sie, und ihre Lippen krümmten sich sanft nach oben.

Wie konnte ein einfaches Lächeln seine Welt wieder ins Gleichgewicht bringen?

„Süß", sagte er, während er dem lieben Gott ein Dankgebet schicken wollte. „Das und mehr würde ich für dich tun."

Ein Schatten verdunkelte ihre Augen, und ihre Miene wurde ernst, als sie einander ansahen.

Gut gemacht, Nate. Du könntest es nicht dabei belassen.

Sie sah zerbrechlich und mutig zugleich aus. Sein Herz sehnte sich nach ihrem Glück.

„Alles wird gut, Pollyanna McDonald."

Sie blinzelte, ihre Augen plötzlich glasig, dann nickte sie. „Freunde?"

Er nickte. „Immer."

„Ich muss weiter", sagte sie leise, wich zurück und sah gleichzeitig anziehend und traurig aus.

Als Nate sie die Main Street entlanglaufen sah, sprach er ein weiteres Gebet, dass der Herr, was immer auch sein Plan für sie war, es ihnen bald offenbaren möge.

KAPITEL ZWEIUNDZWANZIG

Es war spät, elf Uhr, und das ganze Haus schlief, als Polly ihre Arbeit in ihrem Büro beendete. „Und das war's", sagte sie und drückte auf Senden ihrer E-Mail, um die Buchung des letzten freien Zimmers für das Wochenende des Jahrmarkts zu bestätigen. Die offizielle Eröffnung ihrer Pension nahte mit riesigen Schritten.

Es war ein befriedigendes Gefühl zu wissen, dass sie mit Gottes Hilfe das erreicht hatte, was sie sich vorgenommen hatte, als sie nach Mule Hollow gezogen war. Befriedigend … erfreulich … lohnend, alles Worte, mit denen sie das Gefühl beschreiben konnte, das die Eröffnung in ihr weckte.

Sie fuhr mit der Hand über die Kante ihres Schreibtisches und warf einen Blick auf das Telefon, dann auf das Foto von ihr, Gil und Marc. Sie blinzelte, als ihr Blick wieder auf das Telefon fiel.

Ihre Finger trommelten unruhig auf dem Holz des Tischs.

Besorgt und verunsichert stand sie auf und schaltete das Licht aus. Sie schloss die Tür und blieb in ihrem frisch gestrichenen Flur stehen. Sie wollte Nate anrufen und ihm erzählen, dass sie ausgebucht war, doch sie ging die Treppe hinauf durch das schlafende Haus.

Sie konnte nicht schlafen. Schon seit Tagen nicht.

Sie ging an ihrer Schlafzimmertür vorbei und weiter in den zweiten Stock, vorbei an der Reihe kleiner Bücherregale und der gemütlichen Leseecke, die sie geschaffen hatte, und hinaus auf den winzigen Balkon, auf dem sie sich auf der bequemen Sitzbank niederließ. Sie hatte die Bank auf dem Dachboden gefunden. Sie war perfekt für ein oder zwei Personen, um die Sterne zu beobachten. Heute zog sie ihre Knie an und schlang ihre Arme fest um sie. Sie hatte das Bedürfnis, etwas zu umarmen.

Seit Marcs Tod hatte sie das Gefühl seiner Arme um sich vermisst. Sie vermisste es, ihren Tag zu teilen. Ihr Leben.

Würde ihr Leben von nun an so sein? Sie hatte viele Nächte in ihrem alten Zuhause verbracht und auf der Terrasse gesessen und zum Nachthimmel aufgeblickt. Zumindest in der Dunkelheit der Nacht, wenn die Stille des Hauses erdrückend war, fand sie Trost unter den Sternen.

Sie ließ ihr müdes, schweres, beladenes Herz ruhen und sehnte sich danach, sich verbunden zu fühlen. Gott war dort oben und blickte auf sie herab.

Polly hatte endlich mit Adela über ihre widersprüchlichen Gefühle gesprochen. Es hatte ein wenig geholfen, als sie ihr gesagt hatte, sie müsse ihr Leben weiterleben, doch es bestand kein Grund, etwas zu überstürzen. Wenn die Zeit für sie reif war, wieder zu lieben, würde sie es wissen.

Sie hatte auch gesagt, dass sie keine Angst davor haben musste.

Adela hatte sofort gewusst, dass Polly Angst hatte.

Polly hatte Angst vor Nate.

Er war ein wunderbarer Mann. Er war großartig mit ihrem Sohn, er war freundlich, tiefgründig und warmherzig ... er war ein Ehrenmann. Er liebte den Herrn, obwohl er auch einen großen Verlust erlitten hatte. Sie konnte die Liste weiter und weiter fortsetzen. Er war ein Mann, in den sich jede Frau verlieben konnte ...

Sie war nicht nach Mule Hollow gekommen, um nach Liebe zu suchen.

Aber du hast sie gefunden.

Sie vergrub ihren Kopf in ihren Händen und atmete langsam durch.

Sie war verliebt.

Als sie ihren Kopf hob, bemerkte sie einen Lichtblitz und sah, dass es Scheinwerfer waren, die Nates Auffahrt hinunterfuhren. Sie war überrascht, zu dieser späten Stunde ein Auto fahren zu sehen. Im Mondlicht konnte sie deutlich erkennen, dass es Nates Truck war. Er fuhr in ihre Richtung. Als er abbog und ihre Auffahrt herauffuhr, sprang sie auf.

Geschockt und ein wenig alarmiert eilte sie ins Haus und die Treppe hinunter. Im ersten Stock stieß sie sich den Zeh an und machte genug Lärm, um Gil zu wecken. Sie hielt inne, hielt ihren Zeh und wartete. Als er sich nicht rührte, hinkte sie weiter die Treppe hinunter. War irgendwas passiert? Ein Notfall? Es war so spät, dass er sicherlich Hilfe brauchte. Sie war in dieser Hinsicht wie ihre Mutter und glaubte, dass Telefonanrufe oder Klopfen an der Haustür nach zehn schlechte Nachrichten bedeuteten. Nach zwölf konnten es nur wirklich schlechte Nachrichten sein.

Gott sei Dank war das natürlich nicht immer der Fall, doch ihr klopfendes Herz und ihr rebellierender Magen wollten davon nichts hören.

Als sie die Tür öffnete und auf die Veranda trat, stürmte Nate den Weg hinauf.

Ihr Herz machte einen Sprung in ihrer Kehle. „Nate, ist was passiert?", fragte sie und eilte auf ihn zu. Sein Blick ließ sie am Rand der Veranda innehalten.

„Pollyanna, wir müssen reden", knurrte er und sah aus, als wollte er es, wenn nötig, im Nahkampf mit einer ganzen Armee aufnehmen.

„Okay", sagte sie.

Sie hatte ihn noch nie so gesehen. In seinen Augen war Feuer, als er sie musterte. Und er war aufgewühlt, erkannte sie. Sein Hut fehlte, sein dunkles Haar war zerzaust, als wäre er wiederholt mit den Händen durchgefahren, mit Wellen so wild wie der Ausdruck in seinen Augen. So aufgelöst wie der Ausdruck in seinen Augen.

Sofort drängte ihr Bedürfnis, ihn zu trösten, in den Vordergrund, und sie wollte die Furchen auf seiner Stirn glätten. Trost spenden, ihn festhalten, während sie sich danach sehnte, von ihm gehalten zu werden ... sie sehnte sich nach ihm. Keiner dieser Gedanken überraschte sie. Sie waren ein Teil der Gründe, warum sie nicht schlafen konnte. Die Gründe, warum sie sich durchgerungen hatte, mit Adela zu reden.

Nate Talbert ließ sie darüber nachdenken, wieder „Frau" zu sein.

Er ließ ihren Puls springen und ihr Herz rasen. Er ließ sie sich wieder lebendig fühlen.

Kein anderer Mann als Marc hatte sie jemals dazu gebracht, sich zu wünschen, gehalten zu werden. Sich danach zu sehnen, geküsst zu werden ... Sie hatte mit den Gefühlen zu kämpfen, die er in ihr geweckt hatte, als er sie gehalten und geküsst hatte. Es war kurz gewesen, doch sie sehnte sich nach mehr. Es hatte sie so erschreckt.

„Stimmt was nicht?", fragte sie. „Ist irgendwas passiert?"

Er fuhr sich mit den Händen durch die Haare ... dann ließ er in derselben Bewegung seine Hände sinken und ballte sie zu Fäusten.

„Ich schätze dich", sagte er.

Nicht genau das, was sie erwartet hatte. „Ich schätze dich auch", sagte sie und erkannte in ihrem Herzen, dass es nicht genau das war, was sie erhofft hatte.

Die Erkenntnis traf sie hart. Alle Gefühle, die sie für ihn hatte, die Gefühle, die sie so durcheinanderbrachten, kämpften um Anerkennung.

„Ich meine, in der kurzen Zeit, seit du hierhergezogen bist, konnte ich mit dir reden, wie ich seit Kayla mit niemandem mehr gesprochen habe."

Das war es also. „Mir geht es genauso", sagte sie und versuchte, die Enttäuschung zu ignorieren, die durch sie strömte, während sie die Wahrheit sagte. „Wir haben eine Bindung wegen Kayla und Marc. Ich verstehe das." Und sie wollte nicht mehr. Nein, das war es auch nicht.

Wenn sie ihn ansah, wusste sie, dass sie nicht mehr als das wollen wollte.

„Nein." Sein Ton erschreckte sie. „Ich bin nicht sicher, ob du es verstehst. Es tut mir leid, ich wollte nicht, dass es passiert, doch es ist passiert. Ich weiß, dass du es hasst. Du hast es selbst gesagt, doch ich habe dagegen angekämpft, und es hat nichts gebracht."

Pollys Schläfe begann zu pochen. „Was ist passiert?"

Er ließ seinen Blick auf die frisch aufgeblühten Tulpen fallen, bevor er ihr wieder in die Augen sah. „Ich bin es leid, allein in meinem Haus zu sitzen, Pollyanna. Ich bin es leid, auf meiner Schaukel zu schaukeln und über all die Dinge nachzudenken, die ich mit Kayla erreichen wollte, und zu wissen, dass ich nie etwas davon haben werde. Ich bin es leid, mein Leben so anzusehen, als wäre es ein langer schwarzer Weg, der nirgendwo hinführt. So habe ich mich gefühlt, seit Kayla ihren letzten Atemzug in meinen Armen gemacht hat. Ich bin es leid, dass meine Arme leer sind."

Polly trat einen Schritt zurück, rein aus Reflex, als seine Worte, ihren eigenen Gefühlen so ähnlich, in ihr Herz eindrangen.

Er holte tief Luft. „Es tut mir leid, Pollyanna. Ich weiß, es ist verrückt, mitten in der Nacht vor deiner Tür aufzutauchen, doch ich habe tagelang darüber nachgedacht, und es muss gesagt werden. Ich liebe dich, Pollyanna."

Sie verspannte sich und starrte zu Boden.

„Glaub mir, ich habe das nicht erwartet. Aber es ist passiert, und ich weiß, dass du nicht mehr suchst als das, was du mit Marc hattest. Und ich weiß, dass du Cowboys hasst, die mit dir flirten. Und glaub mir, ich sage dir das, damit du ... Ehrlich gesagt habe ich keine Ahnung, warum ich dir das sage." Der Blick, den er ihr zuwarf, war hilflos.

Das brachte sie zum Lachen. Es passierte so schnell, dass es sie überraschte. Wie eine Pointe bei einem Witz, der zuerst nicht lustig schien, und sich dann an einen heranschlich und zum Lachen brachte.

Doch er sah so betreten und verwirrt aus, und ehrlich gesagt wusste sie genau, wie es ihm ging. Sie lebte in ihrem eigenen Zustand der Verwirrung. Sie kämpfte gegen Emotionen an und wusste nicht, was sie damit anfangen sollte.

„Das war nicht ganz richtig", sagte er. Er trat auf die Stufe unter ihr, überwand die Distanz, die sie zwischen ihnen geschaffen hatte, ergriff ihren Ellbogen und zog sie an sich, sodass sie auf Augenhöhe waren.

Pollys Blut rauschte in ihren Ohren, die Wucht machte sie schwindelig. Ein Teil von ihr wollte davonlaufen, während ein anderer bleiben wollte.

„Ich schätze dich", wiederholte er leise. „Ich schätze unsere Fähigkeit zu reden, ich schätze die Freundschaft." Er lächelte, berührte ihre Wange und fuhr mit seinem Daumen langsam über ihren Kiefer. „Ich erwarte nicht, dass du etwas für mich empfindest. Das Letzte, was ich will, ist, dich unter Druck zu setzen. Aber ich denke, du empfindest etwas für mich. Und ich glaube, ich habe dich neulich Nacht verschreckt, als ich dich geküsst habe."

Seine Zärtlichkeit zog sie an, und Polly hob ihre Hände und gab dem Bedürfnis nach, ihn zu berühren. Ihre Finger zitterten, als sie ihre Handflächen um seine Wangen legte und sie einfach dort ließ, während die Emotionen in ihr kollidierten.

Nate blieb stehen, als ob er fürchtete, dass sie sich zurückziehen würde, wenn er sich bewegte. Doch seine Gefühle waren offen und klar in seinen Augen, als er sie mit seinen Blicken trank. Marc hatte sie so angesehen, und als sie an ihn dachte, traten Tränen in ihre Augen. In dem Moment, als Nate die Tränen sah, hob er seine Hände, um ihr Gesicht zu berühren.

„Pollyanna, bitte weine nicht. Ich weiß, dass du Marc liebst. Ich weiß, dass du dich nicht wieder verlieben willst. Und wenn Gott mir einen Wunsch erfüllen würde, würde ich dir Marc zurückgeben, nur um dich glücklich zu sehen."

Er zog sie in seine Umarmung und trat auf die Veranda neben ihr. Ihre Hände sanken zu seiner Brust, als er sie an sich zog und sie hielt. Und in der Stille der Nacht, für einen kurzen Moment, mit ihren Händen und ihrer Wange auf Nates breiter Brust, verschmolz sein Herzschlag mit ihrem, und sie spürte, wie sich die Flut zurückzog. Die Turbulenzen ließen nach, und sie konnte sich an einem Ort ausruhen, der so glatt war wie der makellose Sand, der im Kielwasser des Meeres zurückblieb. Für einen Moment konnte sie alles vergessen und das Versprechen eines Neuanfangs sehen ... wenn sie es wollte. Wenn sie nur vertrauen könnte.

Sie zog sich unsicher zurück. „Ich bin nicht deswegen hierhergekommen."

„Ich weiß", sagte er und hielt sie auf Armeslänge, als sie sich zurückziehen wollte. „Aber du warst die Antwort auf meine Gebete. Du und Gil. Seit unserer ersten Begegnung wache ich am Morgen auf und freue mich auf meinen Tag." Er lächelte schief und brachte ihr Herz zum Lächeln. „Du warst so süß, tropfnass und so beschämt, dass du das Leck nicht allein bewältigen konntest. Miss Unabhängig."

Polly trat aus Nates Armen zurück. „Ich wollte es unbedingt allein schaffen. Um Marc stolz zu machen."

„Ich bin sicher, dass er es ist. Du machst das großartig, Pollyanna. Doch du musst anfangen, dein Leben für dich selbst zu leben. Du kannst nicht alles tun, um Marc glücklich zu machen. Du musst dich glücklich machen. Und Gil."

Nate ging zum Geländer der Veranda. Er legte seine Hände darauf, lehnte sich daran und starrte in den Himmel. „Ich weiß, dass du dich schuldig fühlst. Wenn ich so denke, fühle ich mich auch schuldig. Aber so ist es nun einmal."

Seine Worte schmerzten. Doch sie wusste, dass er Recht hatte. Aber es zu wissen, machte es nicht besser. „Gil ist ein großartiges Kind. Marc wäre stolz auf ihn. Ich habe das Gefühl, ich stehle seinen Schatz, wenn ich Zeit mit Gil verbringe ... wenn ich bei dir bin. Aber, Pollyanna, Marc ist nicht mehr hier, und ich möchte für Gil da sein. Und für dich."

Polly konnte nicht antworten. Wusste nicht, was sie sagen sollte. Doch sie wollte ihn auch bei sich haben.

„Keine Bedingungen, wenn du das so willst.”

Wollte sie das? „Nate, das würde nicht funktionieren.”

Ihr Herz pochte, als Nate sich auf die Brüstung setzte und sie zu sich zog, bis sie vor ihm stand. Er hob ihr Kinn mit seinem Finger und suchte in ihren Augen.

„Kayla ist genauso ein Teil von mir wie Marc von dir. Aber ich will dich und Gil in meinem Leben. So einfach ist das. Und ich bin bereit, uns beiden die Zeit zu geben, die wir brauchen, um uns auf den Gedanken einzustellen. Ich habe versucht, das an diesem Abend zu sagen. Dann habe ich dich gedrängt. Aber ich bin hier, um zu bleiben, Pollyanna, und solange du mir nicht sagst, dass keine Chance besteht, dass du mich jemals lieben könntest, wirst du mich nicht los.“

Er zog sie an sich und legte behutsam seine Arme um sie. Polly versteifte sich und versuchte, ihre Gefühle zu verstehen. Was wollte sie? Seine Worte waren so ehrenhaft und sogar schmeichelnd. Dieser wundervolle Mann erzählte ihr, dass er sie in seinem Leben haben wollte … dass er es satt hatte, allein zu sein. Dass er sich in sie verliebt hatte und bereit war zu warten, bis sie sich mit der Idee vertraut gemacht hatte. Sie konnte sehen, wie sich seine Brust hob, als würde sein Herz so wild schlagen wie ihres.

„Nate”, flüsterte sie. „Küss mich nochmal.”

Er blinzelte. „Bist du sicher?"

Sie nickte. „Du musst mich küssen."

Sein Blick verdunkelte sich im Mondlicht. Und dann senkte er den Kopf und berührte mit seinen Lippen ihre.

Es war nicht mehr als die Berührung eines Schmetterlingsflügels, und doch ließ sie Dämme brechen. Eine Flut von Emotionen traf sie auf einmal. Bis Nate sie das erste Mal geküsst hatte, waren Marcs Küsse die einzigen gewesen, die sie gekannt hatte. Sie hatte nie gedacht, dass sie jemals jemand anderen wollen oder brauchen würde.

Doch sie wusste jetzt, dass das nicht stimmte. Sie hob zitternde Arme, schlang sie um Nates Hals und zog ihn an sich, während Tränen aus ihren Augen flossen und die Kette um ihr Herz brach.

„Ich liebe dich, Nate. Es macht mir Angst, doch ich liebe dich." Die Worte strömten heraus, unterbrachen den Kuss und entblößten ihr Herz. Sie fühlte die Freiheit, die Worte zu auszusprechen.

„Pollyanna", flüsterte Nate gegen ihre Wange, und seine starken Arme hielten sie fester. „Ich hatte nicht erwartet ..."

„Nate", sagte sie und lehnte sich zurück, um ihm in die Augen zu blicken. „Ich habe gegen die wachsenden Gefühle angekämpft, fast vom ersten

Moment an. Ich sage nicht, dass es einfach sein wird. Aber ich habe Nacht für Nacht hier gesessen und gegen das Loslassen gekämpft. Ich dachte, Marc festzuhalten würde mich glücklich machen, doch ... doch das hat es nicht. Ich verstehe, dass ich niemals glücklich oder zufrieden sein kann, wenn ich zu fest an der Vergangenheit festhalte. Und ich weiß, dass es mich auch nicht glücklich macht, meine Liebe zu dir zu leugnen."

„Klingt so, als hättest du ein Problem."

Sie lächelte. „Nein. Ein sehr weiser Mann hat mir immer wieder gesagt, dass das Leben für die Lebenden ist." Polly spürte Tränen, als sie auf Marcs Tulpen blickte. Die leuchtenden perfekten gelben Blüten waren erblüht und ein Versprechen. „Ich liebe dich, Nate Talbert. Ich habe Marc geliebt. Ich werde es immer tun, so wie du Kayla liebst ... aber ich spüre, wie sie jetzt beide lächeln. Zum ersten Mal seit so langer Zeit empfinde ich Frieden."

Nates Augen begannen zu strahlen, als er nickte und Polly spürte, wie sich Freude hell und stark in ihrem Herzen ausbreitete.

„Ich liebe dich, Pollyanna McDonald, und ich liebe Gil, als wäre er mein eigener Sohn. Und ich verspreche, dich zu lieben und zu schätzen, und ich lege dieses Gelübde vor Gott und Marcs Andenken ab.

Ich werde immer für euch beide da sein, solange Gott mich atmen lässt. Willst du mich heiraten?"

Polly wischte sich die Tränen aus den Augen, schlang ihre Arme um seinen Hals und zog seine Stirn an ihre.

„Ja", hauchte sie und küsste ihn dann.

Und drinnen hinter dem Vorhang, wo er und Bogie zugesehen und leise gebetet hatten, tanzte Gilbert Marcus McDonald glücklich.

KAPITEL DREIUNDZWANZIG

In der Stadt tummelten sich die Menschen, als Pollyanna am Anmeldestand für das erste jährliche Mule Hollow Cowboy Radrennen stand. Es war ein Fünf-Meilen-Rennen entlang einer Route, die sie und Nate geplant hatten. Es war eine Mischung aus ebenen, asphaltierten Straßen und unebenen Feldwegen – sie hatten beschlossen, für ein wenig Abwechslung zu sorgen und zu sehen, wie es den Paaren erging. Natürlich hatten sie und Nate die Strecke bereits getestet und eine Menge Spaß dabei gehabt. Wie Esther Mae vorgeschlagen hatte, hatten sie es zu einem Paarrennen mit einem Fahrrad gemacht. Und obwohl sie Namen aus einem Hut zogen, damit die Paarungen eine Überraschung waren, überließen sie es den Paaren, zu entscheiden, wie sie das Fahrrad über die Ziellinie bringen sollten. Sie konnten wählen, wer in die Pedale treten wollte, während der andere auf dem Lenker, dem Gepäckträger oder der Querstange mitfuhr... oder bei Bedarf neben dem Fahrrad joggte oder ging. Die einzige Regel für dieses Radrennen war, dass es ein weiblicher und ein männlicher Single und ein Fahrrad sein musste. Und eine Strecke, die die guten, einfachen Zeiten des Lebens genauso wie die holprigen Strecken symbolisierte. Die Paare hatten kreative Freiheit, wie sie es angehen wollten, um erfolgreich zu sein.

Alle Teams waren zugelost und Pollys Arbeit beim Rennen war beendet. Als sie ihren Bleistift ablegte, trat Nate hinter sie und legte seine Arme um sie. Sie hatten beide gute Zeiten erlebt und sie waren durch das tiefe Tal des Verlusts gegangen ... und jetzt begannen sie ein neues Leben — gemeinsam. Polly lehnte ihren Kopf zurück und schmiegte sich an seine Brust.

„Hallo, Fremder", sagte sie und drückte ihm einen Kuss auf den Hals. Sie liebte diesen Mann so sehr.

In der Woche, seit sie sich der Tatsache gestellt hatten, dass sie einander liebten, hatte sie einen solchen Frieden empfunden. Sie wusste, dass sie es allein hätte schaffen können, dass sie stark genug war, um ihr Leben hier in Mule Hollow angenehm und erfüllend zu gestalten. Obwohl sie den Verlust ihres geliebten Marc erlebt hatte, hatte Gott das Versprechen aus dem Psalm erfüllt, den sie an diesem Morgen im Buch der Psalmen gelesen hatte: *Meine Stärke und mein Lied ist der Herr; er ist für mich zum Retter geworden.* Und es stimmte, Gott hatte sie nie verlassen. Er war ihre Stärke und ihr Lied gewesen, als sie schwach war. Und Er war in den schlimmsten Zeiten ihre Rettung gewesen. Sie wäre allein zurechtgekommen, doch Gott hatte sie aus einem bestimmten Grund zu Nate gebracht. Sie fühlte sich gesegnet, dass er ihr eine neue Liebe gegeben hatte, die so bemerkenswert und unerwartet war. Sie wusste nicht, was die Zukunft für sie bereithielt, doch sie wusste, dass sie sich darauf freute, sie zu leben und herauszufinden, was sie ihnen bringen würde.

„Auch hallo", sagte Nate in ihr Ohr. „Wie ist die Auslosung gelaufen?", fragte er und schmiegte sich eng an sie.

„Oh, wenn Norma Sue und Esther Mae Funken wollten, die haben sie jetzt."

Sie nickte ein Stück die Straße hinunter in Richtung von Dan Dawson, der Ashby Templeton selbstbewusst angrinste. Ashby, die weniger als begeistert aussah, dass Norma Sue ihre Namen aus dem Hut gezogen und sie zusammengebracht hatte, hatte die Arme verschränkt, ein Stirnrunzeln auf dem

Gesicht und Feuer in ihren normalerweise ruhigen Augen.

Nate schmunzelte und zog Polly an sich. „Das da sollte interessant werden … Hm, du duftest köstlich", sagte er abgelenkt.

Polly lachte und drehte sich in seinen Armen.

„Wenn sie es in einem Stück zurückschaffen, können sie tatsächlich herausfinden, dass die Funken, die sie versprühen, ein lebenslanges Feuer der Liebe entzünden können. Ich bin so glücklich. Habe ich dir gesagt, wie glücklich ich bin? Und ich hoffe, es werden viele dieser Paare finden, was wir haben." Polly legte die Hand an Nates Wange. „Also ist alles geregelt?"

„Alles geregelt. Lacy macht gleich die Ankündigung. Bist du sicher, dass du es so machen willst?"

Polly lächelte. „Absolut. Ich will keinen weiteren Moment verschwenden. Ist Gil bereit?"

„Er und Bogie sitzen in den Startlöchern. Er platzt vor Glück." Nates Stimme stockte und seine Augen, so intensiv, schienen in Pollys Seele zu blicken. „Pollyanna, weißt du, wie gesegnet ich mich gerade fühle?"

„Ich mich auch."

„Hallo zusammen, bitte kommt alle her", dröhnte

Lacys Stimme aus dem Lautsprecher auf der Bühne in der Mitte der Main Street. „Wir freuen uns sehr über diese enorme Beteiligung an unserem Radrennen. Bevor wir jedoch mit dem Spaß beginnen, haben wir eine tolle Überraschung für alle. *Heute gibt es eine Hochzeit!*"

Nate strahlte und küsste Polly fest auf die Lippen, als die Menge jubelte.

„Bist du bereit, meine Braut zu sein?", flüsterte er, trat zurück und streckte seine Hand aus.

Polly sah von Nate zur Bühne, auf der ein strahlender Gil und Bogie neben Pastor Allen und Lacy warteten. Polly war noch nie in ihrem Leben so bereit für irgendetwas gewesen.

Das Leben ist zum Leben da, Baby.

„Oh ja. Ich bin sooo bereit", sagte sie und legte ihre Hand in Nates. Ihr Herz platzte vor Liebe, als er sie anlächelte.

Dann gingen sie Hand in Hand durch die Menge zu ihrem neuen Anfang. Unterwegs riefen die Leute ihnen ihre Glückwünsche zu, lächelten und johlten vor Freude für sie.

Und irgendwo in der sanften Brise hörte Polly ein vertrautes leises Flüstern aus ihrer Vergangenheit ...

Bis später, Baby. Hab ein schönes Leben.

Und Polly blickte zu Nate auf und wusste, dass sie genau das haben würde.

Weitere Bücher von Debra Clopton

Die Holden Brüder – Die Cowboys von Mule Hollow
Das Herz eines Cowboys
„Das Vertrauen eines Cowboys"
Die Wahre Liebe Eines Cowboys

Windswept Bay
Von Diesem Moment An
Irgendwo Mit Dir
Mit Diesem Kuss & Für Immer Und Ewig
Warten Auf Liebe
Mit Diesem Ring
Mit Diesem Versprechen
Mit Diesem Schwur
Mit Diesem Wunsch
Mit dieser Ewigkeit

Die Cowboys von Mule Hollow Serie
Liebe Mich, Cowboy
Tanz Mit Mir, Cowboy
Immer Ärger mit Lacy Brown
… plus Baby macht fünf
Mein Herz gehört dir, Cowboy
Halt mich, Cowboy
Sei mein, Cowboy
Operation: Bis Weihnachten Verheiratet
Verehre Mich, Cowboy

New Horizon Ranch Serie
Ein Cowboy für Maddie
Ein Cowgirl für Rafe
Ein Cowgirl für Chase
Ein Cowgirl für Ty
Eine Familie für Dalton
Eine Tierärztin für Treb
Maddies geheimes Baby
Ein Cowgirl für Austin

Die Cowboys von Ransom Creek
Ihr Cowboy-Held (Vorgeschichte)
Braut zu mieten
Cooper
Shane
Vance
Drake
Brice

Über die Autorin

Die Bestseller-Autorin Debra Clopton hat bereits über 2,5 Millionen Bücher verkauft. Ihr Buch OPERATION: MARRIED BY CHRISTMAS soll sogar als ABC Familienfilm verfilmt werden. Debra ist bekannt für ihre modernen Westernromanzen, texanischen Cowboys und temperamentvollen Heldinnen. Romantik und eine Prise Humor werden immer miteinander verflochten, um den Leser zum Lächeln zu bringen. Als Texanerin in sechster Generation lebt sie mit ihrem Ehemann auf einer Ranch im Herzen von Texas und freut sich immer über Zuschriften von ihren Lesern.

Besuche Debras Website unter
debraclopton.com/deutsch

Melde dich für ihren Newsletter
www.subscribepage.com/KostenloseTexascowboyrom
antik

Triff sie auf Facebook unter
www.facebook.com/debra.clopton.5

Folge ihr auf Twitter unter @debraclopton

Kontaktiere sie unter debraclopton@ymail.com